El cielo es un orgasmo
Y otros relatos pecaminosos

Ganadores del Primer Concurso Internacional de
Relatos Pecaminosos Contacto Latino 2013

ISBN-13: 978-1-63065-001-8
ISBN-10: 1630650013

PUKIYARI EDITORES
www.pukiyari.com

«¡Qué pena que beber agua no sea un pecado!

¡Qué bien sabría entonces!»

---Giacomo Leopardi (1798-1837)

Poeta y erudito italiano

Bienvenidos al Gran O

Esta antología llega al mundo gracias a las horas de dedicación de sus autores: Alfredo Ruiz Islas, Yazmín Caram Suárez, Antonio Manuel Costa Rocha, Samuel Chavarría García, Hermes Torres, Mariano Zurdo, Max D' Lara, Judy Macmar, Luis Miguel Helguera San José, Elena Marqués, Amílcar Araujo, Juan Pablo Goñi Capurro, Rosa Rojas, Sandra Monteverde Ghuisolfi, Miguel Baquero, Ana González, Gregorio Royo Bello, Chrisnel Sánchez Argüello, Jorge Saiz Mingo, Jorge Emilio Bosia, Pablo José Conejo Pérez, Alfonso Izquierdo López, Claudio Ceballos Cid, Ana Cristina Salazar Yuste, Tatiana Ramos Bosch y Delicia M.

En el 2013, nuestro portal trilingüe Contacto Latino convocó por vez primera a un concurso internacional de relatos pecaminosos, describiendo los cuentos como 'una historia que un amigo le contaría a otro en una noche de confesiones'. Para nuestra gran sorpresa y júbilo como organizadores, fueron quinientos los relatos recibidos desde todos los puntos del planeta. El jurado primero escogió ciento cincuenta, luego sesenta, reduciendo la cantidad de preferidos pero amplificando la calidad y el talento de los que persistieron en el grupo de seleccionados. Los veinticinco que finalmente fueron coronados ganadores absolutos de la contienda, y que ahora vivirán para siempre en este libro, constituyen impecables narraciones audaces de temas osados. Así pues, los relatos presentados aquí celebran con intrépida creatividad el erotismo y la picardía de nuestra cultura iberoamericana, amalgamados dentro de una antología que lleva ingredientes descaradamente pecaminosos y ofrece entre sus tapas un compendio de risas, llantos, situaciones extrañas y placeres... oh, sí, muchos, muchísimos placeres...

Por nuestra parte, hemos cuidado de mantener las referencias culturales vertidas a través de las narraciones, así como el vocabulario utilizado; permitiendo de esta manera que el lector pasee por una variedad de países iberoamericanos, reales e inventados, visitando hoteles y autobuses y calles y edificios y habitaciones; y adentrarse en la mente de personajes de pueblitos y urbes en este torrente orgásmico de relatos.

Nuestro agradecimiento en primer lugar a todos los que tomaron el reto de convertir aquellas confesiones pecaminosas en relatos concursantes; a los jueces, en especial los escritores Luis Martín Valdiviezo Arista y Andrés Hernández Alende, quienes comprendieron el objetivo de este libro y nos ayudaron a realizar una magnífica selección; al renombrado escritor y catedrático Jorge Majfud, quien escribió el prefacio de esta antología; a nuestro personal, por las horas de dedicación a este proyecto en un inicio tan 'de locos'; y por supuesto, el agradecimiento eterno a los 26 autores que nos confiaron sus creaciones, juntos hemos llegado al éxtasis.

Ani Palacios Mc Bride
Editora, Contacto Latino / Editora, Pukiyari Editores

Prefacio

Probablemente la literatura erótica de nuestro tiempo sea de las pocas, sino la única forma de provocación artística que ha sobrevivido a los surrealistas y otros rebeldes célebres del siglo XX. Alguna vez me he preguntado si es posible una literatura pornográfica y creo haber llegado a la conclusión de que no lo es, ya que en la literatura todo material gráfico, por llamarlo de alguna forma, procede del mismo lector. Es decir, puede haber una literatura pobre o rica, magistral o mediocre, cursi o sofisticada, cobarde o valiente, problemática o complaciente, fácil de leer o invendible, erótica o recatada, pero nunca pornográfica. La mayor violencia a la que puede aspirar la literatura erótica es a la provocación, no sólo sensual sino social en su sentido más amplio.

Como en toda antología, cada lector de *El cielo es un orgasmo y otros relatos pecaminosos* celebrará algunos cuentos y rechazará otros. No obstante, todos éstos se han ganado su espacio a fuerza de méritos. La diversidad de propuestas en torno a una misma experiencia caracteriza este libro, al igual que la sólida diversidad del mundo hispano de hoy.

El objetivo del libro está logrado desde el inicio de la propuesta hasta el fallo del concurso realizado por Contacto Latino y Pukiyari Editores, y dirigido por la escritora Ani Palacios: los juegos sociales más antiguos de la historia, el erotismo y lo pecaminoso, expresados con calidad literaria y con los nuevos códigos que hacen y deshacen nuestro tiempo, campean en estas páginas. Es decir, de una forma o de otra, allí están lo universal y lo particular, uno a través del otro, que son, en definitiva, los dos pilares centrales de cualquier literatura destinada a sobrevivir a sus autores, y llevar al éxtasis de una lectura inesperada.

Jorge Majfud, PhD
Escritor
Catedrático, Jacksonville University

***

Jorge Majfud, PhD. Escritor uruguayo (1969). Ha sido reconocido como uno de los diez mejores escritores hispanos en Estados Unidos contemporáneo. En el 2013 tradujo y participó como editor literario de *Ilusionistas*, una obra de Noam Chomsky. Es doctor en Filosofía y letras por la University of Georgia (2008) donde enseñó desde 2003. Ha dictado clases en Lincoln University de Pennsylvania. Actualmente es profesor en Jacksonville University.

Entre sus libros: *Hacia qué patrias del silencio* (novela, 1996), *Crítica de la pasión pura* (ensayos, 1998), *La reina de América* (novela, 2001), *La narración de lo invisible* (ensayos, 2006), *Perdona nuestros pecados* (cuentos, 2007), *La ciudad de la Luna* (novela, 2009), *Crisis* (novela, 2013). Es colaborador habitual de los principales diarios y revistas de Europa, América Latina y Estados Unidos. Sus relatos y ensayos han sido traducidas al inglés, francés, alemán, portugués, griego e italiano. En 2001 fue finalista del Premio Casa de las Américas, Cuba, por la novela *La reina de América*. Ha obtenido otras distinciones como el Premio Excellence in Research Award in Humanities & Letters, UGA, Estados Unidos, 2006. Las novelas de Jorge Majfud son objeto de estudio en diferentes universidades del mundo.

ÍNDICE

Delicia M. - Estados Unidos.

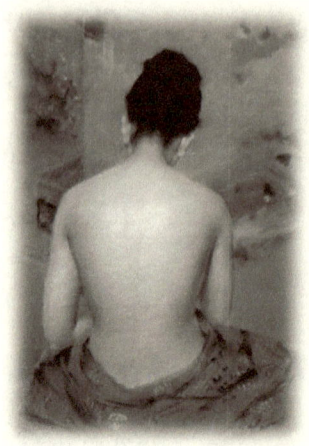

Soy producto de la imaginación febril de una escritora, existo únicamente en sus palabras, estoy a su servicio y mi placer principal es proporcionarle algo que no había disfrutado hasta el día que se topó conmigo en algún lugar remoto de su mente: la libertad del anonimato, la juventud de mi persona, la candela que enciende mi cuerpo, el deleite celestial siempre presente en mi vida.

Podría decirse que en el mundo de la fantasía que compartimos, mi ama y yo estamos encamadas. Y bien que lo gozamos. Tenemos ya un pequeño relato de nuestra autoría titulado *Amarrada a tus deseos,* el cual está disponible en digital. Mientras escribíamos la segunda y tercera parte de mi historia como sumisa, se nos ocurrió *El cielo es un orgasmo,* el cual conjura los deseos de una ninfómana al canto de su muerte.

Dice mi creadora: «Siempre me gustó leer este tipo de relatos. Incluso leer en pareja para calentar los 'previos'. Un día, un amigo me retó a escribir una narración con por lo menos una X. Lo hice y noté cuánto me gustó (y cuánto le gustó a mi pareja). *El cielo es un orgasmo* es mi segundo cuento de este tipo y para lograrlo realicé una investigación de campo en redes sociales. Me entretuve mucho y descubrí que en el anonimato de Internet las personas regresan a un estado primitivo, natural y sin reglas, un mundo en donde realizar propuestas sexuales a alguien con quien cruzas palabra por primera vez es válido. Los diálogos que aparecen en este cuento son reales, con faltas ortográficas y todo. Las conversaciones son reales. ¡A lo que se tiene que exponer uno para lograr dar vida a un relato!». Yo contesto: «Bien que te gustó. Vámonos a escribir en cama, que te quiero susurrar al oído unas cositas que ni de casualidad se te hubieran ocurrido».

El cielo es un orgasmo

No voy a negar que me sintiera curiosamente excitada el día que me dijeron que moriría pronto. Es morboso, lo sé, pero no me arrepiento de sentir aquella liberación completa ante la noticia de mi final cercano. No es que los años anteriores hubiese sido una persona recatada, remilgada o púdica. Una ninfómana no se puede permitir siquiera ser muy exigente, excepto cuando se trata de higiene y propagación de enfermedades. Probablemente mis únicas dos reglas eran que la persona sea limpia y que no me pase ningún bicho. Aparte de eso, no me podía dar el lujo de estándares altos. Pero eso sí, guardaba, y hacía guardar, estricta, casi obsesiva, discreción acerca de lo que yo hacía a puertas cerradas. ¿Con cuántos? Quién sabe, llevé la cuenta al comienzo; luego simplemente disfruté lo que pedía mi naturaleza.

No quería expirar, no deseaba desaparecer de este mundo que me había brindado sin recato toda la lujuria que le pedí, no me tomen por masoquista, pero las palabras del doctor, en lugar de sentencia de muerte, me equivalieron a pase de vida. Incluso el precepto de no acostarme con gente enferma lo podía tirar por la ventana. Fallecería pronto y las pautas se habían autodestruido al enfrentarse a esa condena inesperada.

Decidí que viviría a plenitud todos y cada uno de los minutos que la vida me regalaba y que, tal y como había reservado mi ninfomanía en privado, este diagnóstico también quedaría encerrado bajo llave.

Al llegar a casa, de regreso del consultorio, después de cogerme al doctor aquel encima del escritorio y del reporte acerca de mi salud, que por cierto quedó manchado con los afanosos jugos de nuestro retozo, me dirigí a mi habitación y me permití exhalar.

Luego busqué dentro de mi secreter hasta encontrar el famoso cua-
dernito que contenía la lista de todos con los que en algún momento me deleité sexualmente. En aquellas páginas reviví encuentros
que se remontaban a días, semanas, meses, años, décadas atrás.
Fernando, 1606866908020. Patrick, 03030303N1. Ramiro,
311200998320000... Folios detrás de folios de nombres, fechas,
poses y lugares. Sus datos de contacto estaban también guardados
ahí. Calculé que no tendría tiempo para darle un repase, un último
apasionado adiós a todos y cada uno de esos hombres que hicieron
de mi vida de ejecutiva viajera un regodeo constante.

No me quejo, eso sería una blasfemia en contra de lo que soy,
de quien realmente soy. No cambiaría nada acerca de mi impetuosa
existencia. He estado constantemente acompañada y todos mis
deseos sexuales, todas mis fantasías, se han hecho siempre realidad. Lo que realmente me estaba jodiendo en ese instante era que
los recuerdos de mis amantes me hacían desearlos dentro de mí; y
el saber que no podía tenerlos me calentaba todavía más.

No desfallecí. Me sentí fogosa y recordé que si bien la mayoría de ellos estaban lejos, quedaban unos cuantos nombres de
amantes en la localidad en donde yo residía. Encendí el computador e hice una búsqueda en la lista que tenía transcrita a un Ex-
cel, pero esta vez ordené por código postal. Me enfoqué en el mío,
98060, y encontré unos diez nombres. Imprimí la lista. Me los co-
gería a todos y cada uno de ellos. Y si me sentía todavía con energía luego, buscaría el siguiente condado y el siguiente y el siguiente, hasta salir de mi estado y cogerme a los que me follaron vigorosamente en el estado de al lado y luego el siguiente y el siguiente.
Y si todavía estaba viva, continuaría hacia el sur, y lo haría frente
al Pacífico con una veintena, tal vez una treintena, de hombres que
me habían tocado íntimamente en San Fran y San Diego y San
José... En fin, todos los santos de esa zona, que son muchos...

De inmediato escogí uno en mi ciudad y lo llamé. Era
2609015598060, Liam.

El teléfono timbró tres veces, luego contestó una voz de hombre:

—Habla Liam, ¿en qué le puedo servir?

—¿Liam? —dije, sintiéndome extremadamente húmeda por el recuerdo de sus besos y sus caricias—. Soy yo, Nitza... ¿Te acuerdas de mí, *naughty lover*?

Él pausó por un instante. Luego contestó:

—Sí, claro que te recuerdo... ¿En dónde y a qué hora?

—En el Needle, antes del *sunset*...

—¿Qué quieres hacer allá arriba?

—Me darás el encuentro y te comportarás como un desconocido... un extranjero irlandés, con acento y todo...

—¿Y qué más?

—Irás ganándote mi confianza con piropos y subirás el tono de lo que me digas desde inocuo hasta sexualmente cargado...

—¿Y luego?

—Y luego... te acercarás hasta mí por atrás y subirás tu mano caliente por entre mis piernas...

—¿Llevarás puesta una falda?

—Sí... una faldita corta. Recuerdo que te gustan las minis...

—Para tocarte mejor —se relamió él—. ¿Y en dónde te follaré?

Lo pensé. Luego se me ocurrió algo que no había hecho antes:

—En las escaleras… —suspiré de gusto y colgué.

***

A las 7 de la tarde, Liam apareció en la estación de observación del famoso edificio de The Needle de Seattle. Yo vestía una falda corta de mezclilla y una blusita semi-transparente de florecitas. Él se había disfrazado de turista, con binoculares colgando del cuello y mapa en mano. No lo recordaba tan atractivo, tan masculino. Tal vez la enfermedad amplificaba todo, incluyendo mis deseos.

Caminé hacia un lado del ventanal que se encontraba desolado. Me apoyé sobre la baranda y observé la ciudad mientras subía mi mano sobre mis muslos temblorosos. Los labios de mi Panchita empezaron a palpitar y crecer, casi saliéndose de mi calzoncito.

Liam se aproximó. Inesperadamente rozó con su mano mi brazo derecho. Mis vellos se erizaron.

—Qué hermosa vista, ¿no? —dijo en su masculina voz carrasposa con acento irlandés.

Asentí en silencio.

—¿Eres de aquí? —preguntó y se acercó. Podía oler en su barba aquella colonia que me ponía excitada.

—Sí. ¿Quieres que te muestre? —pregunté para iniciar nuestro juego.

—¿Que me muestres qué? —dijo, apoyándose en la baranda y volteándose para mirarme.

Me desabotone un botón de la blusa y lo miré.

—Me gusta —dijo él, pasándose la lengua por los labios.

—¿Quieres que te guíe? —dije, tomando su mano y colocándola sobre mi rodilla.

—¿Hasta dónde me llevarías, preciosa? —preguntó él, subiendo su mano entre mis piernas con estudiada lentitud.

—Hasta donde tú quieras, cariño… —contesté, volteando para ver su cara mientras metía sus dedos dentro de las profundidades hirvientes de mi madriguera abierta.

Gemí en sus brazos y rocé mi cuerpo sobre el de él hasta sentir su sable engrandeciéndose debajo del pantalón.

—¿Quieres ponerla en mi boca? —pregunté, deleitándome de solo imaginarme degustando su tremendo chafarote colorado.

—Quiero que lo chupes como un pajarito sorbe el néctar de una flor —dijo, jalándome más cerca de su cuerpo.

Sentí una erección de mis senos, de mi clítoris, de mi cuerpo entero resuelto a entregarse a Liam, concentrado únicamente en el placer que estaba por recibir. Hubiera querido que me coja ahí mismo, en el piso del Needle, pero los otros turistas hubiesen tenido que llamar a los guardias de seguridad y se hubiera armado un escándalo y Liam y yo no hubiésemos conseguido lograr la actividad sexual que vinimos a buscar.

Metió sus dedos con insistencia dentro de mi guarida. Chillé. Turistas voltearon, algunos curiosos, mirando con excitación nuestro espectáculo; otros, tapándole los ojos a sus críos. «Puta», «sinvergüenza», oí que me llamaban. No me importaba.

—Vamos. Vamos, que no llego a la puerta ni menos a las gradas… —dije, sintiéndome mojada.

Llegamos a la escalera de escape con las justas. Liam se bajó la bragueta y yo me arrodillé sobre el frío piso de metal a cientos de metros de altura sobre la ciudad de Seattle y procedí a corrérsela con tantas ganas que llegó en menos de cinco minutos.

Luego, sin decir nada, me puso de pie, me volteó, levantó mi falda y rompiendo las bragas en dos metió tres dedos en mi culo y dos dejó libres para tocar a la Panchita.

**

Esa misma noche llamé al siguiente en mi lista: Jordi, también en Seattle, un masajista especializado en los *Happy Endings*. Hice una cita para esa misma semana. Rompí mi código de secrecía y le expliqué lo que me sucedía. Me dijo que nuestra despedida sería 'sensacional'.

Llegué a nuestro encuentro unos minutos antes, la anticipación de lo que haríamos me ponía el cuerpo enhiesto. Vi entrar y salir masajistas de los cuartitos en donde atendían a los clientes. Observé con intensa alegría a hombres y mujeres saliendo de esas habitaciones con grandes sonrisas y cuerpos estremecidos. No hay nada como una buena agarrada para arreglar hasta el peor de los días.

Jordi se apareció al rato. Se sentó a mi lado y me pasó la mano varonil por el cabello.

—¿Estás lista, preciosa? —me dijo mirándome seductoramente a los ojos. Él tenía esa cualidad de hacerme sentir divina cuando estaba en su presencia.

Pasé mi mano por su pantaloncito corto hasta llegar a su muslo desnudo.

—Siempre lista —murmuré jugando con los rulos de sus pelitos bronceados.

Nos levantamos y pasamos a su aposento. Lentamente me desnudó, acariciando cada pedazo de piel que quedaba expuesto. Luego me ayudó a tenderme sobre la cama especial, colocando un almohadón debajo de mis piernas y otro pequeño bajo la curvatura de mi espalda. Quedé boca arriba. Jordi se desabotonó la camisa para mostrar un cuerpo majestuosamente escultural. Lo toqué por un segundo y luego cerré los ojos. Sus caricias se deslizaron sobre mi piel untada con aceites, penetrando cada poro desde la nuca hasta las nalgas con el agasajo de sus manos sabidas. En instantes ya estaba caliente y disfrutando los mimos, gimiendo con cada repaso, guiando con mis palabras su siguiente movimiento.

Bajó la sábana y jugó con mis tetas por un buen rato, sobándolas, estrechándolas, empujando la una contra la otra. Luego pasó al vientre, masajeando la cintura y el pubis. Cuando me notó burbujeante, se saltó a las piernas, rodando sus dedos sobre los muslos y las pantorrillas hasta llegar a los pies, donde me ofreció un masaje de reflexología para esa zona erógena. Yo me movía sobre el lecho susurrando mis instrucciones, excitada, disfrutando cada roce. Jordi me decía: «Tranquila, tranquila, que lo bueno llega al que sabe esperar, princesa deliciosa. No te sobrecalientes todavía, que te perderías lo mejor». Subió sus manos por entre mis piernas y llamó a su asistente. Otro hombre entró a la alcoba y empezó a masajear mi cabeza, colocando primero sus manos sobre mi frente y luego realizando movimientos circulares sobre el cuero cabelludo, primero con las yemas de los dedos y luego rascando en las raíces, fuerte y suave, suave y fuerte, de la cabeza a la nuca y a las orejas, entre los dos me estaban haciendo sentir descargas de electricidad en todo mi cuerpo.

Jordi me pidió entonces que me diera la vuelta para cambiarme de posición. Ronroneando en éxtasis me coloqué boca abajo. El asistente continúo masajeando mi cabeza y mi nuca. Jordi empezó con los senos, aquellas mellizas regordetas y entregadas, siempre libidinosas y prestas a todo tipo de travesuras, luego pasó a la curva de la espalda y los dos montes que constituyen mi espectacular trasero. Yo lloraba de la maravilla de sensaciones que estaba experimentando mientras los dos me llevaban a las alturas del arrobamiento. Jordi masajeó mis nalgas y luego empezó a besarlas ligeramente con su lengua y sus labios. Me erguí sobre el almohadón que ahora estaba bajo mi vientre. Instintivamente quería ofrecerle mi culo. Jordi entendió que ya era hora y haciéndole una seña al otro muchacho cambiaron los movimientos para concentrarse en llevarme a la tierra prometida. Me voltearon nuevamente y el masaje se enfocó en los deseos de la Panchita, que abría y cerraba los labios y dejaba ver la lengua serpentina siseando dentro de la gruta, alentando a los muchachos a acercarse y tocarla con afán, tal y como se mima a un animal preciado. Con dedos y lenguas los dos sobaron, jalaron, acariciaron hasta que me sentí elevarme, grité delirante de placer y caí de nuevo mientras sonreía deleitada.

***

En lugar de concentrarme solamente en mi ciudad y luego pasar a otras, resolví saltar a otros estados de una buena vez. Me decidí por Austin en Portland para mi siguiente despedida. Jordi y Liam me habían dejado ardiente y deseosa de más aventuras; y haría todo lo posible por obtenerlas antes de que fuese demasiado tarde.

Me hice el camino desde Washington hasta Oregón hambrienta. No me detuve a tirarme un polvito en el trayecto. Ni siquiera manejé con el vibrador entre las piernas como suelo hacer. Quería disfrutar el *bondage* de Austin, entregarme insaciable a sus juegos sadomasoquistas; pero para eso necesitaba limpiarme por completo, reprogramarme para recibir abiertamente lo que él tendría para dar. A mi cuerpo lo sabía domar como se le antojara. Mi mente, sin embargo, no era tan sumisa, y bajando por el trecho de grandes árboles no podía dejar de pensar en grosores y tamaños y la maravilla de la naturaleza que puede crecer hasta la inmensidad de envergadura que mostraban aquellos secuoyas.

Llegué hasta Portland hirviendo, con los aceites y los jugos bullendo por debajo de mi biquini, tal y como le gustaba a mi bandido de las ataduras. Estacioné frente a su edificio y acomodándome el vestido sobre el cuerpo candente me encaminé hasta la entrada. Un jovencito con disfraz de portero me abrió la puerta de vidrio y me encontré por fin frente al ascensor en el que me había citado con mi «amo». De solamente pensar en aquella palabra, «amo», me hacía reír, por su solemnidad y porque tantos se la tomaban tan en serio en estas cuestiones BDSM, pero al mismo tiempo me estremecía. Aquello no era de mi gusto para el diario, pero había algo acerca de ese hombre que me volvía golosa de él, de entregarle mi cuerpo para que hiciera lo que deseara.

Estaba puntual. Me arreglé el cabello y me paré frente al montacargas. Levanté la cabeza y vi que los números empezaron a descender. Primero el 9, el piso en donde vive él; luego el resto en cámara lenta, 8, 7, 6, 5, 4, 3, 2, 1. Mis piernas temblaban de la anticipación cuando por fin las puertas del elevador se separaron. Él me miró y sin decir nada me jaló hasta el pequeño espacio. Sentí una punzada de electricidad subiendo entre mis muslos y luego sus vellos apenas rozando los míos. Deseé que me tocara pero me tuve que conformar con el velado juego que iniciaba él, privándome de lo que más quería.

—Mi divina ramera de Seattle… —susurró, acariciando brevemente mi nuca—. ¿Qué quieres hoy, bebé?

En su presencia me era difícil ser yo misma. Me sentía sobrecogida por su distinguida figura, su manera de hablarme, de tocarme en porciones diminutas, de aquella fragancia que me drogaba con solo inhalar el aire a su alrededor. Sin contestarle, tomé su mano y la coloqué entre mis pechos. Él la retiro de inmediato y me sentí estúpida por salirme de sus parámetros.

—Te deseo… —le dije, acercándome hasta pegarme a él.

—Arrodíllate —contestó parco, sin inmutarse por mi gesto.

Me puse de rodillas frente a él. Un silencio nos envolvió. Escuché otra campanilla del ascensor. Íbamos por el sexto piso. Austin se sacó el cinturón del pantalón. Era una correa gruesa y llevaba una hebilla ancha, de color plateado, adornada con la imagen de dos látigos cruzados y las palabras «Amo de Sumisas». Quise sonreír pero recordé que aquello lo indignaría, así que me guardé mis pensamientos para el viaje de regreso. Yo sabía que era una de las pocas mujeres que no tenían que comprometerse a ser sus 'esclavas' para estar con él. No sé por qué, pero conmigo Austin no parecía sentir que todos sus reglamentos se tenían que cumplir a pie juntillas.

Me colocó la correa alrededor del cuello y jaló hasta que quedó apretada. Ubicó el palillo de metal dentro de un ojete especial y cerró, pasando los dedos lentamente por encima para asegurar que todo estuviera en su lugar.

—Ahora ponte en cuatro, perrita —dijo.

Seguí su directriz y me premió pasando su mano por mi cabeza. Escuché otro *ding* y la puerta del montacargas se abrió para dar paso al fabuloso *penthouse* de Austin, quien jaló de la correa hasta forzarme a pasar del ascensor a su sala. La puerta se cerró detrás de nosotros y quedamos solos en ese amplio departamento. Bueno, yo pensé que quedamos solos.

Mi amigo me colocó en el centro del salón principal, un ambiente con pocos muebles y una vista espectacular a la ciudad frente a nosotros y a los bosques de árboles grandes y gruesos unos kilómetros más lejos. Nunca había estado en su casa antes, así que no sabía exactamente qué esperar. Las únicas veces que nos vimos en el pasado nos citamos en hoteles.

—Échate boca abajo y estira tus brazos y tus piernas para los costados —dijo él, y se sentó en un sillón frente a mí.

Hice lo que me pidió. Quedamos en silencio. Al rato Austin se levantó, se sirvió un trago con hielo y puso música *rock*. Cuando regresó, jaló de la correa con tanta fuerza que me obligó a quebrar la espalda y hundir el vientre sobre el suelo.

—¿Estás excitada? —preguntó.

—Sí —dije.

—¿Con quién quieres hacerlo?

—Contigo...

—¿Contigo quién? —preguntó de nuevo, jalando hasta donde daba mi cuello.

—Contigo tigo... —dije, empezando a reírme por lo ridículo de la situación.

—¿Quién? —dijo, sentándose sobre mi espalda, silenciando mi conato de carcajada.

—¿Austin? —contesté nerviosa.

—¿Quién? ¿Quién soy yo? —volvió a preguntar, jalando mientras subía la mano por la entrepierna.

Yo me sentía raramente excitada por su insistencia y la fuerza que estaba aplicando.

—Mi amo... —dije por fin, regalándole lo que quería escuchar.

Soltó un poco el cinturón y sentí que el aire regresaba a mis pulmones.

—¿Por qué eres tan puta? —preguntó mientras se tomaba un descanso.

Traté de voltear para mirarlo pero no me lo permitió.

—Contesta —insistió mientras mantenía mi cabeza hundida en la alfombra.

—Porque me gusta corrérmela y me gusta que me la metan y me gusta que me la chupen y me gusta mamarla hasta que salga toda la leche caliente chorreando encima de mi cara —contesté.

—¿Y qué más? —dijo, levantándose para ir a buscar unos instrumentos que tenía sobre la mesa cerca de nosotros.

—Y que lleguemos rico... riquísimo —murmuré todavía mirando hacia el suelo.

—¿Y que te haga girones la ropa, que la corte hasta dejarte desnuda? —preguntó mientras cortaba mi vestido en tiritas.

—Lo disfruto mucho... muchísimo —gemí y me adentré en su juego perverso.

—¿Y que te amarre? —dijo, empezando a colocarme ataduras en todo el cuerpo.

—Sí. Que me amarres. Me gusta eso... amo... —contesté.

—¿Te gusta que otros piensen por ti, zorrita? ¿Te gusta perder el control? —preguntó y me dio la vuelta para pasar la soguilla por toda mi circunferencia, desde los tobillos hasta la cabeza.

—Me gusta lo que tú haces. No tienes idea de cómo me excitas Austin... amo... —suspiré deseándolo dentro de mí.

—Pues ahora vas a saber lo que es bueno... Lo de los hoteles no es nada en comparación a lo que te voy a hacer sufrir ahora, mi querida perrita —dijo y colocó un arnés en mi cuerpo, haciendo lucir mi pubis y mis tetas.

Sentí el cuero y el metal tocando mi piel, erizando mis vellitos. Casi al instante siguiente, Austin jaló de unas poleas ligadas al arnés y me levantó hasta que quedé suspendida en el aire a la altura de sus caderas. Con un latiguillo empezó a fustigarme e inmediatamente me penetró con fuerza, empotrando su magnífico taladro dentro de mí. Yo sentía el dolor pero mi cuerpo estaba sobrecogido por los relámpagos de excitación que fluían cada vez que él me tocaba, retirando y embistiendo sin detenerse, irguiéndose, zarandeando, engrosando descomunalmente. Me colocó un pañuelo oscuro sobre los ojos y retiró su imponente salchichón de mi cueva mojada. Yo me empecé a sentir mareada y creo que me desmayé pues no recuerdo en qué momento llegaron los otros hombres al apartamento de Austin.

Cuando me recuperé, sentí a varios cogiéndome en esa posición, suspendida en el aire, amarrada como piñata sin ningún respaldar para acoger mi cuerpo expuesto a los desenfrenos de aquella manada de machos dándose un festín. Lo disfruté por un instante pero al rato cerré los ojos de nuevo y la siguiente vez que los abrí me encontré vestida y acurrucada en un sillón. La fiesta había finalizado y los invitados se habían ido.

***

Aquella orgía fue mi última. Mi cuerpo ahora frágil se negaba a cooperar físicamente con mis deseos. Me encolericé ese fin de semana después de regresar de Portland. Sentía que el maldito universo se estaba también robando mi oportunidad de una despedida feliz, de un adiós decoroso a esta vida. Deseaba follar con toda mi alma pero no podía con el desgaste y el quebranto corporal que me redujo a una cama vacía.

Con el pasar de los días tuve una epifanía. Si bien era cierto que no podía dejar la alcoba, no había nada que me impidiese traer el mundo a mi cuarto. Uf, de solo pensarlo me calenté de nuevo y, traviesa, dediqué el primer lunes de aquella semana a planear cómo lo haría.

Resolví crear un perfil en el Facebook. Me bauticé «Ninfa Cazadora» y, luego de decorar mi nueva guarida con sexualidad visible, abrí las compuertas a un mundo de desconocidos en Internet y salí a plantar banderolas con mi esencia de mujer fogosa por cuanto foro sexual encontré. Las respuestas no se hicieron esperar y aquel martes ya tenía cien pedidos de amistad, la gran mayoría de hombres jóvenes pero también de algunas mujeres quienes, como yo, andaban buscando excitarse con mensajes y fotos. Quién lo hubiera pensado, pero las palabras son también un afrodisiaco y las conversaciones en red social te permiten coger con más de uno a la vez.

Sentada en mi cama, y con la portátil sobre mis piernas, sentí la humedad del deseo calentándome una vez más a medida que iba leyendo comentarios sexuales descarados y gozando fotos atrevidas en los muros de mis nuevas amistades. Sentí la lengua de la Panchita reavivarse y moverse sobre sus labios, que abrían y cerraban, despertando inquietos de las noches malsanas, sobándose rápidamente con la sinuosa de la delectación y luego los tres tocándose, palpándose ardorosos, sobre el algodón de mis bragas. Con una mano continúe mi caminata cibernética, buscando estímulo voyerista, y con la otra empecé a manosearme, disfrutando de manera mayúscula aquel nuevo placer febril.

Al rato un muchacho empezó a chatear conmigo. Se llamaba «Wiyi Da Kit», quería saber dónde estaba yo para pegarnos una agarrada en persona. Le dije que probablemente no estábamos en la misma ciudad. Insistió. Quería que ponga la «cam». «¿Que es la cam?», le pregunté. «La cámara», contestó. «¿Oe no sabes nada, bb?», me impugnó. Me sentí un poco tonta y bastante agredida y lo mandé a rodar al Da Kit.

Pasaron segundos y otros dos me empezaron a hablar.

—Hola —dijo Yoti Lameto—. Oe Hola.

Me reí a carcajadas. Los nombres falsos que usaban estos tipos eran jocosos.

—Hola —contesté y dejé que él hablara de nuevo.

—Ke aces —dijo Chamaco Loko desde otra ventana de chat.

—Sintiéndome calientita —contesté.

—Ninfa eres de berdad? —preguntó Yoti.

—Nos exitamos entonces —intervino Chamaco.

—De berda. Necesito comérmela a kada rato. Cómo me ayudarías a kalmar mi palpitante conchita que esta que arde? —escribí en el chat con Yoti.

—Mmmmmm yo te mamaria bien rico tu conchita y cuando estes bien esitada te la untaria asta q te bengas despues de eso te la meteria bien rico te mamaria tus pesones y te pasaria mi lengua por tu colita asta q ya no aguantes y su pliqs q te la meta —contestó Yoti.

Sentí los rayos y truenos en mi Panchita y me sobé mientras disfrutaba cada palabra. Nunca imaginé que una conversación a través del computador pudiese ser tan estimulante.

—Oe, que kieres bb? —preguntó Chamaco.

—Komo me lo arias? —pregunté anticipando que su respuesta me haría hervir.

—te pasaria mi lengua recoriendo todo tu cuerpo lentamente de arriva asia abajo para luego kedarme en medio lamerte todo tu cochita i asiendo movientos circulares por tu clitoris para qe te mojes bien rica mamasita i pasar un buen rato ayi asta qe te bengas para luego penetrarte y qe te sigas viniendo una y otra ves asta qe qedes satisfecha de placer.

—se me salen los juguitos… —dije, metiéndome el vibrador.

—imajina q t tngo d torito y yo atras d ti lamiendotela y metiendot mis de2 —dijo Chamaco.

—me tienes palpitando como loka —contesté.

Estuvimos horas en estas idas y venidas, y la verdad que quedé adicta. No me importó que la enfermedad me estuviera consumiendo rápidamente. Tenía un bienvenido escape junto a mí.

Me fui marchitando mientras me duraron unos días más en este plan, delirante y pecaminosa, cogiendo cibernéticamente en el computador con varios a la vez. Morí contenta, en cama, seduciendo a un guapo muchacho y dejándolo pensar que él y yo lo habíamos hecho desde la A hasta la Z. Mi teclado se quedó fijo en «Ayyyyyyyyyyyyyyyyyyyyyyyyyyyyyyyyyyyyyyyyyy». Uy, qué risa. Me imagino que él les habrá contado a sus amigos que me dio tan duro con sus palabras que ya ni pude terminar la conversación.

***

Cuando llegué hasta las famosas *Pearly Gates*, San Pedro me recibió diciéndome:

—Bienvenida al Gran Orgasmo… el *Big O*.

—¿El cielo es un orgasmo? —pregunté.

—El cielo es lo que tú quieras, disfrútalo por toda una eternidad —contestó abriendo la gloriosa reja.

Delicia M.

PRIMER PUESTO

Alfredo Ruiz Islas – México

 Nació en Ciudad de México en 1975, es historiador y escritor. Pertenece a la planta académica de la Universidad Nacional Autónoma de México (Colegio de Historia) y de la Universidad Iberoamericana (División de Educación Continua). Como historiador ha publicado artículos en revistas históricas especializadas y de divulgación, varios libros de texto (en coautoría) y de divulgación histórica (como autor único o en coautoría), así como la obra de ficción histórica *El camino de la insurgencia* (Terracota, 2010). En el campo de la literatura ha ganado distintos premios en México, en España y en Argentina, entre los que destacan el primer lugar en el XXV Concurso Literario Timón de Oro, organizado por la Asociación de la Heroica Escuela Naval Militar; el primer lugar en la IX edición del Premio Sexto Continente de Relato Histórico, organizado por Ediciones Irreverentes de Madrid y Radio Nacional de España; el primer premio en el I Concurso Literario Internacional San Antonio de Areco, organizado por la municipalidad de San Antonio de Areco, provincia de Buenos Aires, Argentina; y una mención especial en el Premio 2012 de Literatura Juvenil Gran Angular, organizada por SM de Ediciones y el Consejo Nacional para la Cultura y las Artes.

Foto: Alejandro Pantaleón Calixto

El mariachi

—Llama al mariachi.

No entiendo. Estoy ebrio. Muy ebrio. Escucho a Carmelo como si me hablara desde el fondo de un bote de basura. Y lo veo doble. O triple. O de plano no lo veo. Su imagen se torna difusa. Entrecierro un ojo y ya lo veo mejor.

—¿El qué?

Está tan ebrio como yo. Como todos en esta fiesta.

—El mariachi. Músicos. Trajecitos chistosos. Sombreros enormes.

Ya lo sabía. No lo entendí, que es diferente. Tomo el celular y se me cae de las manos. El maldito se desarma. Sus tripas electrónicas se desparraman por el suelo. Me agacho a recogerlo y la gravedad me juega una de las malas pasadas que acostumbra. El suelo se acerca a mi cara en cámara lenta. Se acerca. Ya está aquí. Siento el impacto en el pómulo y suelto la carcajada. Mejor eso que lanzar un alarido. Aprovecho mi corta estadía en el piso para tomar las partes del aparato y jugar a los rompecabezas. Nada embona.

—¿Ya?

No. No sé si la batería se pone antes o después de la cubierta. Supongo que antes. Esos fierritos, ¿van para arriba o para abajo? Parecen acomodarse solos. Oprimo el botón de encendido. La pantalla se ilumina, suena un tilín talán que siempre encuentro más allá de lo ridículo y el teléfono enciende. Ahora, a marcar.

—¿Sabes el número?

Carmelo no contesta. Estará pensando. Me tomo de la silla para ponerme de pie y me caigo de espaldas. Vaya escena. Nuevo intento, ahora con el codo apoyado en la mesa. Acomodo una nalga en el asiento. Ahora la otra. Mi equilibrio es precario, aunque funcional. Vuelvo la cabeza para pedir a Carmelo el número de los mariachis y lo veo tendido sobre la mesa. Dormido.

—¡El número, güey!

La baba le sale por la boca. ¿Si le doy un manotazo? Se lo doy. Solo gruñe. Le doy otro, lo cojo por los cabellos y le levanto la cabeza. Ya despierta.

—¿Eh?

—Dame el número de los mariachis.

—Yo qué voy a saber. Pídeselo a Dalia.

¿Y dónde carajos está Dalia? Pegada a la pared, cuatro metros detrás de mí. Sentada en las piernas de un fulano al que en mi vida he visto. ¿Iré? No creo llegar. Mejor le grito. No me escucha. No sé si es por el barullo o porque el tipo, en este instante, le come una oreja. Ahora le come la otra. Ella se deja comer. Ya me ve. Ahí viene. Camina como pollo. Quién le manda ponerse esa falda y esos tacones.

—¿Qué?

—Dice Carmelo que tú conoces el teléfono de los mariachis.

Sonrío como idiota. Dalia saca su teléfono y aprieta botones.

—¿Y tienen con qué pagarles?

Carmelo no responde. Solo nos enseña una billetera que padece de obesidad mórbida.

—Copia el número.

—No veo nada. ¿Ese es un ocho o un tres?

Me bufa en la cara. Oprime un botón y espera a que le respondan. Habla a través del aparato.

—Tres mil pesos la hora. Cinco mariachis.

Carmelo hipa con desesperación.

—Que traigan acordeón.

Nuevo diálogo con el interlocutor desconocido.

—Dice que no mames. Que los mariachis no usan acordeón.

—Que se vaya a la mierda.

Lo manda a la mierda. El otro recapacita. Dalia le indica la dirección. Como la fiesta está a mitad de la calle, nos encontrará con facilidad.

—Ya viene. Diez minutos.

Da la media vuelta para regresar a las piernas del tipejo. La detengo por el vuelo de la chamarra.

—Oye, ¿y ese?

—No lo sé —se encoge de hombros—. Pero está sabroso.

Llega donde está el sabroso y se le monta a horcajadas. Una vieja con cara de perro bulldog la mira con desdén. Más parece envidia.

Me sirvo otra cubalibre. Los hielos caen. Ploc, ploc. Fuera del vaso. Los tomo con la mano y me aseguro de que entren. Un buen chorro de ron. Refresco negro. Agito. El bebistrajo burbujea, se derrama y mancha el mantel. Qué más da. Bebo un trago y echo una mirada alrededor. Ebrios a babor. Beodos a estribor. Parejitas que intercambian cantidades industriales de saliva por todas partes. Viejos con la cara sobre el pecho. Miradas ávidas de donjuanes envalentonados por el alcohol. Viejas agrias que pasan el tiempo a veinticinco refunfuños por hora. Golfas en potencia guiñando ojos a diestra y siniestra. Una me mira. Sonríe. Levanto mi copa y brindo a la distancia. Me responde la tipa sentada junto a ella.

Un estruendo de trompetas me rompe los tímpanos. Llegaron los mariachis. Interpretan «Tranchetes», si el oído no me falla. No me falla. Un sujeto se levanta a zapatear. No lo hace mal del todo. Sí que lo hace mal. Se le enredan los pies y rueda por tierra.

Miro a los músicos con atención. Están para el arrastre. Sus trajes blancos… no. Ya no son blancos. Uno de ellos incluso luce una mancha de mole en el saco. El guitarrón tiene más raspaduras que el ropero de un cura pobre. Ni qué decir de los demás instrumentos. Pero le ponen entusiasmo. No terminan de sonar bien, aunque eso no importa demasiado. Saben a lo que se enfrentan. Fiesta de barrio, asistentes embrutecidos por el alcohol, gente ocupada en sus propios asuntos. Si consiguen sonar pasablemente, quedaremos satisfechos.

Terminan la pieza. Nutridos aplausos. Ven a Carmelo contar billetes.

—¿Cuál le tocamos, patrón?

Carmelo finge pensar. Lo más seguro es que su cerebro se niegue a coordinar.

—Échense… un corrido.

Atacan «El caballo blanco». Y lo atacan sin piedad. Hasta destrozarlo. Un sujeto con la corbata torcida se levanta a cantar. Desafina peor que los mariachis. Que ya es mucho decir.

Nuevos aplausos. Alguien pide «Rancho alegre». No se la saben. «Sombras». Tampoco. El alumbrado complace al solicitante y se funden dos focos. Quedamos en la penumbra. Toquen una que se sepan. Arremeten contra «El rey» y también lo deshacen.

En la semioscuridad, Dalia se da vuelo con el sabroso. Creo que se ha subido la falda. No es la única. La mujer sonriente del cuarto de hora anterior se pone de pie y avanza hacia mí.

—¿Bailamos?

—Estoy negado para el baile.

—Yo también.

Me levanto. Doy un traspié y por poco me caigo. Con todo y pareja. Me sostiene. Suena un corrido. Muy extraño. Como si proviniera de un disco de acetato puesto al sol. Taconeamos alegremente y levantamos una nube de polvo. La tomo por el talle. Cadera a la izquierda, cadera a la derecha. Sin vueltas. El mariachi empalma dos canciones. Me concentro en no perder el equilibrio. Una pausa. Nos sentamos.

—Soy Tina.

—Hola, Tina.

Saltamos como chapulines cuando la música se escucha de nuevo. Nos miramos a los ojos. Sonreímos. Mi mano baja un poco del talle. Está en la cadera. Tina gira y le toco las nalgas. Nada mal. Diviso a Carmelo. Está recostado sobre dos sillas. No sé si le han birlado los billetes o los regresó a su cartera. O tal vez ya pagó.

Afino el oído para detectar con qué es con lo que ahora nos deleita el mariachi. No adivino. Todo lo que toca suena igual. Un poco más rápido o un poco más lento, pero siempre igual. Y no para. Quince parejas nos apretujamos en el espacio que se ha señalado como 'pista de baile', lo que nos ayuda a conservar el equilibrio. Cada quien se mueve como mejor puede. Un hombre da vueltas como trompo. Se acuclilla. Hace flexiones. Alza los brazos y se agita. Travolta no lo haría mejor. No sé qué tenga que ver con la música que escuchamos, pero al menos es divertido.

Así como llegaron, los mariachis parten. Tres hombres los detienen. Les muestran unos cuantos billetes. El que parece ser el jefe niega con la cabeza. Le suplican. Que no. Ponen otros pocos billetes. Muestran las carteras vacías. El jefe se reúne con los otros como si fueran un equipo de futbol antes del partido. Regresan con media sonrisa y se embolsan los billetes. «Dos horas», grita un borrachín, como si se tratara del tiempo que le falta para cobrar una herencia.

—Estoy agotado —y mi cubalibre se ha aguado.

Tina no me escucha. Se entretiene mirando los visajes que hace Dalia. El sabroso ha desabrochado su blusa y le besa las tetas con cara de sátiro.

—¿A qué te dedicas?

—Soy burócrata.

—Ah —muestra desencanto—. ¿Huevón con sueldo?

—No exactamente —trato de sonreír; no me ha hecho la maldita gracia—. Manejo un archivo.

—Oh —reaparece el encanto—. Yo soy telefonista.

Me enseña la punta de la lengua. Quiero decirle que, si trata de seducirme, no necesita esforzarse mucho. No. Mejor guardo silencio. Que se esfuerce. Yo hago mi parte y le pongo una mano en la rodilla. Vamos bien.

Un minuto después nos besamos con frenesí. No es particularmente linda. Tampoco es un monstruo. Mejor que otras a las que he besado. Y besa bien. Me animo a tocarle los pechos. Se deja tocar los pechos. Estoy a punto de pedirle que nos larguemos cuando el acordeón suelta una ristra de notas y ella se levanta. Me levanta. Bailamos lo que parece una polka. También muy extraña.

Un viejo arrastra los pies y se va. Su mujer lo sigue con cara de sargento. Regresan corriendo dos segundos después con tres perros callejeros detrás de ellos. El de la corbata torcida les lanza hielos, un vaso. El zapato derecho. Los perros se marchan. Se levanta medio descalzo y canta incoherencias. No son incoherencias. Es la letra de la polka. Sus colegas de mesa llevan el ritmo con las palmas. No tienen el menor oído musical y se hacen un lío. Una gorda se entusiasma y secunda al que berrea. Se oiría bien si atinara al tono.

A cinco pasos, una mujer canosa me lanza miradas de reprobación. Tal vez no le gusta mi forma de bailar. O tal vez no le gusta que baile con las dos manos adheridas a las nalgas de Tina. Le saco la lengua. La vieja se escandaliza. Pide a su marido que me aplique un correctivo. Mala idea. El carcamán da un paso y cae de bruces. La dentadura postiza se le sale de la boca. Está por agarrarla cuando dos taconazos la pulverizan. Tres molares y un incisivo quedan huérfanos al paso de todos. Sus demás compañeros de porcelana se dispersan, empujados por los pies de los danzantes.

Suena «El caballo blanco». Más cansado que la vez anterior, pero menos cansado que yo. Nos sentamos nuevamente.

—¿Eres casado?

—Divorciado. Tres veces.

—Yo también. Solo una vez.

—No es muy recomendable como entretenimiento. Sale algo caro.

—¿Eres amigo de Pancracio?

Pancracio es el festejado. Nadie sabe dónde se ha metido, pero todo este merengue es a causa de su cumpleaños.

—Desde que éramos niños.

—Ah. Yo no.

No alcanzo a decir más. Los músicos se reaniman y acometen una pieza que no me parece familiar. A nadie, pero tiene buen ritmo. Ocupamos nuestras posiciones y damos los mismos pasos que antes. Procederíamos de un modo similar si se tratara del sirtaki.

La fiesta se vacía. Un hombre avanza a trompicones entre las mesas, pasa junto al mariachi y se dirige a su automóvil. Cae al suelo al abrir la portezuela. Insulta al vehículo. Se golpea la cabeza al entrar. Cierra la puerta. La abre enseguida. Se busca en los bolsillos, en el saco, en el chaleco. Grita maldiciones. Pinches llaves. Las llaves están pegadas a la cerradura de la portezuela y se ríen de él. Frustrado, regresa a la fiesta. Toma la primera botella que le sale al paso y bebe un largo trago.

Hace tiempo que no veo a Carmelo. Ni a Dalia. Ya los veo. Carmelo duerme debajo de la mesa. Como un bendito. Dalia también está debajo de una mesa, pero no duerme. Todo lo contrario. No sé cómo el sabroso aguanta las embestidas sobre el suelo lleno de guijarros. La ha de pasar bien.

El de las llaves extraviadas de nuevo intenta irse. Ríe a carcajadas cuando observa las llaves pendiendo de la cerradura. Vaya carcajadas. Se convierten en arcadas y vomita copiosamente. Se ensucia los pantalones. Termina de vaciar el estómago y cae de rodillas. Queda hecho un asco. Toma las llaves, se pone de pie y entra en su coche. Lo enciende. Da marcha atrás y golpea al auto más cercano. Pi, pi, pi, pi. La alarma suena. La música del mariachi, lo mismo. Un tipo levanta la cabeza, abre unos ojos como platos y corre a ver qué le ha sucedido a su vehículo. Una carcacha a la que resulta imposible que algo se le note, salvo que le pase por encima una aplanadora.

—Ya no puedo más.

Nos sentamos. La borrachera se me ha pasado, pero tengo sed. Me sirvo un poco de agua mineral. Tina niega con la cabeza. Quiere otra cubalibre. Se lo sirvo.

—¿Te diviertes?

—Como chiquillo.

—Yo también.

Me apetece más divertirme como gente adulta, pero puedo esperar un poco. Al menos, hasta que se larguen los mariachis. O sea, en cosa de quince minutos. ¿Aceptará irse conmigo? ¿Me dará de bofetadas? Hago un avance temerario. La tomo por la cintura y la atraigo hacia mí. Despacio. Se me adelanta y me planta un beso largo. Muy húmedo. Le acaricio un muslo. Me acaricia la entrepierna. ¿Por qué diablos no nos vamos de una vez?

El mariachi nos regala una hora más de entretenimiento. Ahí vamos de nuevo. Viene la hora de las lentas. Bailo como vaquero de película barata. A Tina no le desagrada. Apoya su cabeza en mi pecho. Aprovecho para enterarme de lo que sucede en la fiesta. Hay menos gente. Algunos ebrios están en el suelo. Inconscientes. Una pareja se mete mano a conciencia en el rincón más oscuro. Otro poco y se quitan las ropas. Ah. No es necesario. El del coche golpeado increpa al otro. Pendejo. Ciego. Ni tan ciego. De un derechazo lo deja viendo visiones.

Tina comienza a besarme el cuello. Gime un poco. El hombre golpeado se repone y prosigue con los insultos. Por qué no nos vamos. Los mariachis se ubican a un paso de nosotros. El insultado le atiza un puntapié en los testículos. También me pregunto por qué no nos vamos. En semicírculo. Como gitanos en restaurante. «Uh», exclama el sujeto desde el piso. Se embarra a mi cuerpo como una lapa. El del acordeón me guiña un ojo. Tomo a Tina por las nalgas y la aprieto con pasión. Suerte, matador. Un nuevo puntapié, ahora en el rostro. Su aliento se condensa en mi oreja y me eriza los vellos de la nuca. Los mariachis entienden un poco el concepto de «privacidad» y regresan a su sitio. Encuentro el cierre del vestido y lo bajo un poco. El de las llaves extraviadas masacra al otro. Menudo ambiente el que crean estos músicos rascatripas. Pierdo la cuenta de cuántos puñetazos y puntapiés le caen al que está tirado.

La espalda de Tina es suave. El hombre gimotea desde el suelo. Dalia emerge de las profundidades con el cabello revuelto, la blusa desabrochada y la falda a la cintura. Le suelto el sostén. Suplica piedad. Inspira profundamente y se me unta como si quisiera traspasarme la piel. Lo toma por los cabellos y le estrella la cabeza contra una pared. El sabroso aparece detrás de Dalia y le entrega las pantaletas que había dejado olvidadas. La música se atenúa. Abrazo a Tina y la conduzco hacia mi auto. Chas, chas. El cañón de una pistola refulge en la oscuridad. Los mariachis abandonan la escena sin dejar de tocar. Hasta suenan bien. Caminamos abrazados, paso a paso, las manos dentro de las ropas del otro. Los balazos taladran la noche. Nadie se da cuenta de nada. Lanzo una última mirada a la moribunda fiesta. Una bala perfora el cráneo justo en medio de la frente, sobre un par de ojos desorbitados. Carmelo sigue en el suelo, ajeno a todo, hecho un ovillo. La otra entra por la oreja. Abro la portezuela para que Tina suba. Dalia me ubica y se despide de mí a señas, sin soltar la mano del sabroso. Los sesos del tipo manchan la acera. Agito la mano como despedida y entro en el auto. Los curiosos se asoman por las ventanas a ver qué sucede. Beso a Tina, enciendo el motor y partimos sin prisa.

SEGUNDO PUESTO

Yazmín Caram Suárez – Cuba

 Nació en La Habana, 1958. Graduada en Filología (Univ. de La Habana, 1982). En la actualidad ejerce como investigadora y profesora de Literatura.

Su desempeño profesional se ha centrado fundamentalmente en la investigación literaria, bibliográfica y bibliotecológica, labor en la que he obtenido reconocimientos y publicaciones nacionales e internacionales.

En 2007, la narración *Penélope, 2007* resultó finalista en el I Concurso Internacional de Larevelación y fue publicada en *El Camino de los mitos*, Ediciones Evohé. Posteriormente, otras obras han sido incluidas en la *I y II Antologías de El Desván de las Palabras*, Ediciones Evohé.

Tiene publicados poemas y cuentos en varias revistas y antologías de Latinoamérica: *Grito de mujer* (Santo Domingo), *Mil Poemas a Neruda* (Isla Negra), entre otros.

Escape a la gloria

5 y 20 de la tarde, hora indescriptible en el transporte público habanero. Bolsos voluminosos, tortas de cumpleaños, olores de procedencias diversas que confirman el fin de una jornada siempre veraniega y sudorosa. *Cuba es un eterno verano*, buen lema publicitario para el turista, no para los nacionales de a pie que eternamente sufren en este lapso el calvario de torsos contra torsos, brazos entrelazados con otros ajenos, vecinas respiraciones entrecortadas y el deseo unánime de arribar al rumbo final, descender de la pesadilla rodante y refugiarse en el frescor ilusorio de los aleros.

Lucy abandona el pringoso mostrador de la cafetería donde trabaja y se dirige al baño de empleados. Mientras se refresca el rostro y el cuello con agua fría va recontando los incidentes de la jornada laboral y comenzando a pensar en el reto que enfrentará dentro de un rato al regresar a casa. Frunce el ceño al recordar las frases lascivas del cliente que porque llevaba ropa de marca y diente de oro se creía merecedor de sonrisas y manoseos, sin saber que ella a estúpidos como él, los ponía de inmediato en su lugar.

Cambiando el rumbo de los pensamientos, conjetura que los gemelos deben tener alguna tarea por entregar al día siguiente en la escuela, sus uniformes de seguro claman por un lavado urgente, hay que intentar que las croquetas escamoteadas alarguen el arroz con frijoles ya preparados, quizás freír unas papas si el aceite alcanza… lástima que hoy no pudo conseguir más aceite…

Después con maña, disipa todos los pormenores domésticos de la mente, para concentrarse a plenitud en su misión inmediata. Los empleados se han marchado en estampida, excepto el administrador, demasiado ensimismado en sus cuentas y ganancias turbias como para fijarse en ella; así que con la destreza del mucho hacer,

Lucy se cepilla el pelo, lo suelta sobre los hombros y se recoge por la cintura la falda del uniforme hasta que la misma alcance apenas un palmo por debajo de los glúteos.

Taconeando firme se dirige a la parada: lo mismo con lo mismo. Debe dejar pasar unos cuantos buses con racimos de personas colgadas de las puertas. Aborda el primero asequible que la deje cerca de su destino y comienza la lucha a brazo partido para ubicarse en el mismo centro, el mismo nudo del gentío. Una vez establecida, comienza la cacería.

Aquel par de ancianos con sus jabas de pan, ni soñarlo. Por allá vislumbra una espalda tentadora, una segunda mirada le indica que el dueño va muy amartelado con su pareja (rechina enojada porque el tipo está bueno). Pero sigue oteando el mar de posibilidades, hoy ansía una coleta, le dan morbo los tipos con coletas y tatuajes. No ubica ninguno. No sucede nada.

Ya comienza a impacientarse y a rememorar las contadas ocasiones en que se ha ido en blanco, cuando lo siente. No sabe cómo es, ni por donde llegó. Es solo un hombre pegado a su espalda como una calcomanía, y un bulto que aun desconoce el lugar que le corresponde; es tarea de ella descartar la posibilidad de un teléfono móvil (ya una vez le sucedió).

Hora de desentrañar el intríngulis y examinar qué ha conseguido. Aprovechando el vaivén de un bache, inicia un roce sugerente sobre la portañuela del Otro. La respuesta es instantánea, el cuerpo masculino se adhiere con fuerza mayor y todavía con un poco de comedimiento coloca en su lugar la dureza (que NO es un celular) y le deja a ella los próximos pasos que no tardan en producirse (son solo cinco paradas y no hay tiempo para remilgos).

Empina el trasero y comienza el movimiento rotatorio y lento que tanto la excita, el hombre también se desboca, como ella había previsto, siente el jadeo tibio en su cuello; su pecho ardiendo y en un momento de arrojo masculino incontrolable, coloca las manos velludas sobre las suyas y se funde ya francamente contra ella.

Lucy lanza una mirada circular al entorno. Como siempre, nadie ve nada, ni se fija en nada, obsesionados todos en subir, bajar y conservar equilibrio. Ella no necesita preocuparse por esto último: el Otro ya la lleva atenazada contra sí. Es uno de sus instantes preferidos: libera una mano y busca el pene del hombre, aun está enfundado pero va enhiesto y duro como un mástil al que cualquier mujer podría asirse en medio de aquella tempestad de personas.

Faltan unos minutos y no puede permitir que la dureza afloje, ni desista, por lo que se inclina ligera, con la mano libre se saca el blúmer en un santiamén y coloca sus nalgas ya desatadas sobre la portañuela masculina. Una mano espontánea del hombre atrapa uno de sus senos y comienza a pellizcarlo con suavidad y perversión por encima de la ropa. Agradece el gesto, hoy pescó uno de los buenos, de los decididos. En ese estado los encuentra la parada.

Lucy agarra con fuerza al hombre por la propia mano audaz y lo remolca hasta la puerta para bajarlo con ella. Para hacerlo, debe multiplicarse pues en una mano ya porta la cartera con las croquetas de la cena y otros enseres femeninos; en la otra, la pequeña tanga que cabe en su puño.

El oscuro matorral que rodea y ahoga un edificio en ruinas siempre permanece ahí, inmutable, gracias a todos los dioses. Penetran en él, el hombre dando traspiés con las raíces, ella con la pericia de una exploradora. También está el anciano guardián consuetudinario; desde la media tarde ya ella lleva entre los senos una pequeña cantidad de metálico procedente de una propina. Se la extiende al viejo con rapidez y él la recibe con avideces que no justifican el monto del dinero.

Va hacia el árbol de costumbre, coloca el bolso en una rama que parece diseñada para ese uso; se zafa y sube la falda y baja el torso todo cuanto puede. Le gustan las nalgadas, este de hoy no está en esa onda, pero sí comienza a soltar palabrotas y cochinadas que la llevan al 'Nirvana'. Sin voltearse, le ofrece el condón que él se coloca con una prisa que presagia un final demasiado efímero.

Se equivoca, el Otro aguanta. Por dos veces, Lucy le niega la boca (los besos son demasiado personales para regalárselos a un desconocido). Pero siente un placer inmenso cuando advierte que el Otro está dispuesto a dar uso a todos sus agujeros. Imagina el gustazo que debe estar experimentando el guardián, siempre espiando desde la maleza y ello acaba por enardecerla. Grita desde el silencio, como si llevara mordaza y se marea cuando llegan juntos al cielo del orgasmo.

Lucy dice una única palabra: *gracias*, y evita el rostro del Otro que balbucea incoherencias sobre próximas citas. Niega con la cabeza y con un gesto de la mano parece ahuyentar al hombre que desconcertado, ¿humillado?, se retira. Ella mira el reloj, apenas se han demorado quince minutos. Todo ha salido ideal, está segura que el hombre no logró ni verle el rostro a derechas; ella a él tampoco, pero no le importa demasiado, prefiere no almacenar ciertos ademanes para luego dejar su espacio a la imaginación en tiempos de abstinencias. Limpia con calma los sudores de la agonía, ahí donde estén; se recoge el pelo en el moño acostumbrado y camina la cuadra escasa que la separa de su hogar.

Luis, su esposo, está frente a la TV, emocionado por la retrasmisión de un partido de futbol que ha visto cinco veces. Ella observa de soslayo el incipiente rollo de grasa que cae sobre su cinturón y los hombros vencidos, antes de depositar el beso ritual en la mejilla y comenzar a responder la también ritual pregunta de *¿Cómo estuvo tu día?*, que lleva una sola respuesta: *¿Mi día? Normal, el administrador en sus marrullerías, la gente insoportable, el transporte horrible...* Está hablando de más y lo sabe. Lo sigue haciendo mecánicamente, porque mientras Cristiano Ronaldo esté anotando el gol que a ella le parece siempre el mismo, su marido no prestará atención ni a un OVNI aterrizando en la pequeña sala de la casa.

Los gemelos están propinándose porrazos por el mando de un videojuego. Los neutraliza con energía, con la misma con la que prepara la comida, friega, recoge aquel caos de todos los días y aun halla bríos para revisar las libretas de los niños y adelantar la comida del día siguiente. Debe controlarse porque el canturrear de una melodía pegajosa en boga le aflora a los labios una y otra vez. Inconveniente y peligroso. Ninguna mujer normal andaría radiante en medio de tanto quehacer doméstico.

Con la situación bajo control, se baña a conciencia y permanece más tiempo del normal acariciando ese cuerpo increíble que le permite cambiar de galaxia a su antojo. Revisa el uniforme. No encuentra nada irregular pero decide cambiar la blusa, es imprescindible andar sin malos olores, ni manchas de grasa.

Realiza cada acción con toda la calma del mundo y logra su propósito. Ya Luis exhala sus ronquidos de orquesta cuando ella se tiende a su lado, cansada pero satisfecha. Vuelve a contemplar con una mezcla de desdén y ternura el cuerpo deteriorado de su marido, su dentadura estropeada, el cabello raleando en las sienes, el miembro flácido y demasiado escueto, ridículo.

No importa. Mañana será un nuevo día, donde soportará por igual las impaciencias del público y la prepotencia del administrador; mañana tendrá que apropiarse de alguna de las ofertas gastronómicas para alargar la cena de su familia, y elevar los niveles del siseo para reponer los zapatos de los gemelos y los calcetines de Luis.

Mañana será un nuevo día, con otro…Otro sin rostro ni historia: un escape más a la gloria.

TERCER PUESTO

Antonio Manuel Costa Rocha – España

 Estudiante de Derecho en la URJC, nació en la ciudad de Móstoles el 22 de Noviembre de 1993. Fue en el instituto Miguel de Cervantes de Móstoles donde comenzó su carrera literaria, ganando consecutivamente el primer premio del Certamen de Relatos Cortos de dicho instituto los años 2009, 2010 y 2011. Al año siguiente, en 2012, resultó ganador del Certamen de Relato Corto "Entrelíneas" organizado por la URJC con la obra *Kazatwayiyi*. Además, ha sido finalista en otros concursos literarios como Chéjov en mi vida organizado por la revista *Rusia Hoy*.

Su nombre es Toby...

<u>SE BUSCA</u>

BICHÓN FRISÉ

Responde al nombre de <u>TOBY</u>

(Ver fotografía)

Es muy dócil y alegre.

Es MUY IMPORTANTE para mí.

Ofrezco <u>GRAN RECOMPENSA</u>.

Si tienen noticias, llamen al: 6852975838

Por favor, si no es así, absténganse de llamar.

Fue hace no mucho. España acababa de ganar el mundial y la gente estaba contenta, especialmente los futboleros. Especialmente los futbolistas. Yo no.

La Selección había ganado… bueno, sí, ¿y a mí qué? Yo seguía con mi trabajo de mierda en el Foster's Hollywood, sin hablarme con mis padres por temas económicos y con eternas tardes de cine con mi novia, a quien le había dado por el género independiente noruego.

Todo iba mal, como siempre. Entonces nos conseguimos un perro. Ella prefería un hijo, pero los perros son más baratos y más limpios; así que, al final, fue perro.

Una amiga suya le recomendó una pajarería donde trabajaba la prima de una amiga de aquella, yo no sabía que en las pajarerías también vendieran perros. En fin, que fuimos a una pajarería a comprar un perro con la esperanza de que la prima de la amiga de la amiga de mi novia nos ofertara un buen ejemplar.

El aspecto de la susodicha dependienta era tan animal como su producto; tenía los ojos juntos, la nariz chata, la piel oscura, los dientes quebradizos; y todo esto brotaba de sus hombros sin la intermediación real de un cuello. Además era chaparra y de voz ronca y enferma.

Al entrar en la tienda sacudió su pelo ceniciento.

—Hola —nos ladró desde el mostrador.

—Hola. ¿Usted es Lara?

—Sí…

—Soy Adela, una amiga de Carmen.

—Carmen…

—Su prima…

—¡Ah! Esa golfa…

—Sí, aquella — sonrió mi novia enrojecida—. Queremos un perro.

—Claro.

Volvió a sacudir su pelo ceniciento, levantó su enorme trasero del taburete y cruzó un pasillo. Hizo un gesto con el cabello para que la siguiésemos. Para mover la cabeza necesitaba tornear la cintura. Me resultó gracioso.

—¿Os gusta este?

—¿A ti qué te parece?

Tardé en contestar. Estaba distraído. Hasta ahora únicamente había visto un pájaro verde y chillón en esta pajarería y estaba buscando alguno más. La mayoría de las jaulas de cristal estaban vacías, no obstante yo me detenía en cada caja transparente. ¿Y si eran todos camaleones?

—Jonathan… —me espetó ella.

—Sí, perdona…

Fijé mi mirada en aquella bestia inmunda, famélica, débil y probablemente narcotizada. Parecía una rata enorme con ojos de batracio.

—Es horrible. Ni de coña…

—Pues a mí me parece muy mono —respondió ella.

—Son quinientos cincuenta euros.

—Ni de coña.

Adela no se molestó en cuestionarme.

—¿Y este?

—Demasiado peludo.

—Pues a mí me parece muy suavecito y muy mono…

—¿Y este otro?

—Parece estúpido.

—Pues a mí me parece muy gracioso y muy mono…

Y así fue durante veintitantos minutos; la dependienta señalaba un perro inútil al que mi novia confundía con un primate. Durante aquellos veintitantos minutos, nadie entró en la tienda, ni se descubrió ningún camaleón.

Finalmente, agotado de tanto bucle absurdo, chillido verde, hedor animal y emética visión de la vendedora; cedí. Lo hice sin ver qué compramos, porque sabía que, de hacerlo, no lo hubiera aceptado.

El precio me repateó bastante.

Volvíamos a casa con el chucho.

Ella sonreía. Yo no paré de pensar en el precio hasta que recordé las películas noruegas de bajo presupuesto.

—Cariño.

—¿Sí?

—Ahora tienes un nuevo acompañante.

—Sí. Y tú.

—Ya…

Seguimos caminando.

—…Alguien con quien ver tus películas…

Sudé. No sé cómo, pero sentí miedo. Deseé estar en la jaula del perro en aquel segundo de margen entre mi frase y su contestación.

—Ya —se limitó a decir.

Y siguió sonriendo.

El perro continuaba callado y yo también sonreí. En ese momento descubrí que el perro era una gran inversión.

***

—Míralo qué guapo es…

—A ver.

Sentado en el sofá, cómodo y fresco, lo vi desde la altura y me sentí enorme frente a una criatura tan inferior a mí. Me excité de orgullo; como le pasa a Dios.

El perro no era ni demasiado feo ni demasiado agresivo ni demasiado estúpido. Era simplemente un perro. Cagaba, comía, dormía. No me sorprendió. No me esperaba nada mejor.

Encendí la tele. Echaban una de esas series vacuas e incoherentes en Antena 3. Permanecí inmóvil, con la mirada sobre la pantalla; como si me importara algo que no sé qué niña tuviera poderes.

—Bueno, me voy a ver esa película de vendedores de planchas con el perro.

—Sí, cariño. Te quiero.

—Yo también te quiero.

Se llevó al perro a la habitación contigua. No cambié de canal. Me sentía feliz así.

«Ay, yo no quería. No quería», gritaba la niña de la serie tras matar a un viejo con el que guardaba algún parentesco. Me reí de la niña. Me reí de la serie, de la televisión, del cine noruego, de las mujeres, de la horrible dependienta de la tienda de animales, de los pájaros y los camaleones; y, finalmente, del perro.

Me sentía tan feliz... no sé cuánto tiempo estuve riendo. Cuando me quise dar cuenta, Adela ya había terminado esa tediosa película y a mí me dolía el estómago.

Vi al perro, en sus brazos; sonriendo.

Rompí a reír de nuevo.

***

Esa sensación de felicidad aguantó algunos meses. Yo volvía del trabajo alegre, esperanzado. Con aquel perro en manos de mi novia me sentía el soltero con más suerte del mundo. Ella se pasaba las tardes que yo no trabajaba en la calle con el perro o en casa de alguna de sus amigas, con el perro. De nuevo tiempo para mí... ¡Qué gran regalo!

Volví a fumar, vi la saga del *Señor de los Anillos, Star Wars, Die Hard*; comía lo que quería, bebía lo que quisiera. Por la tarde era libre; y por la noche... todo era mejor que antes.

Antes de acostarnos ella besaba al perro, le acariciaba el pelaje y lo dejaba tirado en su cojín. Y luego hacíamos desenfrenadamente el amor. El ritual del perro era esencial. Era un protocolo infalible. Decidí que durmiera en nuestra habitación. Aquella fue la segunda mejor idea que he tenido en mi vida. La primera fue comprar el perro.

***

Sí, todo iba a pedir de boca. Entonces me echaron del trabajo.

El Foster's tenía demasiado personal para tan pocas ventas. Estábamos Susana, un cuerpo 10/10 de tan solo diecisiete años; Jorge, el insoportable jefe de nuestro local; Carlos, el cocinero; Mohammed, un ilegal, y yo. Tenían que echar a alguien. El más inútil no se podía ir, porque quien despide y quien es despedido no suelen ser la misma persona; a Carlos tampoco lo podían echar, porque hacía el trabajo de tres personas por el precio de una, cobrando el de media; a Susana tampoco; y no es que fuera muy eficiente, pues había roto más platos y vasos que el resto de camareros de Foster's Hollywood de España juntos; sino que su redondo culo y sus interminables piernas y su escotado pecho convencieron de su imprescindibilidad a Jorge. Por lo que el asunto estaba entre Mohammed y yo.

De haberme informado aquella señora de su diabetes, yo no le habría añadido mi ingrediente especial a su hamburguesa. A todos los clientes les gustaban nuestras hamburguesas; ¿por qué? Porque yo condimentaba la carne con azúcar. ¡A todos les gustaban mis hamburguesas!

«La mía sin *ketchup* ni salsas, solo la carne y el pan», dijo ella. ¡Claro, pues con más razón necesitaba de mi receta secreta! Por lo que añadí extra de aderezo personal.

Me costó el empleo la gracieta… ¡Ya se podía haber muerto la vieja en otro momento!

En fin… tal vez Mohammed se lo mereciera más que yo…

El caso es que entonces, que no trabajaba, tenía menos tiempo libre. Una tarde de octubre se produjo el reencuentro, en la sección de perfumes de un Corte Inglés, entre su viejo grupillo del instituto y ella. Fue una de esas cosas que pasan sin que te lo propongas; yo las llamo 'patadas/putadas del destino'. Bueno, pues aquella fue gorda. A partir de ese momento, Adela pretendió que yo, **YO**, hiciera las tareas de casa. ¿Saben cuántas tareas requiere una casa?

Yo le propuse contratar una chacha, pero claro; como yo no trabajaba... no podíamos pagarla.

—Contratamos una un mes, no la pagamos. Luego otra... y así todo el rato —le propuse—. ¡Si debe de haber cientos de mujeres incompetentes en este país para hacer esta tarea!

No le gustó mi idea. Ni mis argumentos.

Y así empezaba mi jubilación; barriendo, fregando, frotando, mojando, secando, colgando, comprando, friendo, cociendo... ¡ah! Y también estaba el perro.

Qué rápido se olvidan las mujeres de lo que tanto les entusiasmaba. Son animales impulsivos. Si ya lo decía Schopenhauer: «Las mujeres no ven más que lo que tienen delante de los ojos, se fijan exclusivamente en el presente, toman las apariencias por la realidad y prefieren fruslerías a cosas más importantes». Y esto es tan cierto ahora como cuando fue escrito. Los filósofos nunca se equivocan, o eso dicen los filósofos...

***

No sé si llegaron a pasar dos semanas entre mi despido y lo que acaeció.

Acababa de terminar el baño, y con él, todas las tareas hasta las once de la mañana. Estaba agotado, como cualquier otro hombre de bien tras realizar labores de limpieza. Me recosté sobre el sofá. Era tal la lasitud que no me molesté en reincorporarme para alcanzar el mando y encender la televisión. Permanecí así, tumbado, despatarrado, incómodo; con la lengua fuera. En silencio. Miré por la ventana. No supe que teníamos ahí una ventana hasta que me tocó limpiar los cristales.

La ventana estaba abierta y entraba el sol y el aroma de las flores del parque de abajo. No me sentía con fuerzas para seguir con los quehaceres; por lo tanto, permanecí en esa postura molesta unos minutos más, los que tardó en venir nuestra mascota. Saltó al sofá, con la lengua fuera, como yo; y se instaló feliz en mi camiseta.

Yo le insistí con palabras que bajara, pero me hacía caso omiso.

Entonces me reincorporé y cogí al animal.

—A ver, chucho... ya te he sacado esta mañana, ¿qué coño quieres...?

En ese momento me fije. Nunca me había dado cuenta. El dichoso perro era hembra. Era la perra. La recosté sobre mis piernas y vi su placa, pues hasta aquel instante, para mí era solo chucho: «Toby». La placa se la puso Adela. ¡Tantos meses y no sabía ni de qué género era!

Sonreí, no tenía fuerzas suficientes para carcajearme.

—Así que eres una hembra...

Entonces; no sé decir por qué ni cómo sucedió; tal vez prevalecieran en mí los efectos de las emanaciones tóxicas de los productos de limpieza; o tal vez fuera por el agotamiento; o por la luz del sol que entraba oliendo tan bien... no sé explicarlo. Tal vez fuera su sonrisa. Es difícil... pero el caso es que me puse cachondo. Fue ese efecto que causaba en Adela, 'el ritual del perro'; no sé expresarlo. Me puso cachondísimo.

Ya no me sentía cansado; me sentía pleno de energía. Imparable.

Así que me bajé los pantalones y me follé a Toby ahí mismo, en el sofá. Era tan pequeña y manejable; tan peludita... fue el mejor de todos en los que había tomado partido. Y Toby sostenía mi mirada mientras la empujaba; con la lengua fuera. Feliz.

Al terminar pensé en las infecciones que podría haberme contagiado; pensé en la opinión pública; qué pensarían mis amigos si supieran, no solamente que había hecho el amor con un perro, sino que había disfrutado como nunca. Finalmente pensé en mi novia, Adela. Toby era su perro…

Volví a sonreír y seguí con mis tareas.

Dos horas más tarde volví a beneficiarme a Toby, esta vez, con protección.

***

Y así pasaron otras tantas semanas.

Comenzaba a desear que Adela nos dejara a Toby y a mí solos. El sexo con ella me aburría casi tanto como sus películas nórdicas.

Una noche me sentí incapaz.

—Jonathan.

—¿Qué?

—Ya no te gusto, ¿verdad? —dijo, dándome la espalda.

—Claro que me gustas.

—Ya no disfrutas como antes.

—Es que estoy cansado.

—¿Es solo eso?

—Claro. Los hombres no estamos hechos para las tareas del hogar.

—¿Seguro?

—Claro.

—Entonces te ayudaré con las tareas. Le pediré al señor López que me deje traer el trabajo a casa y...

—No hace falta que te molestes, cariño.

—¿No hace falta que me moleste…?

—No. Yo sé que te gusta tu trabajo. Si tengo que trabajar en algo que no me gusta, por ti, lo haré encantado…

Justo tras decir esto me soltó una bofetada que hizo ladrar a Toby. La calmé con susurros.

—¡Eres un cabronazo! Me han dicho los vecinos que te oyen berrear. Que estás con otra. ¡Sé que estás con otra!

—No estoy con nadie más que contigo, car…

—¡Claro que lo estás! ¡¡Con una perra!!

—Mira; si no confías en mí, me voy.

—Vete. No te necesito. ¡Sal de mi cama!

Toby la gruñía. Hizo gruñir a Toby. No podía permitirlo; la abofeteé.

El mundo quedó en silencio. Únicamente se oía; allá, lejos; moverse a la luna.

—¡Eres un hijo de puta! —me gritó ella.

—¡¿Crees que no sé que en ese grupillo con el que tanto sales hay hombres?! —contraataqué.

—Claro que hay hombres.

—¡Y seguro que te los follas…!

—¡A todos! Les hago lo que nunca te hice… todo lo que me pedías, todo se lo hago a ellos…

—Tú sí que eres una perra…

Me levanté de la cama, cogí a Toby entre mis brazos, calmándola; y me tumbé con ella en el sofá.

Seguro que todavía no se ha dado cuenta que eres hembrita, pensaba mientras acariciaba su pelaje.

La muy estúpida no sospecha de ti. La besé en el hocico. Ella seguía sonriendo, enseñándome sus níveos colmillos. Ahora, con ella abrazada, estaba realmente erecto; y de no estar Adela en casa, me la hubiera vuelto a trincar.

***

Mi relación con Adela fue progresivamente a peor. Faltaba al trabajo para ver mis acciones en casa, me llamaba continuamente, me insinuaba posibles amantes; vecinas, amigas. Más tarde me encontró el tabaco, lo quemó; me encontró la bebida, se la dio de beber al váter. Y yo, claro; la sacudía. Y luego ella me gritaba, me insultaba, me amenazaba con denunciarme; me lloraba.

No sé cómo, pero siempre acabábamos abrazados. A continuación llamaba a sus amigas o directamente se iba y nos dejaba a Toby y a mí solos y tranquilos hasta altas horas de la noche, en las que aparecía borracha o drogada.

Al principio sentía lástima; pero acabé no sintiendo nada. Creo que ella me amaba. Yo exclusivamente amaba a Toby.

Acabamos los dos sin trabajo. A ella no le sentaba bien no tener trabajo. Salía de casa más que nunca, sin dinero; y volvía más borracha, drogada, y más 'Dios-sabe-qué' que nunca.

Un día decidimos separarnos.

Ella se quedaba la casa, con todo lo que contenía, excepto la perra y dos paquetes de preservativos. Todavía así no supo deducir nada; seguramente incluso se le hubiera olvidado cómo llegó y por qué a esa situación tan desgraciada.

***

Volví a casa de mis padres. Ya ninguno recordábamos por qué dejamos de hablarnos.

Mi padre estaba muy enfermo, postrado en una cama. Vegetal total. Mientras, mi madre se ocupaba de cada gasto y trabajo y problema y solución.

Volvía al pasado de oportunista adolescente, pero esta vez con más de cuarenta años.

Cuando mi madre salía de casa, por cualquier motivo, yo volvía al 'dale que te pego' con Toby. La enseñé, de la misma forma que se enseña a cualquier otro perro a sentarse o a tumbarse, a que no mordiera al besarla con lengua ni al practicar sexo oral. A veces lo hacíamos en la habitación de mi viejo, frente a él. Incluso en su cama. Ignoro si era consciente de todo esto, pero la verdad; me da lo mismo. Yo la gritaba:

—¿Quién es mi perra? ¡Tú eres mi perra! ¡Vamos, vamos! ¡Venga, perra! ¡Hazlo otra vez, otra vez! ¡Sí! ¡Eres la mejor perra del mundo! ¿Quién es la mejor perra del mundo? ¡Tú eres la mejor perra del mundo! —etcétera, etcétera hasta el final.

Toby y yo estábamos profundamente enamorados, salíamos a dar paseos por el parque como los jóvenes; veíamos películas realmente entretenidas; comíamos juntos, a veces; reíamos; y, sobre todo, hacíamos el amor.

Fue el mejor año de mi vida.

***

Al morir mi madre abandoné al viejo a su suerte. Al poco conseguí empleo en un EROSKI y alojamiento en un apartamento en las afueras. No era un trabajo digno, ni una vivienda digna; pero cuando un hombre y una perra se quieren de verdad... en fin; el resto no importa.

Ahorré durante seis meses. Ambos coincidimos en que debíamos casarnos. En un principio pensé en Las Vegas, pero me decepcionó saber que solamente casan humanos con humanos. ¡Pueden casarse Elvis Presley y Marilyn Monroe y no un hombre y una perra! ¡Aberrante!

Finalmente, y tras una exhaustiva búsqueda en Internet, hallé un local en Holanda; dirigido por un gordo cienciólogo desorientado de doctrinas, que aceptaba nuestra unión.

«WITHOUT MORAL OPINION», decía, o algo así.

No sé qué se me pudo escapar. A la semana siguiente, cuando lo tenía todo preparado; ya casi había comprado los billetes, Toby desapareció; sin despedirse, sin dar explicaciones.

Estoy muy preocupado por ella.

Adjunto esta historia al cartel para dejar clara la gran preocupación que siento. Toby y yo nos amamos, no pudo abandonarme así como así. La recompensa puede discutirse, estoy abierto a sugerencias.

Por favor, no dejen que ella se muera… lejos de mí. Sin decir adiós. Háganlo por un pobre animal indefenso que ha topado la felicidad en un igual de otra especie.

Como dijo Schopenhauer: «Si no hubiera perros, no querría vivir».

Hermes Torres – Argentina

 Como persona real y física, no es propiamente un literato. Madrileño afincado en Buenos Aires, su historial literario es corto y manejable como el manual de instrucciones de una cuchara sopera; ganó algún concurso de cuentos de pequeño, y consiguió que alguno de sus relatos llegase a ser publicado en editoriales oscuras, casi como favor personal. Le gustan autores depresivos e incómodos como Sabato, Unamuno o Strindberg, y es de esos cuatro o cinco pedantes que afirman haber leído y admirado a Lautréamont.

Ahora bien, Hermes Torres como concepto, es una historia bien distinta. A través de estados alterados de la mente favorecidos por diversos *mixes* de estupefacientes, Hermes Torres abandona su cuerpo, y, por extensión, su vida plana y mediocre, para ser poseído por el Maestro Fernández, y, en planos de existencia ajenos a este, se convierte en sublime creador de lo inexistente. Ahí, en el otro lado, es una referencia indiscutible de la narración, y los círculos intelectuales más selectos de súcubos y trasgos dan fe de su autoridad literaria.

Promoción laboral

Como tenía tanta necesidad de trabajar, no le importó el ambiente seco, severo... aburrido, casi funcionarial, de su nueva empresa. Las personas solo hablaban entre ellas para comunicarse asuntos puramente laborales, vestían de gris, de negro, de *beige*. Las paredes eran blancas y lisas, cuando no eran cristales diáfanos. En el despacho del director había un cuadro, una reproducción de Mondrian, que, a pesar de su sobriedad formal, resultaba la nota más alegre de toda la planta. Ella, realmente, no se quejaba de aquella atmósfera; la otra opción era el paro, el estar en casa en pijama actualizando el Facebook mientras una voz oscura, indeterminada, le llamaba 'parásito' al oído de su mente. Aceptaba aquel ambiente de ministerio de los años cuarenta como mal menor.

El caso es que, a la semana de empezar a trabajar ahí, comenzó a sentir movimientos raros. No podía definir qué era, pero algo extraño se fraguaba tras aquella máscara de sobriedad extrema. Una mañana, al entrar al *office* donde los empleados podían hacerse un café y guardar sus *tupper* en las neveras corporativas, blancas y angulosas, María se cruzó con una de las gerentes, saliendo con urgencia y limpiándose la boca con una manga. Dentro, el chico que trabajaba de mensajero, se encontraba de espaldas arreglándose el pantalón. Se dio la vuelta, saludó a María con una sonrisa irreal, y salió rápidamente de ahí. María se hizo una historia muy completa de lo que había sucedido, pero sencillamente no lo podía creer.

Otro día, en el baño de mujeres, mientras orinaba, sintió un gemido en el váter contiguo. Al salir a lavarse las manos, vio a dos empleadas salir juntas, despeinadas y colocándose la ropa. Una tenía rastros de polvo blanco en la nariz. María iba viendo que ahí no era todo como parecía.

Aun así María era prudente a la hora de interpretar tales hechos, y mucho más para divulgarlos. Estas cosas sucedían, en realidad, en todas las oficinas del mundo. Y podían, incluso, no haber sucedido tal y como María se imaginaba. Era nueva, y quería llevar un 'perfil bajo', por lo menos al principio. No destacar. Guardarse sus suposiciones para sí. Incluso, ocultar tales pensamientos a sí misma, engañándose sobre lo que había visto.

Según iba pasando el tiempo, las sospechas de María comenzaron a promocionar a conclusiones. Miradas soterradas, viajes en grupo al servicio, personal que cambiaba, sin explicación, de ropa a media mañana... ahí definitivamente pasaba algo. Y no eran casos aislados. Le comenzó a parecer que todos en la oficina, entre los cristales y el blanco y los ángulos racionales y sin vida, llevaban una activa vida de lascivia laboral.

Se empezó a hacer amiga de su compañero de mesa. Era un hombre de unos treinta bien cumplidos, con el traje habitual, casi uniforme de la compañía, gris marengo y corbata a juego, que no destacaba de los demás por ningún motivo. Sencillamente, trabajaba al lado de María, y fue el encargado de enseñarle los rudimentos del uso de la oficina. La contraseña de la impresora, cómo conseguir la tarjeta para la máquina de café, a quién había que pedirle el material de papelería, etc., etc. Un día, en el *office*, María, viendo que tenía algo de confianza con él, comenzó a lanzarle indirectas.

—Antes estaban aquí el jefe de sección y la secretaria de dirección, y me pareció notar que los interrumpí al entrar.

María dijo 'interrumpí' con cierto tono, pero el resto de la frase fue pronunciada como quien se refiere al tiempo.

—Era de esperar. Él ha promocionado de nivel, así que ya puede acceder a las ninfas etiqueta rosa.

No era la respuesta esperada. María se quedó con cara de necesitar más explicaciones. Su compañero la miró con complicidad, y se fue sin decir nada más.

Era más grande de lo que María suponía. Niveles, rangos definidos por colores. Hizo alguna alusión posterior a su compañero, pero de repente se volvió opaco hacia ella, simulando continuamente tener mucho trabajo para evitar responder a sus preguntas. Una nueva sensación roja, ardiente, comenzó a fraguarse en María: la de no estar incluida en un grupo al que quería pertenecer. No sabía qué suponía el entrar, qué había que hacer, ni si le gustaba lo que había detrás, pero no podía aceptar el no estar dentro de eso. Las paredes blancas y los trajes de chaqueta grises y las corbatas a rayas o lisas comenzaron a reírse de ella. Eran la careta que ocultaba al actor, el personaje que escondía a la persona real, y se burlaba de ella por ser espectadora y no parte activa, por ser la parte engañada de la representación.

Un día se hartó y siguió a su compañero hasta el *office*, dispuesta a interrogarle directamente, dispuesta a descubrirlo todo, a tirar de la manta. Cuando llegó, se lo encontró con los pantalones bajados, sobre el fregadero, mientras uno de los directores introducía un enorme *dildo* en su ano con fuerza y violencia, sonriendo con crueldad.

María se llevó la mano a la boca. Los dos hombres pararon y se la quedaron mirando.

—No sabe nada todavía, ¿verdad?

El compañero de María negó con la cabeza. Se subió los pantalones, y se fue del *office*. El directivo se quedó, y le pidió un momento a María para hablar.

—En esta empresa valoramos el compromiso de nuestros empleados. Para ello, creamos una serie de actividades recreativas que refuercen la interacción entre el personal. Hoy quédate después de la hora. A las ocho y media, baja al tercer sótano, puerta roja. Y recuerda que Pandora abrió la caja.

Dicho esto, el directivo se fue. María fue entonces al servicio a encerrarse en un baño y pensar en lo ocurrido. Aunque no pensó nada, sí se apenó de tener una ropa interior con tan poca personalidad precisamente ese día.

¿Es que de verdad lo voy a hacer?, pensaba María, y un fuego escalaba hasta su rostro. Al lado de su váter, dos, quizás tres personas, reían con picardía. Sí, por supuesto que lo iba a hacer.

Entre las siete y las ocho, la gente fue yéndose hacia sus respectivos hogares. Ella alegó tener algo de trabajo atrasado, y se quedó mirando a la pantalla con números del ordenador, o a la pared blanca, esperando a que el tiempo pasase. Cuando su compañero se fue, le echó una mirada significativa.

—¿Seguro que te quedas?

Ella afirmó con la cabeza. Su compañero le sonrío con picardía y se fue. María empezó a sentir que su ropa interior se humedecía.

A las ocho y media ya no quedaba casi personal. Fue al ascensor, y le dio al botón del sótano 3. Al contrario que el resto, este botón estaba sucio y pegajoso. Hizo como si se colocara la falda, pero en realidad era el instinto de tocarse.

El tercer sótano era una tumba de hormigón iluminada con luces amarillentas y tenebrosas. Una serie de pasillos oscuros, unas escaleras desnudas, una sensación de calor y humedad en el ambiente, mayor cuanto más avanzaba. Ahí debía estar la caldera del edificio. O el infierno. Cuando llegó a la puerta roja, María estaba empapada de sudor.

La puerta roja estaba cerrada con llave. Llamó. Una voz surgió del otro lado.

—Contraseña.

María se quedó pensando.

—Pandora abrió la caja.

Y la puerta se abrió. Cuando María la cruzó, no había nadie al otro lado.

Estaba en una estancia sucia, sin más decoración que manchas de humedades en las paredes y sin más mobiliario que una silla negra, de asiento redondo y patas y respaldo ondulados: silla de dama de cabaré. Aparte de la puerta por la que entró, había otra al otro lado, esta vez negra. Y la luz amarilla que lo envolvía todo.

Una voz habló tras la segunda puerta.

—Deja tu ropa sobre la silla.

—¿Toda?

Nadie respondió a su pregunta. María supuso que aquello era un «sí», así que comenzó a desnudarse, con timidez. Aunque había bajado hasta ahí, aunque estaba excitada y húmeda, aun tenía dudas. No sabía qué había al otro lado de la puerta negra. No sabía si alguien la estaba mirando. Eso le daba miedo, pero, por otro lado, la excitaba incluso más. Se quitó la ropa con torpeza, y la colocó ordenadamente sobre la silla. Con un brazo se tapaba el pecho, con el otro el pubis. Sus ojos, aun así, brillaban ante la novedad.

La puerta negra se abrió, como accionada por un resorte. Al otro lado se veía un pasillo sin iluminar. María entró en él, incluso más húmedo y caliente que el anterior, y la puerta negra se cerró a su espalda. Una voz delante de ella le dijo:

—Por favor, continúa.

Y ella caminó a tientas por el pasillo. Tocando una pared, rozó con algo. Parecía de carne. Una mano le tocó una pierna. Luego, fueron varias, palpando, acariciando, pellizcando, hasta alguna le dio un cachete. Escuchaba risas.

—No te quedes ahí. Sigue.

Y ella fue andando, tocada por manos invisibles. Tenía miedo, mucho miedo, pero no podía evitar humedecerse, de tal forma que, en ocasiones, simulando taparse de alguna mano que quería investigar su sexo, aprovechaba para introducir un dedo dentro de ella, no más allá de la uña, pero lo suficiente como para excitarse todavía más. Por fin, llegó adonde la voz.

—Párate aquí. Relaja la postura, quédate quieta, natural.

Y una luz brutal cegó a María. Un foco blanco llameaba frente a ella, la deslumbraba. A su alrededor, escuchaba risas y jadeos, algún silbido. Poco a poco fue haciéndose a la situación. Decenas de ojos la miraban. Escrutaban su desnudez, la juzgaban; y parecía que les gustaba lo que veían.

Cuando sus ojos se acostumbraron al foco, vio que se encontraba en el centro de un pequeño circo, donde en dos filas de gradas se agolpaban hombres y mujeres desnudos, mirándola, excitados, algunos interaccionando entre ellos, besándose, acariciándose, había una pareja haciendo el amor mientras la observaban y le lanzaban, tanto el hombre como la mujer, sucios improperios. Reconocía las caras, por supuesto. Era gente de la oficina, el director de aquella mañana, la gerente que salió del *office* limpiándose la manga, las dos amigas que esnifaban cocaína en el baño. Y delante de ella, en el centro, estaba el propietario de la voz. Era, precisamente, su compañero. Su pene era enorme y estaba erecto. María comenzó a no poder mirar otra cosa. Su compañero habló de nuevo, gritando casi, sobreponiéndose a los gemidos y gritos del resto.

—¿Te gusta, eh? Todavía te queda algún tiempo para disfrutarlo. Pero no eres una de nosotros. ¿Quieres serlo?

María no sabía si el calor era ambiente o era ella que estaba increíblemente excitada. Dijo que sí, lo más alto que pudo.

—Concedido. Pero has de pasar una prueba antes. Qué prefieres, ¿el sol oscuro o la luna roja?

María se decidió por el sol oscuro.

Al minuto, notó que alguien se le estaba acercando por la espalda. No llegó a verlo, ya que éste la empujó al suelo, y con fuerza, la colocó a cuatro patas. Desde su ángulo, pudo ver las piernas de un hombre de raza negra. Su compañero volvió a hablar.

—Ahora mismo eres perro. Todavía no te mereces tus atributos humanos. Ese perro ha de morir. Sol oscuro, sacrifica a este can inmundo.

Un falo enorme entró sin previo aviso dentro de su vagina, que estaba a punto de estallar. Era demasiado grande, al principio costaba entrar. Pero poco a poco fue haciéndose al espacio. El perro jadeaba primero, exigía más después.

Y todos aquellos mirándola, todos aquellos observando cómo aquel negro la penetraba, excitándolos, derramando fluidos en ella, poco a poco fue sintiendo que también sobre ella.

La situación crecía en agresividad. El sol oscuro comenzó a tener monstruosas convulsiones y proferir terribles injurias, sacó el ciclópeo miembro, y bañó la espalda del perro con cerca de medio litro de semen. Un reguero llegó hasta la boca del perro. Nunca había probado mejor manjar.

María ya se levantaba, pero su compañero, que seguía presidiendo la ceremonia con su falo erecto, se lo impidió. El perro aun no había muerto del todo. Así fue cómo, en cuatro patas, fueron uno a uno pasando por su empapada vagina todos los que ahí se encontraban. Penes, lenguas, dedos, hasta un puño. Todos se introducían en ella de una forma u otra, y todos arrancaban de ella incontrolables orgasmos. Hacía un calor brutal. Comenzaba a sentir mucho dolor dentro de ella. Pero el placer no descendía. Es más, parecía que iba en aumento, a cotas nunca conocidas.

Por fin, fue el turno de su compañero. Su miembro era el más grande de todos los que pasaron por ella. La trató con desidia, como perro que era, como lugar en el que aliviarse. Ella efectivamente había pasado de sentirse perro a sentirse objeto. A ser cosa. ¿No había, después de todo, cedido su personalidad al firmar el contrato laboral? ¿No era lógico ese abandono en un contexto empresarial? ¿No era ella una nadie, un número, un recurso de un proceso de trabajo? Ya que esto sucedía en todos los casos y era inevitable, ¿por qué no disfrutar mientras tanto?

Su compañero dejó todo el fluido dentro de ella y se fue, como quien ha tirado la basura a un contenedor hediondo. María cayó boca abajo, extenuada. La luz desapareció.

—Ahora, vuelve por el pasillo.

Y María, sin apenas poder andar, fue cojeando por el pasillo oscuro, ahora frío y seco en comparación a la lava volcánica anterior, hasta que palpó la puerta, que conducía de nuevo a la habitación donde dejó su ropa. Ahí seguía, igual de doblada, de los tiempos en que ella era tímida y temía que alguien pudiera verla. Encima de su chaqueta, había una tarjeta.

«Enhorabuena, ninfa blanca», rezaba. Mientras se vestía, pensaba en cuántos niveles le quedarían hasta poder volver a sentir a su compañero dentro de ella.

Definitivamente, mejor eso que quedarse en su casa en pijama actualizando el Facebook.

Juan Pablo Goñi Capurro – Argentina

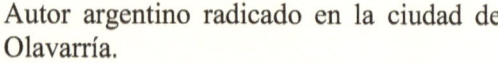

Autor argentino radicado en la ciudad de Olavarría.

Ha publicado el libro de relatos, *Alejandra* y el libro de poesía, *Amores, utopías y otras turbulencias*.

Ganador de varios premios en certámenes literarios, sus relatos están incluidos en antologías publicadas en Argentina y España. En el año 2013 participó en *Antología del Cuento Raro*, de Ediciones Outsider, y de *Karma Sensual 8*, de Literarte.

Se desempeña como actor y dramaturgo. En el año 2012 estrenó con gran éxito la obra *Por la patria mi general*. Como actor ha participado en numerosas puestas de teatro, *clown*, títeres y espectáculos infantiles.

En cine, actuó en *Motín, Pampa, Revelado* y varios cortos.

Cidade maravilhosa

Arribé a la sorprendente ciudad de Z. a las 7 de la mañana. Demasiado temprano para el negocio que me llevaba ahí, me dirigí hacia el hotel que me recomendaron para alojarme. En la recepción me atendió una mujer muy bella y sonriente; debió repetirme las preguntas porque mis ojos no dejaban sitio libre en el cerebro para que las neuronas pudieran responder con facilidad. No solo era bella, sino que además llevaba una blusa transparente; inclinado como estaba, veía con claridad sus redondos y generosos senos, y los pezones oscuros. Mientras escribía, sus pechos oscilaban y mi mente viajaba a través de ellos. Ella sabía lo que sucedía, pero lejos de molestarse u ofenderse, me sonreía abiertamente. Me apoyé con más firmeza en el mostrador temiendo perder el equilibrio. Recién entonces advertí el anillo indicando su situación matrimonial.

Sin dejar de sonreírme, llamó al botones para que trasladara el equipaje; no era necesario dado que llevaba una maleta liviana, pero la dejé hacer para permanecer unos segundos más frente a ella. Para entonces se había erguido; vestía una pollera corta que descubría un par de piernas prometedoras. Cuando el botones respondió «sí, señora» confirmé la sospecha del anillo. No sin tristeza me separé de la recepción y me introduje en el ascensor. Ahí, además del botones, tuve otra compañía, una mujer morena con el uniforme del hotel, empleada de limpieza —llevaba un carro con todos los elementos destinados a ese fin. Ella permaneció junto a la puerta, yo me ubiqué detrás. Y desde mi posición advertí que el uniforme se traslucía. ¡La morena no llevaba nada debajo, con excepción de una minúscula tanga, un pequeño triángulo a la altura de la cintura! Quedé absorto; era dueña de unas nalgas perfectas, duras, que tensaban el uniforme.

Para no tentarme y tocarla, estudié el tablero con los números de los pisos como si el ascensor pudiera desviarse; el botones, impávido. La morocha se inclinó al fin del viaje y ofreció un camino al cielo, curvo y simétrico; recogió un balde y con la otra mano tiró de su carro. En esa mano llevaba también un anillo que marcaba su estado civil. Cerrada la puerta, me dejé caer contra la pared del fondo del ascensor, intentando recuperarme de mis visiones. No necesitaba mirarme para saber que mi bragueta estaba soportando un ataque de presión insostenible. Llegados al sexto y último piso, el botones me guio hasta mi cuarto sin otros incidentes.

Una vez ahí decidí darme una ducha, tras finalizar en el baño lo que había comenzado sin intención la chica de la blusa. No me alimento como los bovinos pero estaba atravesando un período de sequía y depresión del cual aquellas dos mujeres me habían expulsado violentamente —dos meses atrás mi esposa me había dejado y aun no había juntado el coraje para volver a salir y encontrar nueva compañía. La ducha me libró de los olores y de los restos de mi actividad sustituta. Estaba listo para afrontar la dura gestión que me proponía llevar adelante: cambiar dos cláusulas y obtener la firma del contrato más importante de nuestra empresa.

Estaba ansioso. Resolví que sería negativo quedarme en mi habitación durante el par de horas que faltaban para la reunión. Dado que la mañana era soleada y templada, opté por caminar y conocer un poco la ciudad de Z. Para mi decepción, no recibió las llaves la chica de la blusa sino un hombre mayor, con rostro mal dormido y poco amistoso. Mejor, me dije, podría concentrarme y olvidarme de ella. Así lo hice. No por el negocio sino porque apenas pisé la calle surgieron ante mí un impactante número de bellezas deslumbrantes que mandó a la recepcionista a la oficina de objetos perdidos en el cerebro. La calle parecía un interminable desfile de modas, o de modelos. O mejor incluso, un desfile previo de esas legendarias casas de citas de otros siglos. Temiendo perderme, me senté en un banco de piedra. Estaba en los límites de una plaza en cuyo centro se alzaba una fuente que no funcionaba —al menos, de momento. No terminé de sentarme y de colocar mi maletín a un costado cuando advertí frente a mí, calle de por medio, otro magnífico ejemplar femenino. Era una chica muy joven, de piel cobriza. Su falda era minúscula y su posición me mostraba las bragas blancas. Las piernas parecían estallar de tan tersas, exudaban calor convirtiendo mi postura en un infierno. Parecía aguardar un ómnibus y leía con despreocupación unos apuntes. Cada tanto su mano resbalaba por la pierna que cruzaba por encima. Temiendo perder el control, salté de mi ubicación en busca de otro banco.

Quité a la chica de mi radio visual pero vi cómo avanzaba hacia mi nueva ubicación una mujer madura, de rostro pálido y cabello negro, arreglada como para ir a la ópera. Llevaba un pequeño perro atado con una correa. La mujer tenía un escote pronunciado, cuando la tuve a cinco metros lo pude apreciar en profundidad. Entonces se detuvo. El perro se apoyó en sus cuartos traseros y defecó. Volví mi cabeza ofreciendo mi complicidad a la mujer pero ella no se inmutó. Ató la cadena al tronco de un árbol y retornó hacia los restos depositados por su cachorro. Se agachó entonces, extrajo una palita y una bolsa de su cartera y comenzó a actuar. ¡Quería zambullirme en ese escote de líneas perfectas! En cuclillas, ofrecía una postal de sus muslos blancos, de su entrepierna sin coberturas, del vello moreno. Mi erección se volvió incontrolable y debí marchar para no manchar mi pantalón. Antes, vi el anillo en la mano que sostenía la pala.

Sudaba profusamente cuando arribé a las oficinas de la Corporación. Me excusé alegando la incomodidad del viaje cuando estuve junto a los negociantes, tres hombres. Mi sudor y mis temblores habían aumentado durante el recorrido, primero por las calles de la ciudad y luego por los pasillos de la empresa, atendido por sucesivas empleadas muy atractivas, una con botones desprendidos, otra con una falda que se le había subido y una tercera, de espaldas, con pantalones ajustados. No sabía cómo colocar el maletín para cubrir mi erección —que no decrecía y que comenzaba a ser más que una molestia. Me senté apenas los hombres entrechocaron sus manos con las mías. La mesa me ofrecía protección y la ausencia de mujeres me daba un respiro. Para asegurar que no hubiera intromisiones rechacé las ofertas de café o bebidas que me hicieron.

La situación me preocupaba; necesitaba recurrir al auxilio de aquellos hombres, ellos sabrían cómo calmar adecuadamente mis urgencias. Ninguno mencionaba el tema, se limitaban a leer el contrato y darme explicaciones. Apuré la cuestión, olvidando por completo las modificaciones que lo volverían conveniente para nuestra compañía. Firmé todo en conformidad. En aquella ciudad me sentía como un niño pobre en una excursión a una fábrica de golosinas, pero limitado a observar esos manjares entrevistos en las publicidades. El placer de esos cuerpos majestuosos se había tornado una tortura que quería dar por terminada. Una vez firmados los papeles, expuse la cuestión con tacto. «Esta ciudad está llena de mujeres hermosas», dije. Me preguntaron si era mi primera vez en Z. Respondí que sí y agregué que me asombraba que ofrecieran esos paraísos a la vista, estando la mayoría casadas. Ellos rieron. «Acá hay muchos hombres con el síndrome IDS, inhibición del deseo sexual, que no les permite satisfacer a sus mujeres», me explicó el presidente. «Para ello, estas esposas cuya vida es un calvario, que aman a sus esposos pero tienen angustiosas necesidades naturales, se satisfacen con turistas. Así no hay infidelidades que destruyan matrimonios, hay discreción y las mujeres pueden aliviar sus males».

Le dediqué mi total atención, ¿sería posible que alguna de aquellas maravillosas mujeres fuera mía? En mi vida había disfrutado de un cuerpo tan perfecto como los que vi por decenas esa mañana, mujeres preciosas con rostros de actrices de cine. Mi ex mujer no era fea, en absoluto, ni tenía graves defectos, pero estaba muy lejos de ofrecer la perfección que exhiben las bellezas que habitan únicamente en las pantallas —y en la ciudad de Z. Aguardé que continuara pero el presidente pareció conforme con lo que había expresado. Se disponían a retirarse, para mi desesperación. No podía perderme la oportunidad, así que dije: «Yo vengo a ser un turista, ¿no?».

Entendieron. Y me llevaron a una especie de teatro, que era el lugar destinado para esos menesteres. Un teatro extraño, que desde fuera se veía como un centro de salud de varios pisos. Me dejaron en la puerta, tenían el ingreso prohibido como habitantes que eran de Z. Adentro, una mujer mayor y poco atractiva me hizo pensar que era objeto de una broma. Me ofreció una sonrisa desdeñosa y me condujo a un pasillo donde me dejó. Estaba oscuro. En unos minutos se encendieron las luces. Pude ver entonces una sala, con unos sillones bajos. Había ahí unas veinte mujeres en su mayoría desnudas, unas pocas cubiertas con toallas y otras dos con bombachas minúsculas. Me di cuenta que yo estaba detrás de un espejo y que todas las paredes de esa sala eran espejos. Caminé toda la vuelta. Debieron indicarles algo porque las que llevaban toallas las dejaron caer y las que portaban tangas se las quitaron. Y todas se pusieron de frente al espejo ensayando poses.

Me apoyé con fuerza, como si pudiera traspasar el vidrio y lanzarme a la sala. Una morena que me recordaba el poema de Machado de los trigos requemados, flaca, de pies delicados, se había puestos de espaldas y me ofrecía una recta raya en la cual hundirme; giró sus cabellos enrulados y se pasó la lengua por la boca. Resistí como pude la tentación de sacar mi pene y masturbarme allí mismo. Una rubia de cabello largo y lacio, alta y contundente, se cruzó en mi campo visual. Me trasladé donde pude verla de frente; se acariciaba las tetas, llevaba la entrepierna depilada. Bajó sus dedos, hundió dos en su ombligo; me retiré cuando comenzaba a separar sus labios.

Di unos cuantos pasos para ponerme ante a otro bello ejemplar; una mujer más joven, corpulenta. Sus tetas eran gigantescas y yo soy hombre de pechos grandes. Arañé el vidrio; ellas no sabían adónde me situaba —todas hacían poses sugerentes frente a distintas ubicaciones. La fémina de senos enormes se los levantó y pasó la lengua por ellos. Caminé dos metros, obsesionado y casi derretido; una chica se había sentado, las piernas abiertas frente al espejo; se miraba como si no estuviera desnuda, levantaba su cabello moreno con una mano, con la otra izaba los pechos que luego dejaba caer mullidamente. ¿De qué se trataba todo eso?, ¿era una tortura? ¿Esas esposas se limitaban a mostrarse desnudas y masturbarse frente a un extraño?, ¿qué clase de satisfacción les brindaba?; ¿de qué me habían encontrado culpable que me condenaban a ese juego perverso? Ya me enteraría; por lo pronto, pasé de esa frustración a un nuevo estremecimiento cuando vi entrar a una morocha a la sala. Era la única vestida.

Caminó con gracia por el centro del lugar, alejada de los espejos, sobre unos tacos aguja altísimos. Apoyé mi frente en el vidrio que me ocultaba, como si pudiera verla mejor o como si necesitara un sostén para no caer al piso. Llevaba un *body*, a rayas verticales rojas y negras. Medias de red, sugerentes, sugestivas. De piel pálida, acentuada por un maquillaje que la volvía una delicada pátina que parecía lista para arrancar, sonreía en todas las direcciones, como si me buscara. Ojos negros bellos y algo tristes, cabello con flequillo, rasgos rectos en su cara. Delgada, piernas delicadas y firmes, abdomen plano por completo, se sentó delicadamente sobre una silla y cruzó sus piernas ajena a la desnudez que la rodeaba. Sus labios finos se separaron levemente en un mohín delicioso. Estiré mi lengua y lamí el vidrio; estaba a punto de golpear el falso espejo, de hacerlo trizas para lanzarme de lleno en aquella panacea masculina. La chica vestida había acaparado tanto mis sentidos que no escuché a la señora avinagrada que me atendió al principio. Debió golpearme el hombro para que pudiera percibirla.

«¿Ya eligió?», me preguntó con su voz insulsa. Atónito, no conseguí responder de inmediato. ¿Elegir?, ¿podía quedarme con cualquiera de esos ejemplares extraídos del manual de la perfección física femenina? —que sufrían de ausencia de sexo, nada menos. Como un nene incrédulo frente a Santa Claus, pregunté, casi balbuceando: «¿Puedo elegir a cualquiera?». La mujer, molesta al parecer por mi tardanza, me respondió que sí, que todas eran libres. «Ella, la vestida, la única vestida», casi grité. ¿Cómo dudar en elegirla si la seguridad de mostrarse cubierta sumaba más atractivo a esa boquita deliciosa, a esas piernas elegantes, a esa actitud de diva que la volvía la más femenina de todas?

La mujer me indicó que siguiera; se corrió un panel oscuro y fui a dar a una escalera. Me indicó que subiera y aguardara en la habitación doce. Agitado, abrí la puerta de la habitación y me introduje. No quería demoras, no fuera que el sueño se desvaneciese. Bendije a la ciudad de Z. y me quité pantalones y camisa (las medias y los zapatos habían desaparecido antes de cerrar la puerta). Traté de ejercitar mi respiración para calmarme y prolongar el placer, volver esta visita la más memorable de mis proezas sexuales. La imaginé una y mil veces hasta que se hizo realidad. Abrió la puerta, ingresó solamente el pie, enfundado en el zapato negro; luego las medias y la carne, bailoteando. Pasó toda ella y se apoyó en el marco. Su cintura era estremecedora, un brazo hacia arriba, extendiéndose como si tocara el cielo. No me contuve, me arrodillé en la cama y aullé, como un lobo que llama a su pareja.

Cerró de inmediato la puerta y avanzó. Yo no podía abandonar mi actitud canina y jadeaba. Ella sonrió, con esos labios de rojo puro, de rojo sangre pura como la que amenazaba estallar en mis venas. Tenía una mantilla sobre el cabello; la dejó caer. Me fui ablandando. Ella llegó hasta mí, apoyó una mano sobre mi pecho y guio mi desplazamiento hasta que quedé tendido boca arriba. Contuve la respiración para bajar el ritmo de mis pulsaciones. Su mano fría recorría mi cuerpo apenas cubierto por un *slip*. Se demoró una eternidad en mi cara, acariciando los pómulos como si fuera Miguel Ángel esculpiéndome. Se llevó el dedo a su propia boca y luego dibujó una sonrisa en los míos. Quería cerrar los ojos pero no quería perderme su visión, hermosa criatura que se inclinaba sobre mi cara, sus cabellos recorriéndome el rostro como antes los dedos. Continuó transitando uno por uno los músculos de mi pecho, dándome besos pequeños que la volvían tierna como una niña. Ahora sí cerré los ojos, para que actuaran como diques ante mi deseo descontrolado.

Ella continuó; acarició mi panza, despertando centenares de conexiones eléctricas que me hicieron temblar. Luego saltó a los muslos con sus caricias, intuía su cabeza sobre mi miembro desbocado. Puso una mano debajo de mi cintura, la levanté. De un rápido tirón quitó mi *slip* y mi pene osciló con su torcedura hacia la izquierda. «Mm», escuché. Luego sentí su mano sobre el pene, corriendo su piel hacia abajo y hacia arriba; mis piernas rebotaban contra la cama, no recuerdo si aullaba o gritaba pero estaba enloquecido. No quería mirarla por miedo. Por miedo a morir de placer. Su boca se arrimó, pude calcular su posición hasta el momento mismo en que hizo contacto. Una lengua juguetona, un recorrido por el glande como turista sorprendido y luego sus labios aprisionándome, succionándome, arrancándome la vida del cuerpo en cada arremetida. Los dedos sabios apretando las bolsas, transitando por detrás y pulsando ahí abajo en el preciso instante en que sentí que mi genitalidad desaparecería fagocitada por esa boca desmesurada.

Exploté en ella, me derramé oyendo sus «qué rico», «qué dulzura», aferrándome a sus cabellos y frotando su cara contra mi vientre. Laxo y exánime, mis brazos cayeron y mi cuerpo se hundió sobre el colchón. Ella se incorporó y quedó de rodillas en la cama. ¿Qué más podía hacer con tanta belleza? «¿Cómo te llamás?»; «Decime Nacha», me dijo con una voz que detendría un ejército. «Quiero verte desnuda, Nacha». «A tus órdenes, mi amo». Se soltó por detrás el *body* y se puso de espaldas. Acomodé las almohadas y me dispuse a gozar del espectáculo. Desapareció la prenda roja; una tanga cubría unos glúteos pequeños pero firmes, apetitosos. Se desprendió las medias. Aferré con desesperación las sábanas para no lanzarme sobre ella cuando se inclinó al bajarse la bombacha. Me obligué a ser paciente. Comenzó a girar.

Especulé sobre sus tetas libres del corpiño. Fallé, no había tetas sino tetillas sobre un pecho plano. Bajé bruscamente y no había vagina, había un pene como el mío, erecto también. Busqué auxilio en su precioso rostro. «Soy Nacha, una chica diferente». Trepó a la cama de un salto gatuno y se puso sobre mí. «Pensé que eran todas mujeres», dije. «Acá los gays también sufren de IDS, llevo dos años sin sexo», respondió casi susurrando en mi oreja, mientras nuestros penes contactaban. Me estremecí, sus deliciosos labios rojos se acercaron a los míos, su boca se abrió para un beso.

Me fui de Z. una semana más tarde. Al llegar a casa, me despidieron por el contrato firmado. Me tomó la compañía de Z., donde resido sin haber cambiado el domicilio del documento. Y donde todavía no me alcanzó el IDS.

Elena Marqués - España

 Nació en Sevilla, España, en 1968. Estudió Filología Hispánica y es correctora de textos en el Parlamento de Andalucía. Desde hace tres años se dedica a la escritura, ámbito en el que ha cosechado pequeños éxitos al obtener el primer premio en el III Premio de Relato Corto Paso del Estrecho, así como en el XV Certamen Literario San Jorge, el V Concurso de Relatos Cortos Ciudad de Huesca, el I Concurso de Cuentos Salvemos el Palais Concert, el V Certamen Literario del Agua de Emasesa y el Certamen de Poesía Social de León. Ha publicado diversos cuentos y mircrorrelatos en distintas antologías, especialmente en Ediciones Irreverentes y M.A.R. Editor (Madrid), y participa asiduamente en la revista digital *Raíces de papel* y la plataforma *Canal Literatura*, donde ha sido nombrada Dama Literatura 2013. Es autora de la novela corta *El último discurso del General Santibáñez* (Barcelona, Ediciones Oblicuas, 2012) y en breve aparecerá su segunda novela.

Es verdad que cuando lo hice estaba como una cuba

8 de enero de 2009

¿Cómo calificar a Marcos Alan de la Torre? Ni él mismo sabría. En sus días más lúcidos se define como artista efímero; en las noches más turbias no le salen las palabras de la boca. «Tal como están los tiempos», le digo ávido por humear sobre la acera, «todos somos eso».

Con el pronombre «eso», receptáculo inmenso donde caben tantas cosas con holgura («eso me dolió mucho», «eso que ves es una nube», «qué es eso, eso es queso»), me refiero a lo efímero, a lo provisional de los días que nos tocan en suerte, lo fugaz de la juventud y lo achicado y poco firme que llama la felicidad a nuestra puerta. Tanto que a veces ni la oímos, y entonces pasa de largo como el viento sobre la pradera.

(Yo artista no soy, válgame el cielo. Son todos unos pirados que no dejan de emborracharse en sus propios logros).

Aquel 8 de enero de 2009 el artista efímero que buscaba el éxito a todo trapo venía de presentar su catálogo en lo de Ruth Arozamendi, a la que solo se arrima porque tiene autoridad en la galería y unos escrúpulos también bastante efímeros, si ese adjetivo se conjuga con la idea que quiero de algún modo transmitir. (Para quien no lo entienda, diré que sus negociaciones más fructíferas siempre se transaccionaron en posición horizontal). Me lo encontré en la puerta, bigotes de Dalí sobre la cara afilada y golilla aflecada de lunares a medio camino entre traje regional y atuendo de gilí.

«¿Una cerveza?». «¿Qué hora es?». «La una y cuarto». «Pues que sean dos».

Porque Marcos Alan de la Torre, anárquico en sus afectos, contrario a cualquier norma constrictiva, incapaz de caminar en línea recta y tomar el aperitivo antes que el postre, siempre espera religiosamente hasta las 12:35 para darse a la bebida.

Dentro del bar el pintor rememora la última ocasión en que nos vimos, «una fiesta benéfica en la que», asegura, «volvió del brazo de Roberto Aizenberg», incluso años después de estar bien muerto. Pero, como Marcos se medica con tanta aplicación, en el momento no le concedí la menor importancia a los detalles cronológicos de la anécdota. A decir verdad, nunca me gustó Roberto Aizenberg, ni vivo ni muerto.

En la mesa del fondo se sienta una rubia vistosa y pechugona de apenas veinte años, aunque bien camuflados con rímel y *eyeliner* de la peor calidad. El camarero que nos sirve enjuicia que la joven debe de estar «de balde», pues las mañanas las dedica a subrayar con delectación en las gigantescas hojas del periódico, a trazar ovoides rojos sobre anuncios y teléfonos, y las tardes las pasa con un libro, siempre el mismo, abierto en la página 53, fijos los ojos en el mismo renglón sin cesura ni rima. Se ve que el miedo al desempleo no la deja avanzar en sus lecturas.

Marcos Alan de la Torre perora sobre nuevos materiales plásticos, la aplicación del metracrilato y la fibra de yute, las amplias posibilidades de las latas de Coca-Cola, los fragmentos de cristal y los posavasos, y luego, sin nexos conectores que contribuyan a la lógica y sustenten el discurso, se refiere igualmente a los problemas de su psicoanalista, detenido con falsas credenciales y algún saco de coca oculto en el diván, y a cómo se enredó con Ruth sin resultados a corto plazo. Solo al rato se percata de la poca atención que le presto a sus delirios. «Estoy casi seguro de haber guardado la ropa. Pero, cuando uno se empeda, no puede aseverar de quién son los calzones con los que se levanta».

Esas palabras me devuelven momentáneamente la conciencia. El término «calzones». Porque yo nunca digo calzones, sino calzoncillos; ni beber, sino andar mamado, como tampoco doy los buenos días cuando no me parecen buenos, porque si a algo soy fiel es a la correspondencia exacta entre el vocablo como conjunto de signos y aquello que, al pronunciarlo, se habilita a nuestros ojos como elemento irrepetible y único. (Solo cuando bebo me cuesta más trabajo encajar ambas partes, se escurren de las manos como un pez, se duplican y sus contornos se vuelven *infiables*). Y por supuesto que no guardo la ropa, nadando y sin nadar, sino que la siembro generosamente por el *living* y solo la recojo en caso de verdadera necesidad.

Pero ahora, entre calzón y cristales, solo atiendo a la mirada del revés que me lanza la dama. Porque, si mi acompañante concita la atención del menguado auditorio por su atuendo estrafalario, yo mismo no doy abasto para peinarme las luengas barbas con que intento asemejarme a Valle-Inclán. Sigo diciendo que yo artista no soy. Por eso bebo. Para olvidar que alguna vez hice el amago.

«Otra cerveza», pide la joven. La voz no le casa en absoluto con los ojos, que son dulces, lánguidos, enormes, oscurísimos (a eso contribuyen la sombra, el *eyeliner* y todos los afeites), y ocultan de seguro un extraño pasado. La voz, sin embargo, es aflautada, como falsa, y no augura, por su acento, un claro porvenir. Todo en ella es una puritita contradicción. Una joven maquillada de vieja que miente con la voz y afirma con la mirada. Quizás sea porque en su interior guarda también una artista a la que el éxito no acaba de acompañar, o porque la felicidad ha llamado a su puerta en el mismito instante en que subrayaba el periódico con sus trazos aovados o recogía una por una las prendas diseminadas por el *living* sin verdadera necesidad.

No me pregunten en qué momento nos sentamos los tres a conversar. Son cosas que pasan. Uno no puede estar atento a todo, a la mujer del perro que orina el jacarandá ni al gánster acodado en el Opel de la esquina. A no ser que se inicie un tiroteo, nadie va a atender al cruce de miradas ni a la curva trazada por el pucho del cigarro, ni al ladrido del perro avisando de un peligro que todavía no ha desencadenado en tragedia. Puede que Marcos Alan de la Torre, completamente ebrio a estas alturas, haya pedido a la rubia que pose para él; puede que ella, tras hojear el bloc de los dibujos, en los que no es capaz de descubrir una figura humana, de encontrar correspondencia entre trazos y emociones, entre luz y sentimiento, haya accedido. Quién es capaz de resistirse a posar desnuda para ese entrevero de pintor vanguardista y torero de *cabaret*. Nadie en su sano juicio dejaría pasar la oportunidad de verse inmortalizado en un 'colaje' grasiento hecho a base de etiquetas de cerveza y cinta de pintor de brocha gorda. Es la modernidad, al fin y al cabo. Hay que subirse a ella o morir en el olvido.

«Ahora tengo otro proyecto muy innovador», insiste el artista. «Retratos con cercos de cerveza». «¿Perdón?», dice la joven, no tanto porque no entienda el concepto como porque siente mis manos sobre sus rodillas, subiendo poco a poco la falda, indagando el perfil oculto de su rótula y su contrarrótula (palabra solo existente entre las paredes de un bar), y con el firme propósito, por qué negarlo, de alcanzarle la abrupta y aun lejana entrepierna.

Marcos Alan de la Torre hace un esbozo de su proyecto sobre la mesa de formica. «Es necesario que el fondo sea oscuro», continúa, «para que el cerco acuoso del vidrio helado se perfile y permanezca unos segundos sobre el lienzo». La muchacha rubia sonríe. Ahora entiende lo del arte efímero. También entiende que, sin quererlo, está atrapada entre dos tarados. Pero a ver cómo se las pira sin que se ofendan. Por otra parte es divertido, eso de posar, pararse quieta mirando al infinito, mostrando las carnes prietas y las ancas perfiladas como en la Venus del espejo. Con dos cervezas más se ve capaz de cualquier cosa.

9 de enero de 2009

La mañana no se hace esperar. Un sol furioso ataca la ventana. Abro los ojos y me veo flanqueado por las dos figuras de esa composición efímera de la que apenas recuerdo algún detalle. A mi derecha, en estrictos calzoncillos, un Marcos Alan de la Torre demacrado, al que uno de los nombres ya le sobra; a mi izquierda, la rubia desorejada del bar que busca trabajo, lee y posa, según veo en el caballete la curva de su espalda aun húmeda del olor de la noche. Por los suelos la ropa sin guardar del naufragio de alcohol y sexo en que desembocó la jornada, un *ménage à trois* a buenas horas, como cualquier domingo.

Pero en honor de nuevo a lo efímero de la vida; en honor, por qué no decirlo, a las veces que la felicidad llamó a mi puerta y me cogió de seguro en el retrete, esta vez decido brincar las cartas, barajadas por mano temblorosa pero experta en cuestiones de juegos de azar. Cómo si no se explica el revuelo de calzones y medias. Así que, a partir de ese día, cada mañana desayuno con Graciela, que así se llama la rubia de ojos negros, en la pausa del trabajo de oficina con que me gano la plata; almuerzo con avidez para acabar lo antes posible con albaranes y cheques, y, luego de una corta visita a la mamá, que casi no recuerda, acudo al estudio de Marcos Alan de la Torre, que ha trocado el *happening* de cercos de vasos por las consistentes nalgas de la joven, y entre cerveza y cerveza nos acariciamos con premura por si el día nos sorprende de esa guisa.

10 de mayo de 2010

Por fin Ruth ha accedido a que el artista efímero cuelgue sus cuadros en la galería. Eso es todo un acontecimiento. Habrá que cambiar el fular por la chaqueta de Armani y subir a la rubia en tacones de vértigo.

Me pregunto, en un aparte, si yo tendré cabida en esas lides, si es de buen tono acudir como pareja amplia de más de dos personas; si la asimetría es tan correcta como la misma vulgaridad es vulgar; si hay algún teorema que sustente esa relación de elementos, a, b y c; si la propiedad transitiva es algo más que una entelequia con que martirizar a los niños desde la más tierna infancia. Por si acaso, el día de la inauguración recorto las guedejas un poco y me engomino las guías como el marqués de Bradomín. Yo soy más feo que sentimental, pero qué sabe Graciela de religiones.

Extrañamente a lo que pudiera parecer, el bueno de Marcos Alan de la Torre se comporta en estas ocasiones como un hombre refinado. Incluso se diría que el alcohol no lo ciega ni abozala. No es el centro de atención, ni mucho menos. Son muchos los artistas y esnobs que exponen su obra entre las blancas paredes de la galería. Aquel papanatas uruguayo con el que coincidió en 1996 precisamente ha plantado sus estatuas móviles en el centro de la sala, y aun protesta por la iluminación incorrecta a la que se ven sometidas sus criaturas con el mismo descaro que critica lo inadecuado de los canapés. Yo me limito a imaginarlo en ropa interior. Últimamente a todos los artistas los imagino en taparrabos, la ropa desperdigada en un mar de cachemira y sedas indias. Un artista sin sedas indias es como un jardín sin flores.

El galerista se propone lanzar unas palabras. El galerista es también un crítico famoso, de cruel verbo y mirada acerada que gusta de echar por tierra todo lo que los jóvenes talentos arrojan al mercado después de comprobar su escasísimo genio. (Me refiero al suyo, al genio del galerista). «Porque el arte es un negocio», reconoce. Y eso pone muy triste a mi Graciela. A nuestra Graciela, rectifico, que, con unas copas de más, se piensa que, al fin y al cabo, la están llamando cualquiera o prostituta, y ella no se vende por dinero, sino por amor al arte. Al puto arte efímero.

Nuestra Graciela se calma fácilmente. Es contentadiza y resignada. Si la tomo del brazo y aprieto con suavidad al punto le brota la sonrisa. Así que, de la mano, no se rebele mucho, la conduzco ante la obra de un francés afincado en Buenos Aires para ver qué le parece. (Las almas cándidas son las que mejor aprecian el fraude). Toda ella consiste en una sucesión de fotogramas en los que degüellan un cerdo en una granja. No me parece mal; sin embargo, Marcos Alan de la Torre se siente horrorizado. En ninguna de sus incontables obras osa hablar de la muerte. El calzonazos, en el fondo, es más supersticioso que artista efímero. En ese momento nada sale de su boca, salvo un prolongado sollozo. Cualquiera diría que se anda ahogando en su propias babas.

Pero a mí, sin embargo, la sangre del chanchito no me parece mal. Me excita un poco el filo del cuchillo, el brazo musculoso apretando, el hilo negro que se escapa y se bifurca, el cuajarón violento con que culmina el artista su *The end* particular y algo salvaje.

Y así cierra el capítulo y se cierra el día, y a mi piarita dual, ahora multiplicada por los efectos del alcohol y el triunfo y los cumplidos, me la conduzco al estudio, donde, aprovechando el estado de cada uno por separado y de los dos juntos al alimón, los despojo de ropa, los tumbo sobre el catre y aplico con pincel y muñequilla una tintura roja que les cubre los brazos, las axilas, la entrepierna. Todo pringado, Dios. A ver quién lo saca luego, qué lejía hay en el mercado tan poderosa como para no dejar huella de la composición a la que, arrebatado, me entrego en el momento. Y luego hago una foto y me digo: «Por qué no otra». Total, no van a despertar hasta que el sol del día 11 desguace las nubes y se asome al cristal esmerilado de aguarrás que mira al río.

(Me bailan las letras cuando escribo, pero el encuadre es casi perfecto. El primer fotograma recoge la voz aflautada de Graciela, detenida en una mueca triste y sin futuro; el segundo nombre apenas colgándole del cuello al artista en calzones. Y luego se suceden manos, piernas, entrepiernas y contrapiernas, que se barajan y juegan y piden más alcohol con que expiar sus faltas).

11 de mayo de 2010

Es una lástima que no recuerde nada, de dónde salió el cuchillo, cuánto tiempo empleé en la infausta tarea de trocearlos menudo, triturarlos y amasarlos y depositarlos en el túmulo adecuado: el contenedor de los orgánicos. (Nadie puede acusarme de mal ciudadano). Pero, la verdad, no creo que haya modo de convencer al juez de que solo era arte efímero y que cuando lo hice estaba como una cuba.

Elena Marqués

Samuel Chavarría García – México

Nació el 3 de octubre de 1986 en Chihuahua, México. Es egresado de la Facultad de Filosofía y Letras por la Universidad Autónoma de Chihuahua y posteriormente realizó un posgrado en Literatura Hispanoamericana en la Universidad de Guanajuato, que concluyó en la ciudad de Lisboa como becario de CONACyT (Consejo Nacional de Ciencia y Tecnología) en el año 2011.

Ha fungido como jurado calificador de numerosos certámenes de poética y creación literaria, área en la que destaca con publicaciones sobre crítica, análisis cultural y conferencias sobre literatura contemporánea. Luego de su formación académica se dedicó a la docencia y al desarrollo de videojuegos, tema al que dedica gran parte de sus investigaciones culturales.

La muñeca de mi hermana

Déjeme contarle algo acerca de ser hombre.

En octubre de 1996 yo tenía nueve años y mi hermana cumplía doce. En la fiesta de cumpleaños, mi madre trajo a la sala un regalo colosal; venía en una caja atractiva que era exactamente de mi estatura, forrada en un femenino rosa mexicano. Todos en la sala celebramos las dimensiones de semejante obsequio, y mi hermana se apresuró a desbaratar la envoltura y sacar de la caja el enorme regalo.

La Barbie tamaño metro.

El sonoro aplauso de todos los presentes (gracias) eclipsó el ruido que hacía yo con la boca mientras contemplaba con ojos abiertos la llegada de una mujer perfecta, engalanada por un vestido rojo que nos hipnotizaba; pero yo no le miraba el vestido, yo le miraba el escote pronunciado sobre el vestido que adornaba un cuello brillante, suave a la vista y coronado por una sonrisa inacabable, como aspiraban a ser las sonrisas de todos los demás. La Barbie Metro contemplaba la nada como el cachorro recién llegado que era, y eso me permitía, en complicidad con el ruido y las felicitaciones, ver de frente, exactamente de frente, la voluptuosidad de esos senos y de esa cadera delineada exactamente en donde yo necesitaba una cadera delineada.

Como venida de otro mundo, la muñeca y su escote descendieron de su nave espacial al centro de mi casa; sin dejar de sonreír, la mujercita apoyó los tacones en mi alfombra, se sostuvo ante mí sobre sus delicados tobillos que insinuaban unas suaves piernas perdidas detrás de la convención del vestido rojo, pero que regresaban a la vista en forma de senos de contorno, brazos descansando en el cierre de la cintura, un rostro alegre, como diciendo 'he llegado, aquí estoy para ti', sin dejar de sonreír.

La fiesta siguió su itinerario y Barbie Metro se quedó sola. Debíamos seguir el festejo de la casa: pastel, piñata, cena, dulces. Al caer la noche, mis tíos se llevaron todos los regalos al cuarto de la festejada y ya no vi más a la muñeca. Durante los días siguientes mi hermana la mantuvo en su habitación y nunca la sacó de ahí. El cuarto de mi hermana era otra caja que guardaba a Barbie y eso me parecía injusto; injusto para ella, injusto para mí que la amé el momento que pisó este planeta. Quería ver su sonrisa incansable y oler de cerca ese aroma a plástico y champú que invadía la casa cada vez que mi hermana abría su puerta. Estaba enamorado de esa figura delgada en el vestido largo, protegida por el cerrojo de la puerta y por el pudor que generaba en casa tener a una señorita bien formada, láctea, casi a mi estatura.

Me gustaban sus modales de piernas largas. La Barbie Metro no dejaría de ser feliz sin importar las ansias que yo tenga por traspasarla o los ojos con los que la mire. En ocasiones daba la impresión de disfrutar ser observada.

Pero aquella puerta estaba bien cerrada. Guardiana de la pureza del juguete, la puerta defendía a la muñeca de mis ojos que intentaban colarse cada vez que mi hermana salía o entraba a su cuarto, pero nada más. Barbie no estaba jamás a la vista de la puerta abierta, y la puerta cerraba de nuevo solo para burlarse de mi sangre contenida y mis manos vacías. *Mi hermana no la aprovecha, no la usa*, pensaba mirando al cerbero de madera. *Yo sí que la usaría, todos los días, la llenaría de mujer, la haría de carne. La usaría.* Y notaba que mi gesto era de rabia a sabiendas que la felicidad y mi deber como hombre estaba solamente cruzando esa puerta, debajo de una falda.

Quería con toda la fuerza tocar sus senos pronunciados que para ello eran, pero al mismo tiempo no deseaba romper la privacidad de mi hermana, ya no por el castigo de entrar en su cuarto, sino porque eso sí era repulsivo. «No tienes nada qué hacer en su cuarto», dirían nuestros padres; y yo diría: «Sí tengo; tengo que darle felicidad a esa muñeca, tengo que penetrarla y besar sus mejillas, tengo que desnudarla con la pasión que nadie más que yo ofrezco en esta casa. ¿O es que no se merece ella algo así? ¿Un pene como el mío, ansioso, tieso y limpio, todo para ella? Díganme, ¿qué carajos puede ofrecerle mi hermana a esa mujer mía? ¿Por qué no dejan que le descargue la hombría que mi cuerpo y su cuerpo necesitan tanto? ¡Véanla! ¡Vean a esa figura contenida de feminidad, paciente y virgen que llegó sonriéndome a mí; a mí que adoro sus manos delgadas, sus pechos circulares exactos en mi boca, su vientre pequeño igual que el mío!». Mis padres entonces, yo lo sabía, corregirían mi comportamiento inmoral a gritaderas, a *esonosehaces*, y mi hermana me cachetearía con desprecio, o peor, alejaría a esa novia caída de algún cielo y pondría dos guardianes más en la puerta porque su hermano es un pervertido que tiene ganas, muchas ganas, de cogerse a sus juguetes, pero yo apenas era un nuevo enamorado.

Desde luego, a mis nueve años no podría jamás plantearle a mi familia esos argumentos; esto que le digo puedo explicárselo ahora que recuerdo la piel tersa del juguete y aquel niño que sin saber por qué deseaba lamerle los pies delicados a esa mujer en la cama y que por alguna razón en mi cabeza parecía ser lo correcto. Y así como me nacía el ímpetu dominante del *¡cógetela, cógetela!*, también comprendía la fatalidad de ser sorprendido tocando a la muñeca de mi hermana.

¡Ah! Usted no sabe con qué apetito probaba tarjetas, alfileres y pinzas en aquella cerradura, y con cuánto desprecio miraba al resto de la familia estorbosa en esa casa donde Barbie hacía que mi envergadura me mordisqueara insoportablemente, gritando *¡cógetela, cógetela!*, y yo tenía que obedecer al único amor de mi vida.

Cuando por fin abrí la puerta, un domingo que encontré la casa vacía, recuerdo la tormenta perfumada que invadía el cuarto como un exceso fantasmal, un amor pequeño e imposible que recibía, por fin, al tesoro de la amada.

Barbie se encontraba ahí, de pie, complacida de al fin verme. Tenía sus hombros relajados y la sonrisa elegante; estaba lista para nuestra boda. Así que la tomé de la cintura y bailé con ella, guiando sus brazos a mi rostro, un momento nada más antes de hacer el amor, ahí mismo, ansiosos de calmar el temblor en el cuerpo.

Y la acosté en su cama, por la espalda abrí el zíper y la abracé fuerte, y en todo momento ella me sonreía. Me miraba con los ojos amorosos cuando le bajaba el escote y le lamía reacio los pechos. Yo ponía su mano en mi oído y ella acariciaba mi cabeza mientras le olía su cuello: aspiraba fuerte, muy fuerte para que nunca se me fuera, y chupaba sus senos redondos, firmes como yo también estaba, y entonces besaba su sonrisa y otra vez bajaba para lamer sus secretos femeninos, y luego más adentro todavía, donde se encontraba su palpitación del sexo. Lamí de abajo hacia arriba, tres veces, cuatro veces, el sabor era ella; sus ojos satisfechos miraban el acto desde la almohada por detrás del inservible vestido. Su pelvis era cálida, pulcra, con un olor que me consumía y la consumía por igual.

Cuando acabé, cuando sentí que ya había sido absorbida la bestia de mi propia entrepierna y me vi de repente babeando en la cama de mi hermana, el perfume de Barbie se volvió más denso, cargado por el vestido desaliñado y la colcha desparramada. Barbie seguía sonriéndome, en complicidad tal vez, de haberme convertido en hombre, trasgresor y sodomita al mismo tiempo. Barbie Metro contenía en su plástico mis ansias, mi saliva, la violación a la intimidad de mi hermana quien de pronto apareció en mi mente, y la compadecía. Una vez completamente sobrio, alcé a la muñeca y reacomodé su vestido. La ubiqué en su lugar apurado, no por el regreso de mi familia sino porque en ese instante ya no sabía qué carajos tenía yo qué estar haciendo ahí, en el cuarto de mi hermana.

No regresé después con la Barbie Metro, eso se lo aseguro; mi hermana creció, la muñeca fue a dar a no sé dónde como era natural, y yo encontré otras formas de saciar el apetito. Esto lo comparto para que algún día, si pesca usted a su hijo en el cuarto de la hermana, piense en todo lo que el niño está pensando; piense en toda esa carga sexual que, si él pudiera, le explicaría toda esa travesía mental por la que está cruzando a sus nueve años.

Max D' Lara - Estados Unidos

Ciudadano del mundo, "más amigo de gatas que de perros", librepensador, icono-clasta de mitos y moralinas. Recientemente toma la pluma y esgrime su libertad como autor.

S-he

«Donde hay un laberinto hay un minotauro».
—Catherynne M. Valente

Viernes por la noche. He visto vibrar el teléfono hijo de puta cinco veces. Le quité el timbre para que no molestara y ha sido peor, zumba como un abejorro esquizofrénico, no distingue entre una llamada verdaderamente urgente y un *'booty call'*. Ya no quiero verla, pero insiste. Me ha dejado cinco mensajes, los mismos que me niego a oír. Tampoco quiero escucharla. Estoy decidido a cortar todos los puentes entre los dos. Me pregunto si será capaz de entender y dejarlo todo por la paz. Dicen que las mujeres como ella suelen ser unas hijas de la chingada cuando se ponen bravas. Heracles se estira en el sofá cada vez que vibra el celular, levanta la cabeza, mira el objeto trepidante, luego me mira a mí con ese desdén que usan las criaturas superiores con los más abyectos y parece decirme: «Amárrate los huevos y resuelve este quilombo».

Pero no será tan fácil. Salimos unas cuantas veces. *Fueron cinco o seis*, me repito, *no es para tanto*. Y salir es un decir, debería usar entrar en lugar de salir. Todas las veces que nos vimos nos encerramos en su departamento. No voy a mentirme, desde el principio supe de qué lado mascaba la iguana. Sabía con quién me estaba metiendo. Tuve aquella curiosidad por mucho tiempo. La conservé a raya viendo videos pornográficos en la *web*, como quien alimenta con ratoncitos a una boa constrictora. El remedio salió peor que la enfermedad. La boa cebada de imágenes demandaba cada vez una captura mayor. La presa fue, por supuesto, la que ahora me estaba inundando el teléfono de llamadas y mensajes.

Pensaba en la posibilidad de verme envuelto en un escándalo sexual y me aterraba. Perder el puesto como funcionario de la sala de libertades anticipadas en la prisión estatal, sería el menor de mis males, estaban también el desprestigio social, la vergüenza. Toda la vida me ha importado lo que piensen los demás, especialmente mi familia. Me imaginaba a mi padre cayendo fulminado por un relámpago directo al corazón y mi madre pidiéndome que me fuera con mi deshonra a otro lado. Por lo mismo no iba a contestar la sexta llamada que hacía bailar el teléfono sobre el buró una vez más. Alcancé a ver en la pantalla iluminada un número diferente y me dije, *hace falta nomás marcar desde otro número para conseguirme.* Y no contesté.

Así y todo me moría por verla. Llevaba dos horas con la verga rígida. Tenía una herida que solo encontraba alivio en su saliva. La sierpe del deseo demandaba el calor que únicamente era capaz de encontrar empalada en su conducto palpitante, húmedo y estrecho. Ansiaba horadar sus entrañas, vaciar la ponzoña en lo más profundo de su ser, aunque después tuviera que salir corriendo de su departamento, como el más culero de los culeros, y negarme a tomarle las llamadas. Sabía que quería verla también por el vacío en el estómago. Hacía varios días que traía un hueco como un presentimiento que atribuí al miedo que me causaba, que alguien se enterara del gatuperio de lujuria en el que me hallaba metido. Tendido en la cama tenía la cabeza llena de imágenes como *flashes* reventando en la memoria. Sus piernas largas, prolongadas como el cauce de un río, las nalgas suaves y firmes por horas y horas de gimnasio, los pechos de silicona erguidos siempre, coronados por dos pezones de fabricación perfecta y los labios pulposos con los que se afanaba al tronco de mi verga con desespero para complacerme. Si hubiéramos nacido en un tiempo menos bastardo, en otro mundo menos obtuso, habríamos sido tal para cual.

Nuestra historia, gustaba decir ella, como si nos hubiéramos conocido en el supermercado, como pasa en las comedias románticas, donde su carrito hubiera chocado con el mío y después de un disculpe y una sonrisa habríamos iniciado una conversación banal que terminaría con un intercambio de números. Nuestra historia, como si no nos hubiéramos conocido donde se conoce todo el mundo estos días, en esos chats de encuentros casuales donde el afán es un acostón sin compromisos ni memoria. Nuestra historia, no se parece a ninguna. Y tiene tanto porvenir.

Esta pasión me avergüenza, me envilece, musité como en la letra de un tango. Empezaban a dolerme los huevos, señal inequívoca de que necesitaba vaciarme. *Voy a hacerme una puñeta*, pensé, sabiendo de antemano que no serviría de nada. Me levanté de la cama y recibí otra mirada de Heracles. Él también se levantó, se estiró y antes de salir de la habitación me rozó las pantorrillas con su cuerpo, como diciendo, *a pesar de que eres un imbécil mamarracho te quiero y si fuera tú ya estaría montándome esa gata que no deja de llamarte*. Agarré el teléfono y pulsé el botón de mensajes, al instante me arrepentí. Si la escucho no podré evitar salir corriendo a buscarla. Tomar un trago me pareció una mejor opción. Me vestí y salí al bar de la cuadra. Lo encontré vacío, en la barra apenas un par de clientes cabizbajos besaban botellas frías. Las mesas de billar abandonadas. Pedí un *old fashioned* y cuando el barman se volvió a buscar el vaso noté que no perdía detalle de lo que ocurría en la pantalla de la tele. Reconocí de inmediato la fachada del edificio. Había estado ahí media docena de ocasiones. Los paramédicos subían una camilla a la ambulancia, pero el ángulo de la toma no permitió que se viera el rostro del herido. «¿Qué pasó?», pregunté. «Parece que asaltaron a un maricón», contestó el barman.

Salí del bar. Empecé a correr por el estacionamiento. Subí al auto y aceleré. Busqué el teléfono en el bolsillo del pantalón y oprimí su nombre en la pantalla. De inmediato entró el buzón de voz. No se me ocurrió entonces escuchar los mensajes que me había dejado en el transcurso de las horas. Llegué hasta el edificio donde todavía quedaban algunos curiosos en las aceras. Un reportero daba la noticia frente a una cámara que le lanzaba a la cara un chorro de luz potente. Nadie me conocía en ese lugar, me había asegurado de no hablar con nadie. Vi a un policía en la entrada, pasé de largo sin verlo a la cara, él me echó una mirada rápida, seguramente evaluando si encajaba en su perfil de criminal. Subí corriendo las escaleras hasta el tercer piso. En el pasillo, un par de detectives interrogaban a los vecinos y vi como estaban sellando la escena del crimen con una cinta amarilla sobre la puerta de su departamento.

Sin atreverme a preguntar, me di la vuelta y bajé nuevamente las escaleras. Anduve caminando por la acera sin decidir qué hacer. Lo lógico sería que preguntara por ella, que indagara a qué hospital la habían llevado, llegar allá y preguntar por su estado. Averiguar lo ocurrido. Pero me aterraba la idea del inevitable cuestionamiento sobre mi relación con ella, de quien ni siquiera conocía su verdadero nombre.

«Me llamo Odette, soy escorpión, mido seis pies sin tacones, me gusta caminar bajo la lluvia, me encantan Luis Miguel y María Martha Serra Lima», me dijo. *Pinche cursi*, pensé y continué vistiéndome a toda prisa. Esa fue la primera vez que cogimos. *Sí, coger*, me repetía, *esto ha sido solo un palo para quitarme la curiosidad. No vuelve a pasar.* Ella estaba sentada sobre la cama, desnuda, con sus treinta y seis pulgadas de piernas cruzadas la una sobre la otra. Después me preguntó si podíamos volver a vernos. «No», contesté tajante. «Entiendo», dijo ella viéndome partir. Pero unos días después la volví a llamar y acordamos otro encuentro.

Me recibió vestida para salir. «Pensé que tal vez podríamos tomar una copa en un restaurante muy lindo que conozco», me dijo. «No creo que sea buena idea», contesté, comenzándola a desvestir. Ese día la arremetí con furia a pesar de sus protestas, quería sacarme aquellas ganas, vaciarme por completo, drenar el cauce que me llevaba una y otra vez a buscarla de tal forma que todo acabara ahí y cumplir ahora sí, la promesa de no verla nunca más. Exhaustos sobre la cama, dejé que me besara por vez primera. Lo hizo con ternura, como diciendo que comprendía mi actitud, mi zozobra y hasta mi mala leche. Quiso hablar, pero se lo impedí. En lugar, la puse en cuatro y la penetré otra vez. Su cuerpo me tenía

atrapado en un laberinto cuyas paredes habría de derribar a verga-
zos de ser necesario. Luego me fui, repitiéndome el cuento de no
volver a verla jamás.

Y regresé otras veces encendido de pasión malsana, de noche,
casi siempre de madrugada. Regresé, porque siempre se vuelve al
yerro que nos condena por el mismo camino. Ella me recibía complaciente, dispuesta a todo, incluso a que la sobajara. Cada vez la
fui tratando peor, sometiéndola a humillaciones e insultos mientras
cogíamos. La vez que me dijo, *te amo*, le contesté con una bofetada que le reventó los labios. Me pidió perdón y continuó con la
felación mientras un hilillo de su sangre me recorría el miembro
hasta confundirse con el vello púbico.

La despreciaba, pero más me despreciaba a mí por buscarla,
por necesitarla. Había mil mujeres a las que podía recurrir cuando
me asaltaban las ganas, cuando el idioma de la entrepierna me gritaba que precisaba de otra lengua para conversar, pero la buscaba a
ella, precisamente a la que no podía llevar a casa de mis padres,
con la que no podía mostrarme en público sin sentirme avergonza-
do, juzgado por los demás como lo que estaba convencido de no
ser. Porque una cosa es que me guste montar a mujeres como ella,
otra muy distinta que seamos iguales, me justificaba. Mis excusas
daban lástima, yo mismo lo sabía, pero eran las únicas que tenía y
me aferraba a ellas con desespero. Nunca fui valiente, pero mi
comportamiento con ella, que se me entregaba de aquel modo, había llegado a ser el de un monstruo. Así que decidí que esta vez,
este viernes, sin importar cuántas ganas tuviera de verla o cuántas
veces me llamara ella, no la vería.

Después de mucho andar de arriba abajo, finalmente decidí
averiguar a qué hospital la habían trasladado. Hice varias llamadas
en las que dije ser un vecino y conseguí que en una de las salas de
emergencia me dieran cuenta sobre el herido de la calle Main. «Lo
siento: el herido llegó con vida, pero no sobrevivió. Ya su familia
se está haciendo cargo de la disposición del cuerpo», me informó
una enfermera. Colgué. Pasadas las cinco de la mañana regresé a

casa. Abrí la puerta y Heracles vino a saludarme. Me senté en el sillón y comencé a llorar. Estaba muerta. Muerta. «El señor Orlando Barrera murió a consecuencia de un disparo en la cabeza», me dijo la enfermera. Era espeluznante oír ese nombre masculino que me confrontaba de golpe con la persona con quien en realidad compartí la cama, los juegos de la carne en la carne. Me mordí los labios para no repetir su nombre. *Nadie lo sabe*, me consolé. *Nadie tiene que saberlo. Yo no soy un maricón.*

A punto estaba de meterme a la cama cuando pulsé el botón de mensajes de mi teléfono celular. El primero era solo un, «hola cómo estas, no sé si piensas venir hoy a verme. No me has llamado en toda la semana. Si quieres venir, te espero; si no, voy a salir con unas amigas a echarnos un *drink*». En su voz no había reproche, solo la incondicional disposición con la que se sometía siempre. El segundo mensaje se parecía al primero, pero lo interrumpía porque alguien tocaba la puerta. En el tercero decía que había tenido una fuerte discusión con su ex novio y lo había echado de su departamento. Quería saber si podía ir a verla de inmediato porque temía que el hombre volviera. «Es muy violento y temo lo que me pueda hacer». Me estremecí y dudé en pasar al cuarto mensaje. Finalmente lo hice y la escuché gritar angustiada: «¡Por favor ayúdame! Está intentando romper la puerta y viene armado, yo…». Interrumpí el mensaje, no podía continuar escuchando los recados que me dejaba cuando estaban a punto de matarla. Borré el resto sin escucharlos, incluido el último dejado desde un número que no era el suyo.

Al día siguiente encontré una pequeña nota en el diario que hablaba del crimen pasional entre homosexuales en un edificio de la calle Main. El reportero se daba vuelo explotando el morbo del público, contando una historia vulgar y soez, donde aseveraba que uno mató a otro por causa de un tercero. Tiré el periódico a la basura y decidí olvidarme del asunto. Tal vez fue mejor así. Como iban las cosas parecía que era incapaz de dejar de necesitarla, de escapar de su laberinto.

Pasaron varios meses, en las que poco a poco se fue mitigando el susto, dejé de pensar en Odette y volví a mi vida normal. Pero como alguien dijo alguna vez, no porque uno se ha quitado el chango de la espalda quiere decir que se ha marchado el circo, y comencé a rondar los mismos chats, las calles de putas y vestidas buscado su remplazo.

Una tarde en la prisión estaba por terminar el turno. Era viernes, y no me faltaba si no atender al último de los presos con los que tenía audiencia ese día. No tuve tiempo de leer el expediente, era un caso nuevo, demasiado reciente según la fecha del fólder, como para que el interno demandara audiencia conmigo para aclaración de beneficios de liberación anticipada. A punto estaba de levantarme para indicarle al guardia que no vería al interno Armando Ceballos, pues no era sujeto de los beneficios que reclamaba, cuando la puerta se abrió y vi entrar al reo escoltado por el guardia de seguridad. El protocolo permitía que el custodio estuviera presente o no, dependiendo de los antecedentes del reo. Esta vez el guardia salió, dejando al interno sentado frente a mi escritorio. Volví mi atención al expediente para echarle una mirada rápida que confirmara mi primera impresión sobre el asunto y poder decirle que no había lugar a su petición, terminar e irme a casa.

—Se nota que no atiende sus mensajes, abogado —escuché decir al interno con una voz ligeramente aguda, familiar.

Sin levantar la vista del expediente, le pregunté si se refería a los arreglos solicitados para la audiencia.

—No, me refiero a los mensajes que le dejé en su celular lo noche de mi arresto.

Levanté la cara y lo vi.

—No entiendo a qué se refiere —dije, pero comenzaba a entender y una sensación fría me recorrió la columna vertebral.

—De haberlo hecho se habría dado cuenta que no era yo el muerto, si no el hijo de puta de mi ex novio, y de cuyo teléfono le hice a usted la última llamada, pidiéndole a gritos que me ayudara.

Era ella, era él, ella-él. Me quedé pasmado viéndole el rostro sin maquillaje, la boca de labios cuarteados, sin labial, el pelo recortado y negro, su color natural.

—No te tomaste nunca el tiempo de conocerme como mujer, ahora me tendrás que conocer como hombre.

Me levanté de la silla para llamar al guardia, pero su mirada me lo impidió.

—Tú abres la boca y yo te armo el escándalo al que tanto miedo le tienes, ¡hijo de la chingada! Dije que me vas a conocer, pero además vas a saber de mis deseos como hombre. Sí, que te quede claro, de hoy en adelante me verás una vez a la semana, en viernes, como te gusta, aquí, en la privacidad de tu oficina, porque a partir de hoy eres mi perra y harás lo que yo te diga.

Las manos me comenzaron a temblar, solté el lápiz que tenía en la mano y cayó de punta al piso. Me volví a sentar al tiempo que él se ponía de pie. Estaba de vuelta en el laberinto, a merced de la embestida de un minotauro que yo mismo había creado.

—Me llamo Armando, soy escorpión, mido seis pies sin tacones, me gusta caminar bajo la lluvia, me encantan Luis Miguel y María Martha Serra Lima —dijo mientras se iba bajando el pantalón del uniforme anaranjado.

Max D' Lara

Miguel Baquero – España

(Madrid, 1966) es autor de novelas y cuentos. Como novelista, ha publicado las obras *Vida de Martín Pijo* (año 1999; 2ª edición en 2007), *Matilde Borge, aviador* (año 2003), *La rebelión de los insectos* (año 2009), *Vidas elevadas* (año 2010) y *Objetos perdidos* (año 2013). En estos momentos se halla buscando editorial para la que sería su sexta novela, *El confidente*, de tono humorístico.

Como autor de cuentos, ha publicado el volumen de relatos *Diez cuentos mal contados* (año 2008) y *Figuras de alambre* (año 2012). En el primer caso, se trata de cuentos de 'ficción futura', según su denominación, y se encuentra trabajando en una serie también de tono humorístico ambientada en tiempos futuros.

Sus cuentos han sido premiados en numerosos certámenes literarios, como el Gabriel Aresti, el Miguel Cabrera o el Jara Carrillo. Reseñista y colaborador habitual en numerosas publicaciones digitales, es autor asimismo de la miscelánea *A esto llevan los excesos* (publicada en el año 2009).

Amor a temporada

28 de diciembre

Para ir llevando la cuenta el año que viene, Mireia ha traído a la oficina el calendario de una tienda de bolsos. ¡Una tienda de la calle Serrano, nada menos! Solamente por esto, Mireia considera que el calendario es el colmo de la elegancia y el buen gusto... «¡Y además es reversible!», proclama con gran contento. Reversible significa, para Mireia, que tanto en el envés como en el anvés el calendario muestra la copia de cuadros famosos. «¡¿No es magnífico?!...». Yo estoy sentado junto a Mireia y, para el próximo mes de enero, caerá casi sobre mi cogote la *Lección de baile*, del pintor Degas... ¡Oh, sí, qué bonita escena evanescente en azul y rosa! ¡Un despliegue de suavidad hecha tutú! *Mais oui!*, la *Lección de baile* de Degás... Yo ya he visto esa estampa, cien mil veces, en las cajas de bombones, clavada con chinchetas en la pared de las peluquerías más deprimentes, sujeta con *cello* para cubrir la caja de contadores de los edificios más vetustos... ¡Degás y sus bailarinas ya mayores y reumáticas!: cansinos *relevés*, monótonos *demipliés*... Solo esos negocios que aspiran a ser selectos, aristocráticos y distinguidos, pero que no pasan de aburridos, mediocres, e insulsos, ¡como esa tienda de bolsos de la calle Serrano!, pueden usar tal promoción. ¡Seguro que su razón social comienza, muy enjundiosamente, por «Viuda e Hijos», o «Herederos de...»! Más les valiera arramplar con la herencia, cerrar de una vez y jubilar a las putas bailarinas.

Por supuesto que no le digo nada de esto a Mireia... ¡Está tan ilusionada con el dichoso calendario!... En su lugar, le alabo la sensibilidad y, con el mayor disimulo, levanto un poco el pico de la hoja. Para febrero me están reservados *Los Girasoles* de Van Gogh. ¡Este va a ser, sin duda, un año muy largo! ¡Un año bajo el yugo de los herederos de no sé quién, en la calle Serrano, y sus bolsos de primeras marcas: Gucci, Chloe, Chanel, Louis Vuitton...! *Recordar comprar imitaciones*, anoto en un *post-it*. ¡Es la guerra! Ellos lo han querido. Yo estaba tan tranquilo, sin meterme con nadie, y tuvieron que venir con su calendario y su horterez hereditaria. Recupero el *post-it* y anoto una frase más: *Recordar no dejar herederos*. ¡Es la guerra!

29 de diciembre

Pese a todo, estoy comenzando a apreciar el calendario. Hace un cuarto de hora, más o menos, Martínez, el oficinista Martínez, se ha pasado a felicitarnos el año. «¡Feliz salida y entrada! —decía—; ¡hay que ver, un año más!». ¡Apasionante conversación la de Martínez! De pronto, como los perros perdigueros al olfatear una pieza, se ha puesto rígido, los músculos en tensión... «¡Qué bonito calendario!», ha dicho. Estaba como hipnotizado. «¿Verdad que sí? —le ha respondido Mireia—. ¡Mira, las famosas bailarinas!». Luego ha presumido del establecimiento selecto en que se lo habían regalado. Después ha dicho: «A Fernando también le gusta mucho. Y Fernando tiene un gusto exquisito».

Yo me he levantado como movido por un resorte. Mireia me ha tomado del brazo y me ha acariciado con admiración... ¿He dicho ya lo buena que está Mireia?... Yo no sabía que, para ella, soy un tipo de gusto exquisito. ¿Desde cuándo lleva pensando así?, ¿qué habré dicho yo para que sospeche eso?... Mientras me lo pregunto, ella sigue acariciándome el brazo. Quieras que no, con tanto fregoteo, se me empalma el ciruelo y miro, beatífico, a Martínez...

30 de diciembre

Aprovechando el relajo general, Mireia se ha escapado esta mañana al centro comercial más próximo a hacer unas compras para Fin de Año. A eso de las doce, ha aparecido cargada de bolsas… ¡Al momento, un revuelo en torno de ella!… Todas las compañeras admiran las compras y opinan sobre el color de las telas, el olor de los perfumes, la suavidad de las cremas, el brillo de las pulseras… ¡Qué bonito!, ¡qué buen gusto! ¡Y muy bien de precio!… De repente, un ¡Ohhh! general cuando Mireia ha extraído de una bolsa el regalo que ha comprado para su novio. ¡Un libro!… En el aire ha quedado flotando un runrún de conmoción… «Es para que se lo lea», ha aclarado Mireia. Yo, pese a estar aplastado por el peso de las bailarinas, no he podido dejar de fijarme también en el extraño objeto adquirido por Mireia. ¡Todo un tocho de setecientas páginas, la novela histórica que está arrasando en las listas de ventas! Al mendrugo de Rafa —como se llama el novio de Mireia— le dará tiempo sobrado para pasearlo por los gimnasios y las salas de musculación, y que todo el mundo vea que es un hombre preparado no solo en el aspecto físico.

«¡Cómo estaba el centro comercial de gente!», resopla Mireia. Yo sonrío para mis adentros, mientras pienso en el tumulto y en los apretujones que habrá tenido que soportar. Al otro lado de la ventana: avenidas atascadas, coches que pitan, furgonetas de reparto que echan humo, motoristas que se estampan contra la puerta de un coche abierta de pronto… A alguien, en medio del embotellamiento, le ha debido de dar un ataque al corazón, pero la ambulancia que ulula al fondo no logra abrirse camino hasta él. ¡Le está bien empleado!… Sin embargo, yo también debería comprar algo, ¿no es así? Un regalo de Fin de Año. «¡Al fin y al cabo, no somos animales! —dice muchas veces mi anciana madre—. ¡Vivimos en el mundo!»… Sí, no estaría mal presentarse en casa, como cada tarde, pero con algo entre las manos esta vez, envuelto con un lazo… Una caja de bombones, por ejemplo. ¡Una caja de bombones en cuya tapa estuviera reproducida *La lección de baile*, de Degás!… A ella esas cosas seguro que le gustan. ¡Qué coño, no por nada tengo un gusto exquisito! Reconocido por todos…

31 de diciembre

A eso de la una y media acababa hoy la jornada. A esa hora, nos hemos ido todos los de la oficina al bar de abajo, a eso que suelen llamar «la despedida del año»... Brindis, risas. Ya se sabe, estas cosas... «¡Cuenta aquello, Fernando!», me gritan, y yo vuelvo a contar las anécdotas de siempre: que si un día Martínez se resbaló, que si otro día explotó una bombilla... La gente se ríe a carcajadas. No tiene mucho mérito, la verdad, en estos días me temo que es obligatorio reírse a carcajadas... Mientras los compañeros se desternillan, Mireia, que está a mi lado, me toma del brazo y lo aprieta con fuerza. A lo mejor es un gesto reflejo, para agradecerme la gracia con la que narro.

O quizás no.

Cuando la conversación decae, Mireia anuncia que el año que entra, o quizás el otro, no lo sabe muy bien, pero en breve, vamos a ingresar en una nueva era. La Era de Acuario. Dejamos atrás la de Piscis e iniciamos la de Acuario. Dice que lo ha leído en un libro que se titula: *Cómo encontrar el equilibrio interior*... El sol de invierno entra por una ventana detrás de ella y da de lleno sobre su figura. Está esplendida, Mireia. La claridad contornea su silueta: sus pechos altos y llenos, sus caderas rotundas, sus muslos tersos, sus piernas largas y esbeltas aupadas sobre sendos zapatos de tacón... Poco a poco, me he ido arrimando a ella y he prestado especial atención a que no le faltase de nada... «¡Otra caña aquí!», según dejaba el caso vacío sobre la barra... Incluso le he hecho llegar el canuto que, en un determinado momento y a escondidas, se ha hecho Alejandro, del departamento comercial... ¡Oh, Álex, el más enrollado de la oficina!... Le propongo a Mireia pasar al vermut con limón, y parece que le gusta la idea... Un nuevo vermut, un nuevo peta... Algunos compañeros comienzan a despedirse: han de ir a casa, a preparar la cena, se ha hecho un poco tarde... Le insisto a Mireia y a unos cuantos más para que se queden un rato; si quieren, les vuelvo a contar esas anécdotas tan divertidas... Mireia, a esas alturas, consume ya *gin tonics* y se ríe a carcajadas...

Entra una vendedora china de rosas y Alejandro aprovecha la ocasión para regalar una flor a las compañeras que quedan... «¡Oh, Álex, siempre tan agradable y dinámico!¡Es el mejor vendedor!», musita la gente, admirada, nada más conocerle... Mireia recibe el regalo con una amplia sonrisa, algo desvaída ya por el efecto del alcohol. Yo, amable dentro de mi categoría «no comercial», pido otro *gin tonic* para mi compañera... Quedamos ya muy pocos; tres más optan por irse... Mireia ríe mis chistes con cierto tono monótono y amenaza con rajarse. Consigo detenerla antes de que tome el abrigo. «La penúltima», le digo, y ella sonríe a un punto indeterminado. «La penúltima y me cuentas eso de la Era de Acuario». Sonríe y se deja reacomodar en el taburete. ¡Oh, sí, es inútil evadirse al influjo de las estrellas!

Son más de las cinco. Alejandro observa con el ceño fruncido y la mirada más torva posible en un vendedor de su categoría. Mireia y yo nos hemos encogido sobre nosotros mismos y hablamos con tono confidencial. Alejandro aguanta un par de minutos, pero cuando comprende que aquella tarde, pese a todo su dinamismo, lleva las de perder, apura el vaso, toma su gabardina y se despide con un brusco «adiós». Sale de la cafetería a trompicones... Lo siento, colega, haberte buscado tu propia era astral.

—Me gusta que me consideres una persona inteligente —dice Mireia.

Nada más quedamos ella y yo del grupo y aguanto un cuarto de hora. El tiempo indispensable para estar seguro de que Alejandro no va a retornar. Pasado ese tiempo, interrumpo a Mireia y le digo que es hora de volver a casa. Por supuesto, me ofrezco a llevarla. Tomo su abrigo y su bolso de encima de la barra, pago lo que se debe... Sujetándola de la cintura —ella recibe el abrazo con una sonrisa estólida e inclina el cuerpo hacia mí— abandonamos el bar y nos dirigimos al *parking*... La acomodo —casi la descargo— en el asiento del acompañante y paso al otro lado. Le abrocho el cinturón. Ella sonríe. Pongo el coche en marcha, salgo a la calle y apenas llego al primer semáforo en rojo la miro y veo que está profundamente dormida.

En lo primero que pensé, al verla así, fue en un motel... Seguro, sí, un motel de carretera... Yo sabía que por la nacional próxima abundaban los moteles —los camiones de gran tonelaje pasan zumbando frente a ellos—, pero no sabía, en realidad —nunca he dormido en ellos—, cómo hacer el ingreso y con qué personal me encontraría. Después de todo, igual eran sumamente estrictos a la hora de entregar una llave... Conducía sin rumbo, entretanto se hacía de noche y comenzaba a experimentar una urgencia atroz. ¡Tenía que decidir algo y hacerlo ¡¡ya!! En un barrio poco poblado tuve que parar ante un semáforo en rojo. Mireia, en el asiento de al lado, rezongaba... Me giré a mirarla y estaba preciosa, toda desmadejada, con la cabeza apoyada en el vidrio de la ventanilla. De vez en cuando, fruncía el ceño... Alargué la mano, tomé uno de sus senos, que se me ofrecían a apenas un palmo, y lo apreté con fuerza, recorriendo su volumen, algo estorbado por la ballena del sujetador... Recliné entonces el asiento del acompañante un poco hacia detrás. Mireia acompañó el movimiento y quedó casi tendida, a mi disposición... Le eché a los lados el abrigo y surgió la camisa que llevaba debajo y que parecía abrocharse con dificultad por delante, estorbada por la contundencia de sus pechos... Desabroché el botón superior con calma, con delectación, disfrutando de la visión que poco a poco se iba mostrando a mis ojos... En aquel momento, la cabina se llenó de una luz de ráfaga y sentí una fuerte pitada. El coche que venía detrás me apremiaba para que arrancase, porque el semáforo había cambiado hacía tiempo de rojo a verde.

Arranqué y anduve unos cuantos metros, con Mireia tumbada al lado y su camisa a medio desabrochar... Buscaba un descampado, un rincón oscuro, incluso un hueco discreto entre dos coches. Al fin, me pareció ver algo parecido frente a un vado permanente que parecía llevar mucho tiempo sin ser utilizado... Aparqué, le quité a Mireia —con las manos trémulas— el cinturón de seguridad y le desabroché un nuevo botón: se me mostraba ya la curvatura de los senos y el engarce del sostén... Tiré de la copa hacia abajo y fue apareciendo el pezón, la aureola —de un grande como pocas veces antes había visto— y la mayoría de la carne, blanca y surcada por pequeñas venas azules... Acabé de hacer bajar la copa y el pecho pareció liberarse, con un respingo, de una larga prisión... Agaché la cabeza y me metí en la boca cuanta carne pude del pecho que había liberado... Chupando estaba su gigantesca aureola cuando sentí unas voces cercanas, el rumor de una conversación... Levanté la cabeza y vi a una pareja que estaba paseando y que había pasado enfrente del coche; era bastante probable que nos hubieran visto... Sobresaltado, cubrí a Mireia rápidamente con su abrigo, me incorporé en el asiento, me abroché el cinturón y puse de nuevo el coche en marcha en busca de...

¡Las tapias del cementerio!... ¡No estaban demasiado lejos!... Me vi obligado a dar un volantazo en la primera intersección, para tomar el camino más recto hacia allí... «¡Mira —pensé—, que si hubieran advertido la maniobra los municipales, pusieran en marcha sus sirenas y me obligaran a parar, con Mireia obsequiosamente tendida en el asiento...!». Seguí adelante, en el silencio de la noche, pero, según me iba acercando al cementerio, la idea dejó de parecerme buena... ¡Todas esas noticias de parejas que están dándose el lote junto a la tapia y de pronto son asaltados por bandas de delincuentes que les roban el dinero y el vehículo, y a veces, la navaja al cuello, algo peor!... «Joder —pensé—, ¿cómo tendría pensado apañárselas Alejandro?»... De pronto, vi un descampado de camino, que parecía bastante oculto por las sombras, y ahí introduje el coche. Paré, apagué el motor y estuve un rato escuchando, hasta que me pareció no oír nada. Ni a nadie... Volví entonces a abrir el abrigo de Mireia, estuve un rato masajeando sus pezones —le bajé la otra copa del sostén—, y luego se me ocurrió que no sería mala idea verle, y tocarle, algo más... Le desabroché entonces el botón y le bajé la cremallera del pantalón, pero Mireia era un peso muerto; el vaquero, además, le quedaba ceñido y resultaba imposible hacerlo bajar por sus piernas... Hube de contentarme con abrir un hueco, lo más grande posible, meter ahí los dedos, bajar la tela de su braga y pasearme por su vello púbico... Aproveché la curva de uno de sus muslos para incursionar dos dedos y rozar su piel más tersa y suave, que parecía cerrarse sobre mí... Mientras tanto, me había vuelto a inclinar sobre los pechos de Mireia, paseaba por ellos mis labios y con la mano libre había abierto incluso su boca y conseguido sacar su lengua, que envolví con la mía... Entonces, después de un largo rato de todas estas cosas, sucedió algo insólito.

Comencé a aburrirme.

Al principio me resistía a admitirlo... «Fernando —me reprochaba—, Fernando, joder»... Pero lo cierto era que me aburría. Me forzaba a imaginar cosas tales como masturbarme al lado de Mireia, mientras la tocaba... reclinarla un poco más e introducir mi polla en su boca... bajarle incluso el pantalón, de cualquier modo, y mandarlo todo al diablo... Pero si era sincero conmigo mismo, no me apetecía demasiado... «Fernando —me seguía recriminando—, Fernando, tío»... Después de estar un buen rato en la indecisión, tocando e incluso estrujando los pechos de Mireia, el caso indudable era que aquello estaba comenzando a ser aburrido. Hasta el tacto de la carne me parecía ya algo monótono, su sabor insulso... Toda huella de excitación se había replegado y lo que de verdad, en aquel momento, me apetecía era fumarme un cigarrillo. Devolví, pues, los pechos de Mireia al sujetador, después le abroché los pantalones y la camisa, subí el asiento, le ajusté el cinturón de seguridad y encendí un truja, que apuré a grandes caladas... Luego puse el coche en marcha y conduje hasta el domicilio de Mireia... Pulsé el botón del portero automático y le dije a su novio, Rafael, que bajara a ayudarme. Entonces le expliqué: nos habíamos entretenido en la cafetería después del trabajo, nos habíamos reído mucho, había sido todo muy divertido... A cualquiera puede pasarle algo similar y —sonreí— todo ha sido tan amable, confraternal, alegre... Dejamos a Mireia en la cama y yo volví en coche a casa. Mi madre estaba ya asustada por mi tardanza...

2 de enero

Las bailarinas de Degás han comenzado su danza monocorde... Todos nos lo hemos pasado muy bien en Nochevieja. Todos somos, de hecho, unos tíos muy majos y dinámicos... Mireia llega un poco tarde y deja el bolso sobre la mesa. No puedo evitar que su gran aureola marrón se me venga a la mente... Me dirige una amplia sonrisa, en la que no creo ver rastro de ningún reproche, me pregunta qué tal todo. Le hablo con marcado tono apático de lo sosa que fue la noche en casa, cenando en compañía de mi madre. Ella me dice que se lo pasó bien, en general, sin concretar nada. De pronto, se inclina hacia mí y con una voz extraña me dice: «Ya me contó Rafa lo que hiciste»... Y luego añade: «Eres todo un caballero». Y me pasa la mano lentamente por el brazo... En señal de agradecimiento, claro. Un gesto de camaradería y amistad.

O quizás no.

Rosa Rojas – España

Tengo 36 años y vivo en Barcelona. Soy mamá de cuatro hijos y maestra en una escuela pública. Me gusta leer, bailar, tejer y tocar el piano, pero sobre todo, me gusta aprender. Escribo en mis ratos libres y me gusta participar en concursos literarios, leer los trabajos de los demás y tratar de mejorar en este arte, con el que tanto disfruto.

Sonriendo a mi ginecólogo

—¿A dónde vas tan guapa?

—Tengo la revisión anual con el ginecólogo, ¿no lo recuerdas?

—¿Otra vez? ¿No te la hiciste en Navidad?

—¿En Navidad? Sí... no... eh... eso fue la citología. Ya sabes, hay que controlar mucho todas estas cosas.

—Claro, bueno, es una suerte que yo no tenga que hacerme esos controles... En fin, espero que no sea un rato muy molesto para ti.

Beso a mi marido en los labios y salgo por la puerta.

Sigo excitada. Cada vez más. Una vez empezado el proceso de acicalamiento no hay vuelta atrás. Siempre que voy a ver a mi ginecólogo sigo los mismos pasos. Una ducha de agua bien caliente, mascarilla para el pelo, depilación minuciosa, piernas, muslos y sexo perfectamente rasurados, quedando la piel lisa y suave. Turno para la crema de canela por todos los rincones de mi piel. Estoy tan excitada que noto cómo mis labios se hinchan y resbalan.

Luego me peino, seco y ordeno mis rizos, el mayor de mis encantos, mi pelo largo y rizado. Una capa de maquillaje, rímel y brillo de labios. Perfume por escote, muñecas y cuello.

Me considero felizmente casada con mi marido y no me siento enamorada de mi ginecólogo, pero la atracción sexual es tan grande que tengo claro que rompería cualquier norma de fidelidad si se me presenta la ocasión.

No sé a qué se debe ni desde cuando ocurre. Sencillamente, mientras me masturbo, o hago el amor, me descubro pensando en él. En las sucesivas visitas, la atracción cada vez ha sido mayor. No ayuda que mi ginecólogo sea una persona cercana y encantadora, mayor que yo, con una sonrisa que me eriza la piel. Mucho más tímido que yo, siempre correcto y educado. Demasiado en realidad. Demasiado...

El trayecto en tren se me hace eterno. Intento leer pero no puedo. Mi mente repasa su cara, su cuello, sus manos, sus uñas perfectamente recortadas. En un rato, estaré delante de él, en su consulta pequeña y acogedora,

Me concentro en repasar el *mail* que he recibido esta mañana de Alicia. Ella es mi mejor amiga y confidente, la única a la que podría hacerle una confesión de este tipo. Me ha contestado el *mail* que le envié ayer por la noche. Por supuesto, ahí está en mi bandeja de entrada con asunto: 'Lista de cosas sutiles (y no tan sutiles) que puedes hacer'. Jugamos con frecuencia a hacer listas, especialmente para ayudar la una a la otra, o simplemente, para reírnos. La lista dice así:

- mírale a los ojos, siempre.

- déjate un poquito de escote.

- deja ver la tira del sujetador, a tono con la blusa, y con encaje, por supuesto.

- suelta algún suspiro.

- haz que se ría.

- dile lo guapo que está.

- NO preguntes por su mujer, ni por sus hijos.

- abrázalo al despedirte, acércate a su cuello y huélelo. Que él lo note.

- sonríe, no dejes de sonreír.

No sé si voy a ser capaz de hacer nada de eso, pero me sirve de distracción.

Cuando llego a la consulta veo que soy la primera. Mejor. Esperar en la sala sabiendo que en cualquier momento me sentaré delante de él me pone muy nerviosa. Así que en breve me avisa la enfermera y me acompaña a su despacho.

Ahí está, sentado en su silla, con mi historial en la mano, leyendo, o haciendo que lee. Es un gran tímido que se esconde tras los papeles pero sabe perfectamente quién soy y que estoy entrando por la puerta. Eleva las cejas por encima de sus gafas y sonríe. Lo adoro. Creo que voy a desmayarme aquí mismo porque mi corazón no puede bombear la cantidad de sangre que le llega. Está irresistible, más guapo que nunca. Atractivo a más no poder. Me tiende la mano, me la aprieta con cariño y nos sentamos. Empezamos una de nuestras charlas, esas en las que él me pregunta por mi salud, por mi trabajo, por la sociedad, por la vida en general, en las que bromeamos, reímos ('haz que se ría', es como si oyera a Alicia). Lo estoy consiguiendo. Mientras respondo, lo observo. Hace poco que se ha cortado el pelo, sin duda hoy se ha afeitado, lleva puestas las gafas, con las que juega a quitárselas constantemente, en un acto de nerviosismo y coqueteo a la vez, corbata azul oscuro, camisa azul claro... y encima, su bata blanca. Perturbador.

Yo actúo. Me muestro encantadora, dulce, sonriente, me aparto el pelo, juego con un rizo y lo enredo en mis dedos, bromeo, río, sonrío. ('sonríe no dejes de sonreír').

Pasamos a la habitación de al lado, y en un espacio reservado, me quito la ropa y me cubro con una sábana. Voy hacia la camilla y subo.

—Hoy toca exploración de mamas, ¿no te has quitado la parte de arriba?

Me incorporo y sentada me quito la blusa. Sin dejar de mirarle los ojos ni un segundo, desabrocho el sujetador y le descubro mis pechos. No se lo esperaba. Pensaba que volvería a levantarme para desvestirme en el espacio reservado, pero he sido rápida y ahora ahí está, mirándome medio sorprendido. Estoy totalmente desnuda en la camilla, mirándole a los ojos. Con total naturalidad, pregunto:

—¿Me tumbo?

—Sí, sí...túmbate y levanta los brazos —mientras lo dice, me coge los brazos y los acompaña hacia atrás.

Lo miro fijamente, pero durante unos segundos, cierro los ojos porque tengo que prepararme mentalmente para lo que viene. Con los ojos cerrados, respiro y espero. Noto que la piel se me ha puesto de gallina. Ya está. Sus manos calientes tocan mi piel, me acarician los pechos. Un calambre de excitación recorre mi espalda, desde el cuello hasta mi sexo. Abro los ojos y lo miro. Recorro su pelo, observo su cara, sus pecas escondidas, su cuello... me pierdo en su cuello, una cadena de oro se deja ver entre la camisa y se pierde en su pecho. Hay un botón de la camisa ligeramente abierto... creo que el colgante de la cadena es una cruz. Sus manos siguen tocando, apretando, moviendo un pecho a un lado y a otro, coge un pezón entre dos dedos y aprieta... se pone duro. Coge el otro pezón y lo vuelve a pellizcar suavemente con sus dedos. Creo que voy a tener un orgasmo y esto no ha hecho más que empezar. Estoy húmeda y excitada. Vuelve a masajear un pecho y otro, yo no dejo de mirarle. Recuerdo la lista de Alicia 'suelta algún suspiro'... y lo hago. No sé si dé da cuenta o si percibe algo, pero en vez de dar paso a la siguiente exploración, sigue toqueteando mis pechos...

Cuando vuelve a cubrirme con la sábana, estoy totalmente excitada. Y percibo que él también. O quizás son imaginaciones mías... Da la vuelta a la camilla y se sienta delante de mí, enfoca la luz y clava su mirada en mi sexo. A esas alturas, húmedo y resbaladizo.

Coge el bote de lubricante y esparce un chorro por encima de mis labios. Y entonces... sucede. Con toda la palma de su mano, extiende, reparte, masajea todo mi sexo con el lubricante. Creo que de un momento a otro voy a tener un orgasmo. Sube, baja, se cuela entre mis labios, los separa, pasa por encima de mi clítoris, casi diría, o quizás es fruto de mi excitación, que lo está pellizcando suavemente. He cerrado los ojos y he perdido la noción del tiempo.

—Respira, tranquila... intentaré ser suave —me dice, avisándome que iba a explorarme...

Podría haber hecho cualquier cosa excepto tranquilizarme. Pero respiro, por si acaso, respiro... Vuelvo a cerrar los ojos y tomo todo el aire que puedo. Estoy a punto de correrme y sé que sentir sus dedos dentro va a ser incontrolable. Con una mano abre mis labios y con la otra, suavemente, me penetra. Mete un dedo, suave pero firme, hasta el fondo... palpa y revolotea por dentro, no sé exactamente qué hace pero no lo saca... estoy literalmente fuera de mí. Respiro entrecortadamente, suspiro, incluso contoneo un poco la cintura... Si mi ginecólogo no es tonto (y a mí me parece una de las personas más inteligentes que he conocido) tiene que darse cuenta. Y si no para, es que me acompaña en el juego...

Su dedo sigue dentro de mí, lo mueve, parece que lo va a sacar, pero vuelve a meterlo, va para un lado, para el otro, vuelve atrás y lo vuelve a meter, empiezo a temblar un poco y empiezo a intentar poner control al orgasmo en puertas. Saca el dedo, creo que se acaba, pero lo ha sacado para dejar espacio a otro, así que vuelve a penetrarme ahora con dos dedos. Se me escapa otro suspiro... «Tranquila», lo oigo susurrar... Me penetra sin parar, moviendo sus dedos dentro de mí poco a poco y suavemente, como si se recreara. De vez en cuando mi sexo deja algún chasquido, dejo ir suspiros, no puedo hacer nada por controlar mi orgasmo. Contraigo todos mis músculos y sus dedos quedan atrapados dentro de mí. Me revuelvo discretamente en la camilla, ahogo mis gemidos, pero el placer me envuelve por completo. Vuelvo a respirar, abro los ojos tímidamente y lo busco con la mirada. Está ahí como si nada, pero lo delata su media sonrisa. Esa sonrisa tímida y maravillosa. Una sonrisa de complicidad, pero también de morbo. Sonríe al infinito porque a mí no me está mirando. Saca sus dedos de mi sexo, aparta el foco, se pone de pie, me tiende una mano para ayudarme a incorporarme y ahora sí, con esa sonrisa, me dice: «Está todo perfecto».

Volvemos a la consulta y charlamos como siempre. Hablamos del tiempo, de las vacaciones, de la vida. Bromeamos. Nos reímos.

Ya en la puerta, antes de abrirla, me desea que todo vaya bien y que me espera en la próxima visita. Me sonríe, voy hacia él y lo abrazo. Me acerco a su cuello y lo huelo, me quedo totalmente perturbada... lo cual, hará que el próximo *mail* que le mande a Alicia ya tenga asunto: 'Huele como los ángeles'.

Me separo, le sonrío, no dejamos de sonreír. Antes de salir por la puerta le digo:

—Un placer.

—El placer ha sido mío... —y guiñándome un ojo, cierra la puerta.

Amílcar Araujo - Estados Unidos

Nació en el Suroeste de México y luego su familia emigró a la Ciudad de México D.F. donde realizó sus estudios universitarios en Ingeniería Química y luego concluyó su maestría en Administración de Empresas. Se desarrolló profesionalmente en el ambiente de Tecnología de la Información, profesión que le permitió migrar con su familia a los Estados Unidos de América, donde ha desempeñado puestos técnicos y ejecutivos.

La inquietud de escribir la ha tenido siempre aunque no la ha ejercitado constantemente. Fuera de poemas para la mujer de sus sueños y su actual esposa, no había explorado en forma seria la escritura de poemas y narrativa. Fue gracias al grupo Escritores en Español de Columbus que participó en talleres de poesía (liderados por el catedrático en lengua española, Juan Armando Rojas) y los de narrativa (liderados por la premiada escritora peruana, Ani Palacios Mc Bride) donde inició el camino de las letras con mayor formalidad. Sus trabajos han sido presentados en Ohio State University, y en diversos foros locales. Es coautor con Patricia Gabela de la novela *Pagando el Precio* (Contacto Latino Libros, ahora Pukiyari Editores, 2013), que narra la aventura real de una familia que cruza la frontera estadounidense sin documentos y vive los más angustiantes momentos. Tiene varios proyectos pendientes en donde seguirá fomentando su pasión por la escritura.

El pacto de Jacinto

Los ciento treinta kilogramos en su uno cincuenta metros de estatura dan testimonio de los excesos de Jacinto. A los treinta y cinco años no tiene interés en conseguir un trabajo pues vive a expensas de sus padres. Muy afecto a las parrandas y a la bebida, durante una borrachera en la playa en su último viaje a Veracruz, conoció a un brujo que le aseguró que si seguía un procedimiento mágico, el diablo le concedería tres deseos.

Jacinto, entusiasmado, regresó a su casa resuelto a obtener las cosas que él tanto deseaba: dinero, sexo y… más sexo. Esperó a que sus padres estuvieran fuera de casa por unos días y se aprestó a seguir las instrucciones que el chamán le garabateó en un pedazo de papel arrugado y sucio: «Debes prender 666 velas negras». Conseguirlas no fue fácil, pero en el Internet se consigue lo que sea. Seis cajas, cada una con 100 velas negras, llegaron pronto. Jacinto firmó la entrega y se frotó las manos con emoción. Faltaban 66 velas que llegarían una semana después. No quiso esperar y lo único que consiguió fueron velas rojas en una tienda cercana. Llegando a su casa se aprestó a cubrirlas con pintura negra que encontró en el garaje.

«Debes dibujar un pentagrama con cenizas de un ser viviente», decía la siguiente instrucción. «*Sorry* Pericles», dijo sin mucha congoja y Jacinto metió al horno de microondas al perico de sus padres hasta que el pobre animal se calcinó. Movió muebles para hacer espacio e inició el trazo del cabalístico símbolo, la estrella de cinco puntas, pero las cenizas de Pericles no fueron suficientes y tuvo que complementar con algunos paquetes de alitas de pollo estilo Búfalo que encontró en el congelador.

La tercera instrucción decía: «Tienes que violar a una doncella dentro del pentagrama a la medianoche». Jacinto pensó en Filomena, la graciosa sirvienta de la casa que en varias ocasiones había accedido a acostarse con él. *Pero no es una doncella*, pensó. *¡Bah! Quién se fija en esas pequeñeces hoy en día,* se dijo y salió a buscarla.

—Filomena, hoy es nuestra noche de pasión —dijo Jacinto teatralmente.

—Lo siento joven Jacinto, pero hoy es mi tarde libre y a las dos me voy.

—No puedes hacerme esto, hoy no están mis padres y es nuestra oportunidad de amarnos sin medida... —insistió Jacinto parafraseando una conocida canción.

—¡Pues será el sereno! Pero yo tengo planes para esta tarde.

Piensa rápido, se dijo Jacinto, tomó un sartén y golpeó a Filomena en la cabeza, dejándola sin sentido y la arrastró para confinarla en la alacena.

Jacinto acomodó las velas sobre el piso, la mesa y los muebles de los alrededores y procedió a encenderlas.

—Abra la puerta —se oyó la voz de Filomena y siguieron unos golpes provenientes de la alacena. Jacinto la abrió y le dijo que se había caído y golpeado en la cabeza.

—Con razón tengo este chipote en la nuca —dijo Filomena, sobándose la parte posterior de su cabeza y todavía aturdida.

—Filomena, quítate la ropa para que nos amemos aquí en el piso de la sala.

—¿Está loco? Yo me voy, tengo cosas que hacer.

¡Pow! Otro sartenazo, y Filomena cayó desvanecida. Jacinto le quitó la ropa y la acostó en el centro del pentagrama. Ahora sí, casi todo estaba listo... excepto la última instrucción de la lista. «En cada punta del pentagrama debes derramar 6 gotas de semen. Al caer la última gota, llegará quién esperas», se leía en el papel, pero había algo más que no era muy legible porque Jacinto, tratando de curarse una fuerte cruda, derramó café sobre él. Lo único que se podía descifrar eran las palabras «ten cuidado...», tal vez una advertencia que Jacinto estaba dispuesto a pasar por alto.

A las doce en punto, Jacinto ya desnudo, se abalanzó sobre el cuerpo inconsciente de Filomena, quien poco a poco recuperó la conciencia.

—Filomena, mi amor, tuviste un orgasmo tan intenso que te desmayaste.

—¿Entonces por qué tengo estos dos chipotes en la nuca? —respondió la dama con cero romanticismo y una fuerte jaqueca.

Jacinto puso delicadamente su mano sobre los labios de Filomena:

—Shhh, no hables y déjame seguirte amando.

Filomena alcanzó el clímax y sabía que a Jacinto le gustaban los orgasmos dentro de su boca, así es que se dio a la tarea y Jacinto olvidó por completo las instrucciones. Una vez que Jacinto se recobró de tan intensa actividad, gritó tratando de culpar a su compañera:

—¡Me lleva el diablo! Tengo que completar el rito. Filomena, ¿qué has hecho?

—Pues lo que tanto le gusta joven Jacinto —exclamó inocentemente mientras se vestía.

—No, no te vayas, todavía hay tiempo —rogó Jacinto.

—Pues me perdona. Porque debí de haberme ido hace horas, todavía alcanzo el metro, así es que, hasta el lunes —dijo Filomena mientras salía y cerraba la puerta desde fuera.

«No, no puede ser, ¿y ahora qué hago?», exclamó el solitario personaje.

«¡Masturbación!», dijo y se dio a la tarea logrando un par de orgasmos más, obteniendo unas gotas para tres picos del pentagrama, pero el dolor en los testículos ya era agudo y no podía seguir forzando la maquinaria.

¿Qué hago? ¿Qué hago?, se dijo. Y entonces una idea llegó a su mente: ¡yogur! Corrió al refrigerador no sin antes patear accidentalmente algunas velas en su camino, agacharse a colocarlas rápidamente en su lugar y volverlas a prender.

«¡4, 5,... y 6!», dijo cuando dejó caer la última gota de yogur en el último pico. Cerró los ojos esperando que una nube de azufre y fuego surgiera del mismo averno y Satán emergiera con sus típicos cuernos y tridente.

Nada sucedió, pero a los pocos segundos alguien llamó a la puerta.

«¿Quién podrá ser a esta hora?», se preguntó Jacinto molesto mientras se ponía los calzoncillos y se disponía a abrir.

—¿Qué quiere? —dijo Jacinto bruscamente al visitante.

Era un hombre alto, delgado, de nariz prominente y ojos un tanto amarillentos. Estaba impecablemente vestido, con un traje negro y una corbata de seda roja, cabello engomado y peinado para atrás, como salido de una revista de modas.

—¿Jacinto?, soy yo, a quien esperas.

—Yo no espero a nadie y menos a esta hora —respondió Jacinto enojado.

El visitante guiñó el ojo, la cadena de seguridad de la puerta se partió y el extraño la empujó y entró.

—¡Voy a llamar a la policía! —gritó Jacinto amenazante, con su índice apuntando al extraño mientras éste echaba un vistazo a la ambientación que el invocador había creado.

—¡Si serás torpe Jacinto!, me has estado llamando toda la noche y ¿todavía no sabes quién soy?

—Tú eres…

—Sí, yo soy.

—¿Y los cuernos, el azufre y la cola de lanza?

—Esos son mitos para desprestigiarme —dijo el demonio sacando una pequeña libreta empastada en piel y un fino bolígrafo.

—A ver, veamos… 666 velas negras, mmmm… 600 reales y 66 pintadas. Te lo acepto, eres un pícaro con recursos. El pentagrama con cenizas de… Pericles… y alitas de pollo estilo Búfalo. No muy ortodoxo, pero es mi estilo favorito. Mientras el recién llegado veía si los requisitos estaban cumplidos, Jacinto estaba incrédulo y paralizado, sin entender qué pasaba; con una mezcla de vergüenza por no haber cumplido con lo básico y de sorpresa al darse cuenta que estaba frente al mismísimo rey del infierno.

—Fornicar con una doncella, ¡Jacinto! Filomena puede ser todo menos una doncella.

—Pe-pe-pero era la única…

—Shhh —interrumpió autoritariamente el visitante mientras se ponía en cuclillas cerca de uno de los picos de la estrella del pentagrama.

—…tres, cuatro, cinco y seis gotas de… —tocó el blancuzco líquido con su dedo largo que terminaba en una uña puntiaguda y lo llevó a su lengua.

—…de yogur. ¡Jacinto! Eres el ser humano más torpe, mentiroso y tramposo que he conocido —hizo una pausa el demonio—, pero me caes bien porque ejercitas los siete pecados capitales regularmente y te voy a… conceder tres deseos.

—¡Gracias, gracias! —gritó Jacinto levantando los brazos en señal de celebración.

El demonio hizo un gesto con la cabeza como diciendo «te escucho».

—Eh, bien, bien… mi primer deseo es… quiero tener un miembro tan grande como el de ese caballo —Jacinto apuntó hacia la pared donde su padre, muy afecto a las carreras de caballos, había colgado las fotos de aquellos corceles campeones que le habían permitido ganar en las apuestas. El visitante, después de un chasquido de dedos, hizo una señal para indicar a Jacinto que su deseo se había cumplido. Pero Jacinto sintió que algo no estaba bien, no notaba un largo pene que colgara por fuera de sus calzoncillos tipo bóxer. Se aprestó a desabotonarlos y con pánico vio que en vez de un órgano masculino había una hendidura enorme rodeada de cabello áspero entre sus piernas.

—¿Qué clase de broma es esta? —gritó Jacinto desesperadamente.

—He cumplido tu deseo —dijo con tranquilidad y cinismo el demonio mientras se echaba un vistazo a las uñas de la mano.

—Pe-pero, ¿qué voy a hacer con esto?

—Bueno, viéndolo desde un punto de vista positivo, puedes disfrutar el sexo con algunos machos del reino animal como caballos, burros, y tal vez con elefantes y rinocerontes... sí, por qué no, elefantes y rinocerontes, debe ser divertido —Lucifer casi no podía contener la risa, se estaba divirtiendo de lo lindo con la estupidez de Jacinto—. Para tu información, el 'caballo' que escogiste es una yegua. Tienes otros dos deseos...

—Maldito, hijo de puta...—gritó sin poder contener la rabia que sentía contra el visitante, sin razonar que su propia torpeza lo tenía en esa posición.

—Está bien, todavía tengo dos deseos y quiero que me devuelvas lo que tenía.

Otro chasquido de dedos y Jacinto respiró tranquilo al ver que la descomunal vagina daba paso a su pene que apenas podía distinguir más allá de su prominente abdomen.

—Te queda un deseo... —canturreo Satanás.

—Lo sé, lo sé...—repitió el pecador, ya molesto por haber desperdiciado dos deseos—. Quiero, quiero todo el dinero del mundo.

Un chasquido de dedos del demonio siguió a su petición. Del techo de la habitación caían monedas de todas denominaciones, grandes y chicas. Era una cascada de metal que golpeaba el cuerpo semidesnudo de Jacinto.

—¡Ay, ay! —exclamaba de dolor ante el constante impacto de ese torrente de monedas—. ¿Qué no puedes cambiar estas monedas por billetes? —pidió mientras su voz se hacía casi inaudible por el ruido ensordecedor del metal que fluía y caía al piso golpeando las monedas que se empezaban a acumular ya a la altura de sus rodillas.

El visitante hizo una seña tocándose su oreja, que era ligeramente puntiaguda, con su largo dedo índice y medio cerrando los ojos, como indicando que hacía un esfuerzo por escuchar lo que Jacinto decía pero fingía no oírlo.

El dolor era insoportable, el cuerpo del pecador se cubría de moretones púrpura, el golpeo constante de las monedas sobre su cabeza lo hicieron perder el sentido y cayó mostrando varios hilos de sangre que corrieron por su cara.

Horas más tarde, al salir el sol, los bomberos trabajaban arduamente para apagar el fuego que consumió esa casa en el vecindario. El voluminoso cuerpo de un hombre bajito completamente calcinado era colocado por los paramédicos en una bolsa de plástico.

Los peritos, dada la evidencia, dijeron que el cuerpo encontrado fue víctima de un rito satánico. Un joven bombero, removiendo los escombros encontró un arrugado papel levemente quemado en los bordes, con una lista de instrucciones y con una extensa mancha de algo que parecía café. Al final de la lista, bajo la mancha, apenas visible se alcanzaba a leer: «...ten cuidado, el diablo tratará de engañarte con tal de llevarse tu alma. Tú tienes que ser más inteligente que él...». El joven voluntario, esperando no ser visto, guardó el misterioso documento en su bolsillo mientras un extraño personaje, entre la multitud, lo veía con una sonrisa que podríamos calificar como... diabólica.

Gregorio Royo Bello – España

 Nacido en Montalbán (Teruel) el año 1963, se dedica a la enseñanza del latín, actividad que le ha llevado a publicar su *Mètode de Llatí* para Primero y Segundo de Bachillerato. Trabajó como periodista en los diarios *La Opinión de Murcia y Levante* de la Comunidad Valenciana. Con María Teresa Enrique y bajo el pseudónimo de Andrea Robles cultivan el género negro, su gran pasión. Han publicado la novela *La visita del viento* (2009), de la editorial Riublanc, y el relato *Aigua Morta* en la antología de escritores negros del ámbito lingüístico catalán Crims.cat 2.0, (2013), de la editorial Alrevés. En la actualidad preparan la segunda entrega de su detective, Jordi Lleonard. Sus relatos están siendo premiados y se están publicando en diversas antologías.

El body de Marylin

La ausencia de libido ¿es consecuencia de una relación que hace aguas, o es el naufragio de la pareja el que se precipita en la derrota de la pasión? No éramos la primera pareja que veíamos caer en barrena. Ambos veníamos de relaciones tempestuosas y desde un principio nos habíamos prometido dejarlo antes de hacernos daño. Así que la rotura, si no inevitable, nos parecía tan natural como el orden de las cosas.

Estábamos en un momento crítico después de casi cuatro años. Habían pasado ya tres fines de semana sin hacerlo. No penséis que esta fijación por el sábado era el producto inevitable del adocenamiento. Ella vivía en casa de su madre, todavía joven y de buen ver. Por motivos prácticos, prefería compartir con ella comida, colada y compañía los días que trabajaba, y venir a mi casa de viernes a domingo.

La primera noche que fallé, ella se dedicó en cuerpo y alma. Me estimulaba con masajes, pellizcos en los pezones, mordisquitos en las orejas, besos tiernos, especialmente a la morcilla, pero esta no quiso adquirir consistencia, sino que se mantuvo tercamente en la flacidez del sauce. La segunda noche, nada más comprobar que mi cigala estaba más helada que un invierno en Laponia, se dio la vuelta y me deseó buenas noches. La tercera ni siquiera quiso propiciar la posibilidad, ella se fue a dormir mientras yo me tragaba de cabo a rabo los tres documentales de *La noche temática*.

El siguiente sábado, después de una cena regada con buen vino, ella se fue para la habitación. Yo suponía que iba a acostarse, de forma que puse en la televisión el partido, cuando menos para informarme de los resultados de la jornada. No había acabado todavía de encontrar el canal con el fútbol, cuando ella pidió que fuera un momento para la alcoba. Me la encontré en el umbral de la puerta, posando un hombro en el marco, su silueta, oscurecida por la luz de la mesilla de noche, parecía desnuda.

—¿Te gusta? —preguntó, apartándose para que pasara y la pudiera contemplar en panorámica.

Extendí la mano para tocar su cintura, desde ahí me llegó la textura delicada y fina de una tela bordada. La luz me mostró un *body* negro que se ajustaba a la figura esbelta. De hecho, la transparencia, herida por la blancura de la carne, dejaba muy patente los atributos del cuerpo: el fulgor de los pechos, el contorno carnal de las caderas, la turgencia de los pezones, el ombligo, la mancha rizada del pubis.

—Ni hecho a medida —le dije, azorado por el aspecto nuevo y esplendoroso con que se me presentaba—. No tengo idea de lo que vale, pero te ha tenido que costar un ojo de la cara.

—No se puede comprar esto —respondió bajando la mano por la cintura y reponiéndola finalmente en la cadera según el canon de Praxíteles.

—Entonces...

—Se puede decir que me lo han prestado —dijo divertida—. No te lo creerás, pero estás ante el *body* de Marilyn Monroe.

Se acercó a mí. Por intermediación de la pieza llegaba alienada con una extraña brillantez de ojos, la respiración agitada y un desconocido temblor interno que exudaba en sus pasos, en su voz.

—¿Conoces a aquella amiga que trabaja en el Centro de Cultura? Pues la han nombrado encargada de la exposición sobre Marilyn. He pasado a visitarla en el momento en que desembalaba las cajas de la ropa y no he podido resistir probarme esta pieza. Me he puesto los tirantes en los hombros, por encima del vestido y me ha dicho: «Te vendría de cine. Te la presto un día. Confío en que le sacarás provecho».

Puse las manos a las caderas, allí donde la piel clara se oscurecía detrás la tela negra. La constatación de estar tocando el *body* que había llevado Marilyn hizo que una descarga de adrenalina me acelerara el corazón y todas las entrañas se conmovieron, como si hubiera entrado en contacto con la misma piel de la actriz. Así de sencillo, así de básica es la estructura del deseo.

Estreché su cuerpo. La ropa me sobraba. Antes de arrancármela, alcé la camisa para sentir mi piel fundiéndose con la piel de Marilyn, mejor dicho, con el *body* que la había contenido. La besé, las lenguas se buscaron con ansia, le comuniqué mi avidez haciendo topar el sexo tenso contra su vientre.

—Espera —dijo. Me separé con la mayor delicadeza que me fue posible—. Echarás a perder la ropa.

Empecé a desnudarme, desabrochando primero la hebilla del cinturón para liberar la presión en la bragueta. Ella bajó los tirantes del *body* para quitárselo, pero se lo impedí de inmediato.

—No, por favor, no te lo quites. Estás preciosa así.

Se estiró en la cama, sobre la colcha oscura. Hacía flotar en un mar negro su esplendorosa carnalidad vigorizada por el efecto del *body*. No se parecía en absoluto a Marilyn, ella era morena, de pelo lacio, el cuerpo, más bien larguirucho, carecía de la rotundidad fastuosa de Marilyn en pechos y caderas, en los labios turgentes como el musgo, en la mirada excitada por los focos y por algo interior, indefinible e inaprehensible.

He de hacer un inciso aquí, detenerme para confesar que este recuerdo difícilmente puede provenir de aquella noche, puesto que, hecha la excepción de lo que hemos recibido como mensaje cultural del canon del erotismo, no había de interiorizar la imagen de Marilyn sino a partir de aquel momento. Unos días después visité la exposición e identifiqué el *body* que vestía ella. Confinado en la vitrina, desvalido sin un cuerpo que le diera identidad, parecía mucho más pequeño que cuando lo llevaba puesto. Incluso así emanaba la fascinación que remitía a la figura de dimensiones míticas de la diosa que una vez fue y que seguirá siendo en sus epifanías caprichosas. Según la leyenda a pie de la urna, había sido la pieza que llevaba la actriz en la famosa *'Black sitting'*, una de las últimas sesiones fotográficas, denominada así porque, emulsionada en un blanco y negro granuloso, casi sensible al tacto, Marilyn posaba con el *body*, con medias, fular, sombrero y zapatos de tacón negros sobre un fondo absolutamente negro.

He visionado muchas veces este *book*. El fotógrafo Milton Green saca una Marilyn espléndida en su madurez, pero al tiempo atormentada por las insatisfacciones de la vida, por la incapacidad de vivirla. Es Marilyn bregando entre la extrema belleza y el infierno donde quemaba su alma. La cuerda que une Marilyn y la Norma Jean real parece estar a punto de romperse. Podéis verlo en las dos fotos que abren y cierran la colección. Son dos planos americanos donde en encuadre del fotograma la cortan por el sombrero y el inicio del esternón. Marilyn, sin los atributos más carnales, queda indefensa, presa de un gesto aturdido, los labios tensos, las líneas de los pómulos marcadas, las cejas trágicas, los ojos oscurecidos por el rímel y por la tiniebla que la asedia, contaminando de brumas la pureza original de la mirada.

Aun así, en el resto de fotografías, cuando aparece de cuerpo entero, la voluptuosidad retorna pletórica, la sonrisa le aporta la seguridad de estar ofreciendo al objetivo lo mejor de sí misma, seduce al que la mira y ella lo sabe, este es su poder y fascinación. Despliega la flexibilidad de las piernas mientras las estira, las cruza, juega con el sombrero ocultando púdicamente las partes que, paradójicamente, atraen más la atención, mima el fular negro que lo estrecha como una boa a quien se entrega vencida, se siente penetrada por la oscuridad que la secciona y emerge en sus oquedades, nada en el negro, como aquella noche nadaba ella en la cama con el *body* de Marilyn.

Como Marilyn, ella llevaba la desnudez a la máxima expresión de la sensualidad. No es que el *body* tapara la piel, es que el tul era una segunda envoltura que remarcaba la gloria de lo oculto, lo recreaba y lo construía con el material de la perfección, siendo aquella la única perfección posible, la imaginada. La exuberancia floral, incitada por el volumen de la carne, dibuja las líneas blancas de los pechos, los sugieren, proclaman su efusión, hieren la indiferencia del observador. El *body* vuela con una especie de festón, un friso textil bordado que corona los muslos y anuncia la entrada en el *sancta sanctórum*. Es un velo que se tiene que romper para descubrir la inmensidad del misterio y mi glande, rojo como un pavo, terso como una patena, lo traspasa buscando el manantial de la entrepierna.

Me abrazó por el cuello, levantó la cabeza y sentí su aliento en el oído con un ruego.

—Espera.

Se incorporó y los cuerpos se intercambiaron. Ella me miraba desde arriba, con los cabellos lamiéndome la cara, flexionó los brazos y me besó en la boca furiosamente.

—Ahora voy a comerte todo entero.

Los besos, más rápidos, eléctricos, descendían desde el cuello hasta el pecho, de ahí al vientre y después al sexo.

El sexo masculino es extremadamente versátil, nunca más lo he sentido como entonces. Como el árbol, el aparato reproductor de los hombres está formado de raíz, tallo y hojas o flor. Aquella noche ella me enseñó que cada una de las partes responde de manera particular a los diferentes estímulos. A los testículos les gusta la digitación rápida, inquieta, que reproduzca el chispeo de la punta de los dedos allá donde se unen al tronco a través del conducto seminal. No rechazarán los pequeños tirones de los pelos hirsutos y torpes que nacen de la rugosa bolsa genital, ni tampoco despreciarán la boca, que absorberá cada una de las bolas y las someterá al examen de la lengua.

El tallo, el fuste, como queráis, puede ser trabajado independientemente. La mano tiene un catálogo de posibilidades contadas: el movimiento hacia abajo y hacia arriba. Es este último, el más delicado, puesto que establece contacto con el freno del prepucio, la zona más sensible de la 'geografía peniana'. Aun así ella, mientras me lamía el glande, ejecutó una cadencia que incorporaba además la rotación de la mano. Sin cesar un instante, introdujo la cabeza del monstruo, la flor, la hoja, lo que queráis, dentro de la boca y aplicó una maravillosa succión. Hacía bajar las húmedas interioridades más cerca de las raíces y yo me sentía transportado a las altas honduras del alma a caballo de mi sexo desbocado.

—Para, para —le imploré a punto de estallar—. Estoy ya.

—No quiero parar —dijo con los labios humedecidos, hambrientos—, me darás todo tu jugo y yo me lo beberé.

Volvió a engullir el falo, todo el fuste, y me pareció haber entrado mucho más allá de las fauces. Después, sin salir, fue retirándose, lentamente. Ella sabía que no tardaría en entregarme y me esperó ahí arriba, en las hojas, a que llenara de semen la boca ansiosa, un torrente que no concebía acabamiento ni nunca lo tendría en la infinitud momentánea del gozo.

Cuando volví turbado del éxtasis, ella todavía estaba entregada al glande brillante, como si besara un bebé. Era la primera vez que se lo tragaba todo. En escasas ocasiones, especialmente a principio de nuestra relación, había permitido que eyaculara en la boca, pero después lanzaba el semen a la taza del váter. La felicité besándola en la boca, impregnada del lubricante seminal, y las lenguas se encontraron jabonosas en una danza caótica, escurridiza.

Sin separar los labios la hice yacer. Fui bajando con besos por el canal del cuello y el pecho hasta los pezones, que hice surgir de la tela oprimiendo con las manos la base de los senos. Contraídos en inflorescencias duras y rosadas, los encaramé hasta mi lengua. A continuación descendí por la tela negra del *body* tratando de percibir el olor esencial de Marilyn, aunque solo me llegó una traza lejana de suavizante o alcanfor, nada que se asemejara al mítico Chanel número cinco. Preterí la vulva para ir subiendo desde el interior de los muslos. No sé a vosotros, pero a mí siempre me ha parecido un camino más iniciático este que asciende que aquel que baja, especialmente cuando se trata de llegar al opistódomo del templo sagrado.

Haciendo flexionar las rodillas, quedaba en una posición ideal para retirarle hacia la ingle la tira del *body*. Encontrarla completamente empapada me anunciaba con satisfacción que estaba preparada, que el trabajo lo habíamos hecho como Dios manda. Sabía de dónde nacía aquella humedad y ahí fui a beber. Con la punta de la lengua hacía ascender el fluido vagamente cítrico, lubricante, separando los flancos de los labios vaginales en busca del garbancito mágico, la altiva reina de capa ancha que en su trono espera ser agasajada.

El aparato reproductor femenino por el contrario es interno. La complejidad y la precisión de relojería suiza no están a la vista, tendréis que apartar los labios mayores para contemplar solo la entrada a aquel antro milagroso creador de vida. Si lo pensáis bien, no hay diferencia sustancial entre los órganos genitales del hombre y la mujer. El escroto lo tenéis aquí vacío, abierto en dos alas. De no darte cuenta de la sutil rugosidad de los extremos, más carnosos y anchos, los brazos que te dan la bienvenida, apenas llegarías a identificarlo como tal. Pero fijaos dónde nacen los labios. ¿No advertís acaso que surgen de la parte superior del clítoris? ¿No es el clítoris el pene femenino, dotado de erección, de prepucio, donde convergen las sensaciones? ¿No es sensible a la excitación, capaz de propiciar el orgasmo?

Ahí me encaminé sediento. Con la punta de la lengua pulsé el garbancito, de abajo hacia arriba y observé el efecto en el estremecimiento por todo su cuerpo, en su respiración más profunda y acelerada. Mis manos iban de los pechos y los pezones rígidos, en punta, hasta las nalgas, que aferré y levanté para hacer más intenso el contacto con la boca. Sin cesar de succionar, invertía las fuerzas en mantener la lengua tensa y firme sin dejar un momento de tregua hasta que los temblores se convirtieron en convulsiones, un grito agudo y una súplica.

—Para, por favor —las manos detenían mi acometida—, para —decía la voz entrecortada—, para, si no quieres volverme loca.

Me aparté y subí despacio, deshaciendo con besos el camino que había emprendido antes.

—Entra —dijo comprobando que mi verga estaba erecta—. Entra y lléname.

Tomó el miembro y, en un movimiento que había acontecido en un acto reflejo, enchufó la cabeza en la madriguera húmeda, caliente, abierta. Sentí un suspiro estremecedor cuando entré. La calidez que empezaba a viajar hasta la columna vertebral puso en marcha el mecanismo ancestral hacia el vértigo y la disolución. Te mueves adelante y atrás, por la simple pulsión de aumentar el deseo, para ver crecer la pasión en ella, el rojo a las mejillas, la boca entreabierta, exhalando. Penetras hasta que los topes desaparecen y sabes que has traspasado la conciencia. Renuevas el ritmo suave primero, impetuoso después, frenético finalmente. Entras y sales, dibujando en el envite todo el recorrido, alguna vez equivocas el camino, pero ella lo corrige enseguida en un acto reflejo. Quieres cambiar la postura, pero ella te lo impide.

—Continúa —reclama y te clava las uñas a las mejillas de las nalgas y te urge para que vayas más a prisa. Yo estaba todavía lejos de su prisa, pero la necesidad animal de ella me lanzó en la precipitación de nuestras respiraciones enloquecidas, hacia las topadas desatadas, la absorción mutua, el intercambio de los líquidos, de las identidades, el derrumbe de los límites, el estallido luminoso y espeluznante del tiempo sin tiempo.

El latido enfurecido y discordante de nuestros corazones se mezclaba con los jadeos, el sudor, los pelos y los cuerpos desordenados.

—¿Te has corrido? —le pregunté todavía sin aliento.

Con los ojos cerrados, la boca abierta para buscar el aire dijo que sí. Me lo creí. La primera vez que hicimos el amor dijo lo mismo, pero sabía que mentía, aunque no le di importancia, puesto que comprendía que la excepcionalidad de la ocasión muy bien merecía una gesta, aunque ficticia. Pero desde entonces ya no simuló el orgasmo cuando la penetraba. Lo buscamos por medios externos, hasta aquella vez, que fue la última.

Nos dormimos abrazados en un sueño profundo e ininterrumpido. Cuando, muy avanzada la mañana, nos despabilamos, pasé el brazo por la cintura y sentí la tela delicada y tibia del *body* de Marilyn. Enseguida sentí un cosquilleo en el vientre y en la cigala que iba creciendo, incontrolable. La rocé contra sus nalgas, intentando encontrar el canal que conducía al refugio cálido y codiciado. Pero ella se incorporó, destapando enérgica la sábana que la cubría y se sentó al lado de la cama.

—¿No me lo dejarás probar otra vez? —imploré mientras acariciaba la espalda a través del *body*.

Se recogió la melena sobre la nuca. No decía nada.

—¿No viste anoche cómo me puso el *body* de Marilyn?

—Qué *body* de Marilyn ni qué niño muerto —contestó desdeñosa—. Me lo ha dejado mi madre.

Se fue al baño. Después de ducharse apareció desnuda. Parecía desvalido aquel cuerpo sin ropa, tan distante de la verdadera y manifiesta desnudez que le otorgaba el *body*. Puso en una bolsa el cepillo de dientes y el *body* que llevaba en la mano y me dijo que se iba. Que se iba por siempre jamás.

Mariano Zurdo – España

 Nació en Madrid, España, 1970, es psicólogo y potencial paciente. En 2008 cofundó la editorial Talentura y desde entonces está al frente de la misma. Añádase a lo anterior cuarentañero, piscis, madrileño, tenor, republicano, ateo y zurdo. Y, esencialmente, raro. Gusta de escribir andando, lo que ya le ha acarreado más de un disgusto.

Combina la novela con el relato. Ha publicado las novelas *La tinta azul de la memoria* (Nuevos Escritores, 2007) y *Resquicios* (Evohé, 2012) y el libro de cuentos *Relatos metropolitanos* (Editores Policarbonados, 2008). Ha participado en la antología *La vida es un bar de Malasaña, cuentos de noche* (Amargord, 2011). Durante el 2013 participará en una antología de cuentos organizada por una editorial granadina.

Tiene una novela acabada, otras tres empezadas y un proyecto de libro de relatos, fruto de una incontinencia mental que más pronto que tarde tendrá que ser tratada farmacológicamente.

Sé que no deberíamos repetir

Querido diario:

Por fin lo he hecho. El sábado me acosté con Joaquín. Hasta ahora no te había ni hablado de él porque me daba vergüenza incluso nombrarlo. Pensar en él era un pecado inconfesable. Y los pecados, sobre todos los de pensamiento, tarde o temprano terminan por buscar la contundencia y se materializan.

Joaquín tiene diecisiete años, aunque aparenta alguno más. Es muy guapo, muy educado y tan tímido como yo. Le conocí en las clases de confirmación, pero ya le había visto unas cuantas veces por los pasillos del instituto.

Fue la primera vez para los dos. Lo hicimos en mi casa, aprovechando que madre se fue a pasar el fin de semana a la capital. Cada dos meses va a visitar a su hermano mayor, que vive desde hace tiempo en una residencia para ancianos. Antes me llevaba siempre con ella, pero dejó de hacerlo con la excusa de que Madrid cada vez es más peligroso, que no es una ciudad para la gente decente como nosotras. Ella no tenía más remedio que seguir yendo por caridad cristiana, argumentó, pero no era necesario que yo me acercara tanto al infierno.

Bien sabes tú que creí que jamás me iba a atrever a acostarme con un chico. No sé si me pesaba más el pánico a hacerlo o el desasosiego que me generaba la idea de no llegarlo a probar nunca.

Madre habla mucho de sexo conmigo, casi todos los días, pero para pintármelo como algo extremadamente sucio y doloroso, como lo más asqueroso del mundo, como algo peligroso que podría cambiar drásticamente mi vida. Para mal, como es obvio. ¡Y vaya si me la ha cambiado! Y creo que para bien a pesar de los pesares.

Madre no me lo prohibió nunca, prefería dejar la decisión y el consiguiente error sobre mis espaldas, pero consiguió que yo viera a todos los hombres como potenciales violadores. Hasta que conocí a Joaquín. Llegué a pensar que realmente el sexo era algo terrible. Hasta el sábado.

Madre me tuvo a los diecinueve años recién cumplidos y sus planes de futuro se fueron al traste casi sin haberlos soñado. Ella no tuvo la culpa. La culpa la tuvo padre, la tuve yo y, sobre todo, la tuvo el sexo.

El ambiente rancio del pueblo ha sido el aliado más fiel de madre. Vivir aquí tampoco ha contribuido a mejorar mi imagen de los hombres y el sexo. Las series de televisión que veo a escondidas distan tanto de mi realidad cotidiana… El párroco con sotana de invierno hasta en verano, los corrillos de cacatúas en cada esquina, dispuestas a medir con el metro de sastre la largura de las faldas y la profundidad de los escotes. Hasta creo que tiran de paleta para fiscalizar el color de las medias. El confesionario repleto de beatas pidiendo la absolución del pecado de palabra. Su entretenimiento favorito consiste en tildar de putas a todas las mujeres del pueblo que se desvían un grado a la izquierda de los preceptos morales preconciliares, sean las pecadoras niñas, adolescentes, casadas o viudas. Separadas no quedan, las mujeres piadosas de rosario diario y mantilla calada no cesan en su acoso de baja intensidad pero constante hasta que emigran. Las forasteras no se merecen nunca la presunción de inocencia. Don Severino dirige el colegio como si estuviéramos viviendo en los primeros capítulos de *Cuéntame*, y poquísimas mujeres se libran de entrar en el club «Vicaría, maternidad y labores del hogar».

En definitiva, vivo en un pueblo grande, no un pueblín precisamente, vestido con ropajes apagados que se van oscureciendo a medida que avanza la semana, llegando al negro predominante de los domingos.

Joaquín llevaba semanas mirándome de forma diferente en las clases de confirmación. Soy tímida y timorata, inexperta en estas lides, sin duda, pero no tonta, y enseguida me di cuenta. Mi carácter me impedía reprobárselo directamente, pero es que además no quería, me gustaba que me mirara así. Y no sé cómo conseguí romper mi forma monolítica de ser y estar, pero yo también comencé a mirarlo de manera diferente. Tras consolidar el juego de miradas empezamos a hacernos los encontradizos y a buscar los caminos a casa que nos permitieran acompañarnos el mayor tramo posible.

No hubo besos previos, ni consentidos ni robados.

No hubo tocamientos, ni en soportales ni en oscuridades.

Ni siquiera se produjeron conversaciones de aproximación ni declaraciones de amor soterradas.

A las bravas. El deseo macerado durante días, que hoy reconozco mutuo, invitó a Joaquín a proponerme sin tapujos que nos acostáramos. Del bofetón no le libró nadie, por supuesto, porque es lo que tiene que hacer una mujer decente. Y porque me daba unos segundos vitales para poder reaccionar. Él lloró, de vergüenza más que de dolor, pero debió percatarse de que el deseo residía ya también en mis ojos y que era el momento de derribar el muro. Así que se enjugó las lágrimas y me lo volvió a proponer. Yo lo tenía claro, no podía acceder sin más, desde luego no me habían educado para eso. En vez de ceder al instinto, me despedí con un *tal vez* que, muy a mi pesar, sonó demasiado a aceptación.

Transcurrieron varios días en los que no coincidimos, sin esquivarnos, probablemente buscándonos. Y esa separación, lejos de congelar nada, acrecentó el deseo y facilitó la decisión. Volví a coincidir con Joaquín al siguiente viernes y, después de clase, nos acompañamos dando vueltas innecesarias, reinventando la ruta más larga. Al llegar a la encrucijada donde siempre nos separamos, le dije que al día siguiente estaría sola en casa, que mi madre no volvería hasta el domingo por la tarde. No pude ser más explícita, pero no hizo falta. Acepté su beso vertiginoso, clandestino, tanto que ni acertó en mis labios. Entendí su huida despavorida como un *sí* a la cita. Me dio tiempo a gritar un «¡Te espero a las ocho!» con la esperanza de que él me hubiera escuchado pero que hubiera pasado desapercibido para las cotillas que se apostaban en cada rincón del pueblo y que alimentaban el mentidero diario, ya que preferían despellejar medias verdades que tener que confesarse por malmetedoras y mentirosas. No le di mi dirección, pero sabía que me encontraría aunque viviera en medio de la Amazonía.

El sábado a las ocho Joaquín estaba puntual como un clavo llamando al timbre. Llevaba cinco minutos fuera, sin llamar. No lo hizo hasta que sonaron las campanas de la iglesia. Lo sé porque yo llevaba los mismos cinco minutos observándole por la mirilla.

Entró con el cuerpo indeciso pero con la mirada intrépida. Le dije dónde podía dejar el abrigo y, sin más demora, le llevé hacia mi cuarto. Olvidé ofrecerle un café con leche y unas galletas, como madre siempre dice que haga cuando venga alguien a casa. Una recomendación a todas luces innecesaria porque yo jamás había llevado nadie a casa ni ella me hubiera permitido que lo hiciera en su ausencia. Y hablamos de amigas, si las hubiera tenido alguna vez, porque que llevara a un chico no era ni siquiera una posibilidad a contemplar.

Como te digo, querido diario, fuimos directamente a mi cuarto. Mi cama es muy pequeña, pero jamás osaría utilizar la cama de madre ni para dormir. Padre apenas se atrevía, menos yo. Igual que no hubo preámbulos ni largas frases para la propuesta, no las hubo ahora para su consumación. Nos desnudamos despacio, más por torpeza y nervios que por sensualidad, uno enfrente del otro, con la luz encendida. Yo lo tenía claro y, ya que me había decidido, quería verlo todo. Él no protestó. Superado el *striptease* trastabillado, Joaquín se quedó únicamente con unos calzoncillos de niño y yo con unas bragas de vieja. No me había puesto sujetador para no ponerle en el compromiso de tener que hacer una primera demostración de virilidad quitándomelo sin titubear. Prefería que se reservara para lo realmente importante.

Nos acercamos casi a la par, como si ninguno quisiera ceder la iniciativa al otro, aunque un poco la tomé yo. Le bajé los calzoncillos y me quedé paralizada. No por pudor, sino de emoción. Era la segunda vez en mi vida que veía a un hombre desnudo de cerca, y la primera que lo tenía todo para mí. De pequeña, madre y yo lavábamos a padre cuando enfermó, pero a esas alturas más que un hombre era un guiñapo. Joaquín me abrazó con una ternura que no pudo sino tranquilizarme del todo, si es que a esas alturas quedaba algún resquicio de temor en mí. Me susurró al oído que no me preocupara por nada, que se había bajado varias películas de Internet y que sabía perfectamente lo que tenía que hacer. Que quería que fuera un momento que recordáramos toda la vida y que quería llevarme directamente al paraíso, de lo cual deduje el género real de las películas que se había bajado de Internet. Envalentonado por sus propias palabras terminó de desnudarme, nos acostamos y la estrechez de mi cama le colocó a él encima de mí.

Todo fluyó de una manera natural, con lo bueno y lo malo de iniciarse en algo, aunque creo que lo malo lo teníamos asumido y, en vez de restar, sumó. Esa fluidez únicamente se vio interrumpida cuando él quiso levantarse a por un condón que tenía guardado en el bolsillo del abrigo. Se lo impedí. Joaquín insistió, pero yo tenía razones que desatendieron a las suyas, llenas de sensatez. Le convencí de la manera más tradicional y eficaz: «Sin condón o no lo hacemos».

No puedo mentir, placer no llegué a sentir, pero tampoco me dolió. No perdí el conocimiento de gusto como alguna vez había imaginado, pero me encantó. Me encantó sentirle entregado, preocupado por sentir y por que yo sintiera. Me gustó mucho saberme su primera mujer, notar el estremecimiento de sus primeras exploraciones en mi cuerpo. Me pareció fascinante, raro, sentir cómo

penetraba en mí para finalmente sentirle dentro. Me da mucha vergüenza decirlo, pero disfruté hasta lo indecible cuando sentí brotar
su semen en mi interior. Fue ese momento en el que sentí lo más
parecido al placer físico. Hubiera muerto tranquilamente con él
dentro de mí, sudoroso, temblando, acompasando su vientre al
mío, interrogándome en silencio, mis dedos peinando sus rizos, los
suyos acariciando mis costados.

No dio tiempo para más porque Joaquín tenía que estar pronto
en casa para que no se le estropeara la coartada. Así, nos quedó
ganas de más, aunque sé que no deberíamos repetir y así se lo dije.
No se molestó en rebatírmelo, prefirió aprovechar los últimos minutos en besarme con la dulzura que queda tras la pasión. Sé que
no deberíamos repetir, pero desde el sábado únicamente vivo para
arrancar de dos en dos las hojas del calendario, con la esperanza de
que madre adelante la próxima visita a su hermano mayor.

Querido diario, jamás volveré a contarte nada sobre lo sucedido o lo que pueda llegar a suceder con Joaquín. Es más, cuando
ponga el punto y final a estos párrafos te quemaré. Será mi manera
de purificar mi pecado, porque no pienso confesarme. Pero sobre
todo te destruiré porque temo que alguien te descubra y se entere
de mi relación con él y tenga repercusiones negativas para los dos.
Sé que el trabajo de mujer de la limpieza en el instituto no es gran
cosa, pero es todo lo que tengo. Y no me gustaría dejar de ser cate-
quista en los grupos de confirmación de la parroquia, porque me
reconforta el trato con los jóvenes. Y me dirás tú, si las beatas se
enteran y tengo que abandonar el pueblo, a dónde voy yo ahora, a
mis cincuenta recién cumplidos.

Mariano Zurdo

Judy Macmar – España

Nací en la ciudad de Lleida el 10 de noviembre de 1988, aunque he vivido desde entonces en una localidad cercana junto a mi familia. Comencé a escribir por mero placer a los diecisiete años. En el instituto, mientras los profesores impartían clase, yo sacaba una hoja en blanco y escribía en ella historietas románticas que revoloteaban por mi cabeza. Fue unos años más tarde, sin embargo, que la literatura de dicho género pasó a convertirse en una auténtica devoción para mí, cuando cayó en mis manos la primera novela romántica de muchas que leería a partir de entonces. Actualmente, con el firme apoyo de mi familia, mi pareja y mis amigos, invierto mi tiempo en estudiar psicología, devorar libros y escribir mis propios relatos. *Nuestro pequeño secreto*, ganador del primer concurso de relatos eróticos de www.ayquegusto.com, *Sonríeme* y *Siempre*, seleccionados para la antología romántica *150 rosas*, y *Dulce provocación*, seleccionado para la antología *Porciones del alma*, llevada a cabo por www.diversidadliteraria.com, son algunos de ellos.

Mentiría si dijera...

Mentiría si dijera que me arrepiento de lo que hice. Sería una pérdida de tiempo y no me llevaría a ninguna parte. Llevaba tanto tiempo reprimiéndome en silencio, fingiendo ante todo el mundo que la proximidad de Tyler no me afectaba, que temí volverme loca si no hacía nada al respecto.

Mi única verdad era que deseaba a mi hermanastro como nunca en mi existencia deseé a nadie. Era dos años mayor que yo y su popularidad le daba mil vueltas a la mía. Siempre estaba rodeado de chicas hermosas que se desvivían por ocupar un lugar especial en su vida, aunque ninguna de ellas conseguía retener su atención por mucho tiempo; todas eran un juego del que se aburría con rapidez.

Llevábamos viviendo bajo el mismo techo unos tres años y cada vez se me hacía más difícil verle pasearse de arriba abajo sin camiseta, o salir del cuarto de baño únicamente con una toalla cubriéndole las caderas. En más de una ocasión me sentí tentada de entrar con él en la ducha para frotarle suavemente la espalda, peinar las sedosas hebras de su cabello oscuro con mis dedos y acabar haciendo el amor salvajemente bajo el agua. Mis fantasías con Tyler eran tan frecuentes que me sentía excitada a todas horas. El aroma de su colonia me excitaba, su ronca voz me excitaba, su mera presencia me excitaba... ¡Todo él me excitaba!

Confesarle lo mucho que me atraía no era una opción. Era consciente de cómo me miraba, sin una pizca de interés sexual en sus ojos, pero mi desesperación por tenerle entre mis brazos, aunque fuera una sola vez, era tan apremiante que terminé por llevar a cabo la locura más grande de toda mi vida.

Un viernes por la noche, Tyler salió con sus amigos y no regresó hasta bien entrada la madrugada. Lo observé desde la ventana de mi dormitorio aparcando el coche delante de casa y bajando con torpeza del interior. No cabía duda que estuvo bebiendo y que seguía totalmente borracho. Y aunque no me gustaba que condujese estando ebrio, esa noche lo agradecí con todas mis fuerzas.

Mientras le daba tiempo a que se metiera en la cama, yo me apresuré a organizarlo todo. Me puse el camisón satinado que me compré especialmente para la ocasión y me solté la cola de caballo, dejando que mi melena rubia cayera en ondas sobre mis hombros. Me eché en la base del cuello unas gotas de un perfume que nunca había usado y respiré hondo.

Lo tenía todo planeado. Iba a jugármela a todo o nada, y si todo salía bien, aquella noche Tyler sería por fin mío.

Media hora después, atravesé de puntillas el largo pasillo de la segunda planta y me detuve delante de su dormitorio. Mi mano temblorosa aferró con determinación la manilla de la puerta y, antes de que mi mente se pusiera a racionalizar la situación, me escabullí dentro.

Y ahí estaba él, durmiendo como un tronco bajo las sábanas, tal como lo vislumbré.

Me acerqué a la cama con sigilo, procurando no hacer el menor ruido para que no se despertara. Todavía no. La débil luz que arrojaba la luna a través de la ventana iluminaba las facciones de su hermoso rostro. Entonces me di cuenta de que, aunque la habitación estaba a oscuras, la luz del exterior podría echar a perder mis planes, y no estaba muy segura de cómo afrontar las consecuencias si eso sucedía. Corrí las cortinas para que la absoluta oscuridad gobernara en el dormitorio y, a través de la espesa negrura, me acerqué a la cama y me subí al colchón. Con delicados movimientos, gateé hasta rozar el pecho robusto de Tyler, que dormía de lado con respiraciones lentas y profundas. Las sábanas lo cubrían hasta las caderas, pero se había quitado la camiseta y la piel de su torso era firme y caliente bajo mi mano. Me tendí a su lado y me acurruqué contra él. Todavía seguía dormido, pero había llegado el momento de despertarle.

Hundí la cabeza en su cuello e hinqué los dientes suavemente en su piel. Saqué la lengua y le lamí la zona que mordí con anterioridad. Su sabor era exquisito, inigualable. Nunca nada me había sabido tan bien. Me apreté aun más contra él cuando sentí que comenzaba a removerse, inquieto. Abandoné su cuello para torturarle el lóbulo de la oreja. Era suave, carnoso y tan apetecible que tironeé de él varias veces y lo chupé con glotonería. Tyler jadeó ante la repentina invasión, pero supuse que estaba demasiado dormido, además de ebrio, para ser consciente siquiera de lo que estaba aconteciendo en realidad.

—Tócame… —susurré, utilizando un tono de voz ronco y sugerente que ni yo misma reconocí.

Tyler titubeó. Intentó incorporarse, pero no se lo permití.

—¿Qué…? —comenzó a murmurar, aturdido—. ¿Brenda?

No tenía ni idea de quién era esa tal Brenda. Su ligue actual, supuse. Aunque, a decir verdad, no es que me importase.

—Shh…

Lo empujé por los hombros hasta que quedó tendido sobre su espalda, retiré las sábanas que cubrían la parte inferior de su cuerpo y me coloqué a horcajadas sobre sus caderas. ¡Oh, Dios mío! Estaba totalmente desnudo. Y erecto. Sorprendentemente erecto. Me incliné sobre él y asalté su boca con avidez, agarrándole con firmeza la cabeza y besándolo con verdadero afán.

Tyler no tardó en responder a mis besos. Con un profundo gemido, enlazó los brazos en torno a mi cintura y me estrechó contra su cuerpo. Me acarició la espalda por encima de la fina tela del camisón y bajó las manos hasta detenerse en mis nalgas. Un jadeo se escapó de su boca cuando descubrió que estaban desnudas. Me había puesto una diminuta tanga a juego con el camisón que apenas tapaba nada, así que Tyler se tomó su tiempo para recrearse en mi trasero. Me instó a mecer las caderas sobre las suyas, ejerciendo una deliciosa fricción que a punto estuvo de hacerme perder la cabeza.

Abandoné su boca y descendí sobre su cuerpo, besándole el cuello, el tórax, el abdomen, y fui bajando, bajando… hasta que su duro y caliente miembro apareció en mi campo de visión. Mis ojos ya se habían acostumbrado a la oscuridad, de modo que era capaz de vislumbrar los contornos de su silueta, y, sin duda, su pene era algo impresionante. Lo escuché respirar con cierta dificultad, pero en ningún momento intentó detenerme cuando incliné la cabeza y cubrí el glande hinchado y palpitante con mis labios.

—Oh, joder… —gimió.

Me llené la boca con su miembro y comencé a chuparlo con suaves vaivenes. Deslicé la lengua por la punta henchida, jugueteando con picardía, y me detuve unos segundos para lamer la zona donde su pulso latía con fuerza. Fue entonces cuando Tyler me agarró del pelo y me obligó a metérmela hasta el fondo. Sus caderas se propulsaron hacia arriba, insistentes, como si hubiesen adquirido vida propia, y ambos gemimos al unísono.

Pero yo quería más. Quería sentirle dentro de mí. Tyler pareció leerme la mente, porque, a los dos segundos, me cogió por las axilas y me arrastró al centro de la cama, tendiéndome sobre el colchón y colocándose encima de mí.

—De modo que quieres jugar, ¿eh? Pues vamos a jugar.

Fue lo único que dijo. Poco después me había despojado del camisón y me había despedazado la tanga. Había olvidado que a Tyler le gustaba llevar el control en todo lo que hacía, pero en ese momento no me importó. Que hiciera conmigo lo que quisiera, por favor.

Resollé cuando su lengua cayó en picado sobre mis tensos pezones, amasando mis pechos con las manos. Los lametazos húmedos y ardientes enviaban ráfagas de placer a mi entrepierna, ansiosa por acaparar toda su atención. Clavé los dedos en su trasero y me froté contra él. No podía esperar más. No quería esperar más. Tyler soltó un gruñido por lo bajo y me mordió el pezón en respuesta. Me retorcí, arqueé la espalda y hundí la palpitante cima todavía más en su boca. Estaba tan excitada que me era imposible quedarme quieta.

Dejó de torturarme los pechos y me besó fogosamente en la boca. Nos tentamos con la lengua, los dientes, los labios…, y di un respingo cuando dos de sus dedos entraron suavemente en mi interior. Saqueó mi vagina con ritmo y delicadeza, mientras acunaba mis gemidos en su boca.

—¿Quieres correrte así? —me preguntó en un susurro.

Yo ni siquiera podía responderle. El torbellino en el que estaba atrapada me impedía articular palabra alguna, por lo que simplemente jadeé y asentí con la cabeza.

Su pulgar acarició mi clítoris inflamado con movimientos circulares y todo estalló a mi alrededor. Me abracé a su pecho, convulsionándome con violencia entre sus brazos, y ahogué los gritos en la piel de su hombro.

—Dios, princesa… —jadeó en mi oído.

Se me cortó la respiración cuando noté que alargaba el brazo hacia la mesilla de noche. Por un momento creí que iba a encender la luz y que todo se iría al infierno. No fue hasta que lo escuché rebuscando a tientas en los cajones que dejé escapar el aire que había estado reteniendo. Tyler estaba buscando un condón. Se sentó al borde de la cama y se lo puso a toda prisa. Me separó las piernas con las suyas y se cobijó entre ellas. Alcé las rodillas de forma instintiva y sentí una exquisita invasión cuando al fin me penetró con toda su longitud.

Oh… Sentirle dentro de mí era una experiencia indescriptible.

Rodó sobre su espalda, llevándome consigo, y me colocó de nuevo a horcajadas sobre él. Supuse que quería que yo llevara las riendas, pero me equivoqué, ya que sus manos se aferraron a mis caderas para imponer su propio ritmo. A Tyler le gustaba rápido, duro y fuerte, y eso me encantaba.

Me pellizcó los pezones mientras me alzaba y descendía sobre su falo, cabalgando sobre él, sintiéndolo hasta el fondo. Me movía encima de Tyler sin recato, alentada por sus graves jadeos y mis propios gemidos. Estaba casi flotando. Coloqué las manos en su torso desnudo y mis movimientos de cadera se convirtieron en cadencias salvajes. Se arqueó debajo de mí, apretándome las nalgas con fuerza para incrementar el ritmo, y exploté cuando su pulgar entró en contacto con mi clítoris. Simplemente hicieron falta dos movimientos de su dedo para que mi garganta emitiera un inmenso chillido de placer; un grito que provocó la propia culminación de Tyler, que, siseando entre dientes, alzó las caderas una última vez.

Un hormigueo se adueñó de mi cuerpo erizándome la piel, y me permití descansar sobre su pecho unos minutos, tratando de recuperar la respiración. Me sorprendió que Tyler no rechistara. Aunque la sorpresa fue mayor cuando, después de salir de mi interior, me acurrucó entre sus brazos y me besó reiteradamente en la sien.

—Ha estado genial, princesa.

«Princesa».

Una parte de mí se enfureció. Creía que exclusivamente utilizaba ese apelativo para referirse a mí. Era algo que siempre me había hecho sentir especial, aunque fuera una nimiedad, y me desilusionó saber que se refería a las demás del mismo modo. Aunque no entendía por qué me sorprendía tanto. Era más que evidente que para Tyler yo no era ni especial ni exclusiva. Era, simplemente, su hermana pequeña.

Nos quedamos tendidos en la cama, yo encima de él, hasta que percibí cómo cambiaba su respiración. Se había quedado profundamente dormido, así que había llegado la hora de escapar. Aspiré el aroma de su piel por última vez, le acaricié el cabello con los dedos y le di un dulce beso en los labios a modo de despedida. Nunca más volveríamos a estar juntos de esa manera, y aunque él nunca sabría quién se había metido en su cama aquella noche, yo conservaría ese recuerdo para siempre.

Con las prisas, solo fui capaz de encontrar mi camisón. Me lo puse y salí del dormitorio a hurtadillas. Gracias a Dios, Tyler ni siquiera se movió. Llegué a mi habitación y suspiré, encandilada. Mi plan no solamente había funcionado, sino que había ido mucho mejor de lo previsto. Ahora entendía a la perfección el motivo por el cual Tyler tenía tanto éxito con las chicas. Era un amante espléndido. Fascinante. Y esa noche fue completamente mío.

Basta con decir que dormí como los ángeles.

A la mañana siguiente, bajé a la cocina con un hambre voraz. Lo más lógico es que hubiera sentido remordimientos, pero no fue así. Aunque sabía que había actuado mal, era incapaz de arrepentirme de nada.

Me detuve en el umbral de la puerta cuando vi a Tyler desayunando en la mesa de la cocina. Levantó la mirada de su plato y me saludó con un gesto de cabeza.

—Buenos días, hermanita.

Estudié su expresión con disimulo, pero no percibí nada inusual en ella. Me sonreía como siempre. Me miraba como siempre. Era imposible que pudiese sospechar nada.

—Buenos días —me obligué a responder, dirigiéndome a la nevera para sacar la botella de leche.

—¿Has dormido bien? —siguió preguntándome con naturalidad.

—Sí, como siempre. —me acerqué a la encimera para verter un poco de leche en mi taza del desayuno—. ¿Y tú?

Mi voz tembló ligeramente al formular la última pregunta. Me llevé la taza a los labios para sorber el contenido, pero apenas había rozado el borde de porcelana cuando sentí que Tyler se apretaba contra mí desde atrás, envolviéndome la cintura con sus brazos.

—Mejor que nunca —me susurró al oído.

Di un respingo y la leche se desparramó por todos lados.

—¿Qué…? ¿Qué estás haciendo?

Esbozando una pícara sonrisa, atrapó entre sus dientes el lóbulo de mi oreja. En un segundo, mi piel se puso erecta, como la de una gallina y la excitación del momento me humedeció la entrepierna.

Oh, santo cielo… ¿qué demonios estaba ocurriendo?

Apartó mi melena a un lado y me depositó un beso en la nuca. Jadeé al sentirlo hincar los dientes en ella mientras me inmovilizaba entre la encimera y su poderoso cuerpo.

—La próxima vez que asaltes mi cama —me dijo bajito al oído—, ten por seguro que morirás de placer.

Un escalofrío invadió mi cuerpo de arriba abajo. ¿Tyler había estado al corriente de todo desde el principio?

—¿Acaso sabías que yo…?

La pregunta murió en mi garganta al sentir su dura erección en la base de mi espalda.

—¿De verdad me crees tan iluso?

Me instó a darme la vuelta, cogió mi cara entre las manos y me besó. Fue un beso dulce y apasionado, corto pero intenso, de esos que te dejan con ganas de más.

Cuando se apartó, me miró fijamente a los ojos y murmuró:

—Sucede, princesa, que las chicas malas me vuelven completamente loco. —me dio un mordisquito en el labio inferior y añadió—: Y anoche tú no fuiste precisamente buena, ¿verdad? —Negué con la cabeza, hipnotizada. Él suspiró, fingiendo pesadumbre—. Ah, cariño, me temo que has caído en las garras del diablo.

Pese a lo insólito de la situación, me eché a reír como una tonta. Tyler Andrews era un auténtico sinvergüenza, y yo estaba totalmente rendida a sus pies.

¿Entendéis ahora por qué digo que no me arrepiento de lo que hice?

Jorge Emilio Bosia – Argentina

Nació en Témperley, Provincia de Buenos Aires, Argentina, hace cierto tiempo.

Se graduó como Profesor de Filosofía en la Universidad de Buenos Aires a los 26 años.

Ocupó varias cátedras de materias filosóficas en la Universidad del Salvador (Buenos Aires), y otras universidades y colegios hasta sus 37 años, en que abandonó la vida académica oficial.

Desde entonces es astrólogo profesional, trabaja como consultor privado y enseña en su propia Escuela de astrología, que forma parte de Proyecto Trenkehué, emprendimiento dedicado a la investigación, enseñanza y práctica del pensamiento simbólico, que codirige junto a su esposa.

Es autor o co-autor de los siguientes libros, editados y publicados, sobre filosofía, astrología, mitología y política:

El saber del mito; Danzando con el cosmos; Astrología, psicología y terapia; Eros-egos-ecos; Tiempo y existencia; Hacerse humano – Filosofía y astrología; Formas del devenir – Las leyes ocultas del zodíaco; Estrategias de la emoción –La Luna astrológica como clave de nuestro comportamiento; Astrología y educación.

También de numerosos artículos publicados en revistas, así como participante en varios programas de TV sobre mitología.

También es escritor de cuentos y poesía.

Es el creador y administrador del blog: Jorge Bosia, astrología argentina (http://www.jorgebosia.blogspot.com.ar/), en el que se pueden encontrar muchos de sus cuentos y artículos diversos.

Los placeres de Virgilio

No había podido desayunar, me atormentaba la ansiedad.

Me costaba creer que al final de esa tarde por fin me encontraría con ella y que la iba a coger. Habían sido meses de mensajes provocativos que me inflamaban hasta el arrebato, seguidos de objeciones ambiguas que me hundían en la desesperanza, de infinidad de tiras y aflojes, de negativas indecisas o decididos mensajes seductores, pero todo por correo electrónico.

Cierta vez escribió: «Usted sabe —ella fue la que subrayó el 'sabe' con las cursivas, modalidad de letra que, a partir de entonces quedó libidinosamente ligada a mi existencia— que estoy enteramente –del mismo modo destacó el 'enteramente'— a su disposición, Virgilio». Llevándome casi a la cúspide de una certeza que me excitó durante horas. Pero ante mis ofertas fogosas se empantanaba en la irresolución, contestaba con evasivas y postergaba todo para un «más adelante» que me sumía recurrentemente en la frustración. Aunque es cierto que jamás cerró la puerta. Sus ambiguas negativas terminaban a menudo con expresiones provocativas que me despistaban. «Usted sabrá cómo mejorar esa propuesta», escribió en una oportunidad, arrojándome a una enloquecida cavilación durante días. O aquella ocasión en que cambiando su tipo habitual de letra por el 'Constantia', lo que tomé como un obvio mensaje cifrado, declaró: «No crea que quiero dar por terminada nuestra cálida amistad»; precisamente en el instante en que acababa de dar largas a mis cada vez más ardientes invitaciones para concretar un encuentro que llevara a entrelazar nuestros mutuos deseos. O, para abundar, aquel día que preguntó sugestivamente: «¿Qué pretende usted de mí, Virgilio?»; lo que reforzó por enésima vez mis alicaídas esperanzas.

Sin embargo, mi paciencia tuvo su premio. Luego de seis meses de idas y venidas, de propuestas reiteradas, ofertas desmesuradas y demandas imposibles, ella accedió a una cita. Y no simplemente eso: propuso que me acercara a su casa y a una hora de la tarde que, nada más leerla en pantalla me suscitó una erección instantánea.

Yo había mostrado todas mis cartas, así que le aclaré que asistiría siempre que jugásemos sin reservas de ninguna clase y a lo que acaeciere del mismísimo choque de nuestras apetencias. Remarqué que lo único que me empujaba a encontrarme con ella era mi deseo loco y largamente acariciado de conocerla en el sentido más completo del término, es decir, en cuerpo y alma, y que iría con la intención de conseguir lo que yo denominaba 'el premio mayor'. Ella aceptó en todos sus términos mi planteo e inclusive lo profundizó, escribiendo que dejásemos la situación librada al exclusivo arbitrio de los apetitos más salvajes y brutales, que meses de relación electrónico-epistolar le habían dado la confianza necesaria para entregarme su más preciada prenda.

Comprenderán entonces por qué ese día el tiempo se derramaba para mí con la lentitud de un chorro de miel dorada. Creo que estuve caminando durante horas. No sé, en verdad, si durante ese largo día hice otra cosa que esperar la dulzura de su contacto. Pero todo llega y finalmente se acercó el momento crucial.

Toqué el timbre casi temblando de excitación. Me recibió una mucama que me condujo sin hablar hasta una habitación que se abría a una gran celosía vidriada; ahí me dejó solo, señalando únicamente el picaporte y retirándose con la sutileza de una brisa cálida.

A través de los vidrios biselados y de diferentes colores se alcanzaba a ver su silueta soñada. Estaba reclinada sobre un amplio sillón tapizado en color rojo carmesí, de frente a una gran ventana que dejaba adivinar el jardín. Yo sabía que estaba ahí exclusivamente por mí y para mí, y hasta llegué a suponer que me observaba de algún modo sobrenatural y misterioso. Su cuerpo ambarino reflejaba la media luz del final de la tarde en ese momento mágico del día en que el sol, ya oculto tras el horizonte, ilumina todavía el cielo de un azul profundo. Desde el comienzo había pensado que su perfil era inigualable, pero ese atardecer, acaso por el ángulo en que penetraba la luz a través de la cortina transparente, era un espectáculo imposible de olvidar.

Entré haciendo un ruido suave; ella, por supuesto, no se movió, y enseguida comprendí que debajo de la capa azul de pana que la cubría casi completamente subrayando todas sus redondeces, no había nada más que su desnudez; el cierre se extendía desde el cuello hasta lo que, en mi acalorada imaginación metafísica no dudé en concebir metafóricamente como su cáliz esencial.

Era tal como la había imaginado por las fotos —pocas pero insinuantes, por cierto— que ella me había enviado en distintas oportunidades. Yo ya adoraba, por haberlas recorrido imaginariamente, todas sus curvas; pero ahora podía verlas y seguramente tocarlas con mis propias manos y no ya en un juego ficticio de la imaginación. Esa sola convicción hizo que me atravesara una ola de intolerables apetencias sensoriales.

Me abalancé un poco torpemente sobre ella, que permaneció todavía inmóvil. Pasé mi brazo izquierdo por detrás de su cuerpo y bajé lentamente el cierre con la mano derecha hasta su tope, rozando con el canto de la mano su secreto grial, y dejando parcialmente a la vista un cuerpo tostado que me enardeció al instante. Deslicé mi mano derecha muy lentamente desde arriba hacia abajo, gozando que el desplazamiento de la capa fuera descubriendo de a poco cada centímetro de su tierna materialidad y reconociendo los límites exteriores de la maravillosa órbita de la gran cadera. Me detuve en cada aparente irregularidad de su tez suavísima y lustrosa. Con el dedo mayor daba dos o tres vueltas suavemente alrededor de las casi imperceptibles protuberancias que iba descubriendo con delectación en mi aventura táctil. Decidí en ese mismo instante que la amaría no tanto por sus perfecciones, que eran deslumbrantes, sino más bien por esos sutiles accidentes superficiales que alimentaban mi voluntad de acariciarla interminablemente. Ese viaje lento de placer me llevó hasta el pie, en el que me regodeé en una suerte de masaje indescriptiblemente bello de ida y vuelta por todas sus asperezas y suavidades.

Terminado ese primer largo periplo, me desesperaba por zambullirme en las parábolas superiores de su cuerpo adorado. Pero postergué ese paseo para que el hormigueo de la espera hiciera crecer la pulsión hasta lo inaguantable, para lo que decidí antes de ascender, recorrer incansablemente la cintura; acariciaba el lado izquierdo primero y después el derecho una y otra vez, baboseando cada centímetro de ese puente que unía tan bellamente el prometedor hueco inferior con las suaves y erectas sutilezas que me esperaban en la zona superior. Me demoré eternamente ahí para luego, en un movimiento sorpresivo, elevarme hacia las turgencias de arriba. Gocé infinitamente al deslizar muy despacio los dedos a una distancia de medio milímetro de la superficie de sus cónicas elevaciones hasta llegar a los vértices duros que coronaban sus opulencias, creando esa corriente de electricidad que yergue el vello de la piel.

Luego me concentré en la línea recta del traste, deslicé mis dedos por entre uno y otro lado y casi entré en éxtasis cuando constaté el tono firme de sus formas perfectas. Me detuve también ahí un tiempo sin tiempo.

Solo a continuación de este ritual que me insumió un período no medible por algo tan frío como el avance monótono de las agujas del reloj, me atreví a bajar por fin por el centro del cuerpo, sintiendo el tono vital de sus tripas, y hundir mi dedo mayor alternativamente en la tórrida profundidad de cada una de sus dos cavidades oscuramente prometedoras; investigué esos misterios casi como un demente obsesivo, pero con el mayor cuidado de no lastimar esas estribaciones fenomenalmente sensibles, y de las que dependían aquellos sonidos ardorosos que emitía cuando la tocaba en el punto preciso, o esos otros ecos guturales que luego no pude olvidar durante días enteros y que me transportaron a alturas que ninguna otra me había llevado a escalar jamás. Sumergí mi rostro en esas negruras durante el tiempo suficiente como para entibiar su alma delicada y su cuerpo que olía a canela.

Al cabo de un período que me resultaría difícil precisar, emprendí otra vez un ascenso hacia el cuello larguísimo y esbelto que remataba en la cabeza, de un porte soberbio, y no pude menos que mimarlo largamente; lo recorrí entero, aspirando su perfume de maderas exóticas, y estimulando todo el tiempo las cuerdas de su espíritu tórrido y entrañable. Creo que ajusté ahí una a una todas las llaves de su sensibilidad. Su timbre grave y seductor, sus tonos sensuales que ingresaban quedamente por mis oídos, me incendiaban cada vez más.

Al fin la tomé completa y desde atrás en un abrazo que, para mí, duró siglos; la apreté entre mis piernas y froté con deleite sus fibras con mi recta vara; me perdí en sus aromas, mamé sus sabores indescriptibles, y acariciando su cuello largo y esbelto la calenté hasta llegar al punto exacto, pegando mi cuerpo al suyo para extraerle todas sus dulzuras únicas, sus voces, sus aullidos, sus suspiros, en fin, una por una sus resonancias más deseadas.

Después de ese éxtasis alocado en el que me transmitió de cuerpo a cuerpo sus pulsos vibrantes, desembocamos poco a poco en un plácido embalse, como quienes llegan a una amable y tranquila laguna luego de atravesar los alborotados rápidos de un río de montaña.

Estaba exhausto y deposité su cuerpo liviano, que todavía palpitaba, sobre el terciopelo carmesí del sillón. Ella estaba radiante, como nueva; yo, en cambio, debía recomponer el ritmo de mi respiración, agitada todavía, y recuperar el sentido del tiempo y el espacio.

Había caído la noche y no tenía idea de las horas que había disfrutado de semejante goce.

Ella me miró y comprendió enseguida que estaba entregado.

—¿Cuál es tu veredicto? —dijo entonces sonriendo malicio-samente—. ¿Tenía o no razones para preservar mi joya más pre-ciada y no entregarla sino a quien supiera valorarla?

—Es la *viola da gamba* más maravillosa que he tocado —respondí completamente rendido—. La quiero sí o sí, no importa el precio.

Desde aquel día ella me acompaña en todos mis conciertos. Tengo otras, pero las circunstancias que rodearon nuestro encuen-tro la convierten en mi amada e inseparable compañera.

Jorge Emilio Bosia

Ana González – España

 Nací en un pequeño pueblo costero de Barcelona un veintitrés de noviembre de mil novecientos noventa y tres. Soy la tercera hija del matrimonio que contrajeron mis padres. Educada entre dos espíritus alocados y liberales, me interesé por las artes; la farándula, las lecturas, la música y el cine, entre otras cosas…

Disfruto escribiendo relatos, poemas, guiones de cine o cualquier cosa que pueda inspirar una sensación a un lector. Me divierto creando y sobre todo haciendo sentir esas emociones a otras personas; ya sea haciéndoles reír, ponerles en tensión o haciéndoles sentir terror de cualquier criatura.

Mis 'creaciones' son como mis pequeños Frankensteins, aunque no tan dañinos, son pequeños demonios maniatados y condenados a un papel.

Desviando los delirios…

Sueño con escribir para los demás. Para que la palabra sea imagen y música y en conjunto cobre vida.

Me conformo con hacer sentir la mitad de los sentimientos que siento yo al escribir.

Despertar y...

ANOCHE

Frente al espejo intento reconocerme.

Pienso y digo en voz alta: *No tengo cejas.*

¿Qué paso ayer para que hoy mirándome al espejo esté preguntándome dónde están mis cejas?

Cualquier día normal en esta circunstancia me cuestionaría el sentido de la existencia, pero hoy no me preocupa esa nimiedad, hoy mis cejas son el tema principal.

Hago memoria; sobre las siete de la mañana de ayer entré con unos viejos amigos en la taberna más lúgubre de la ciudad. Un antro sucio donde las copas valen tres euros.

El infernal dolor de cabeza con el que me he levantado ya tiene explicación y nombre: El Garrafón.

Hace varios años, cuando no solo éramos jóvenes de espíritu, sino también de edad, nos juntábamos los de siempre a hacer lo de siempre; beber, comer y charlar.

Aunque ha llovido mucho desde esos días, nunca hemos perdido el contacto entre nosotros pero no nos habíamos vuelto a reencontrar para hacer lo de siempre.

Hacernos viejos nos está afectando a todos; con alopecia, arrugas, aumento de peso o pérdida de las ganas de vivir. A mí me ha tocado convivir con todos esos signos del paso del tiempo, a pesar de que soy mujer y la alopecia no es muy común en nosotras.

Unas horas más tarde seguíamos en El Garrafón bebiendo. Las copas ya no sabían a muerte, solo sabían a borrachera.

Aunque como ya he dicho estamos todos más viejos, seguimos siendo los mismos. Nos reímos por las mismas tonterías, tenemos los mismos valores, nos preocupan casi las mismas cosas y bebemos como cosacos.

Dados estos recuerdos decido mirar mi cartera. Afirmativo: ni un solo euro.

Lo importante es que conservo el permiso de conducir, el documento de identidad y la documentación para entrar a trabajar.

Eso es de lo poco que ha cambiado de mis días de adolescente. Antes no me preocupaba lo más mínimo perder esas pertenencias puesto que no las poseía.

Rebusco en mis bolsillos para encontrar algo que pueda hacerme recordar más acontecimientos. En ellos, arena; fina como la de la playa. Mi pelo huele a sal, en mis zapatillas también hay restos de ella. ¿Cómo pudimos llegar a la playa si está a más de cien kilómetros?

A pesar de esta roña, en los bolsillos no hay nada más. Ni las llaves. Alucinante.

¿Cómo entré ayer en casa sin llaves?

No creo que pudiera hacerlo por la ventana teniendo en cuenta la borrachera que llevaba y que vivo en un quinto piso. Aunque me parece casi tan difícil como hacerlo con llaves, teniendo que subir esos cinco pisos sin ascensor.

En ese preciso instante dejo de filosofar cuando suena el timbre. Al abrir me encuentro al típico vecino con cara de repipi y anulo el sentido del oído para evitar oír la bronca que probablemente me eche por el escándalo de anoche. El tío es psicólogo y siento que me psicoanaliza con solo mirarme. Estudia mi comportamiento no verbal que no creo que sea muy profundo pues las resacas es lo que tienen, que se definen simplemente por la cara de muerte. Sus labios no se mueven, así que supongo que no dice nada. Señala la cerradura de donde cuelgan mis llaves. Las cojo y las dejo en una estantería. Se caen y no las recojo. Me pesa demasiado el alma para hacerlo. El 'psicoloco' las mira como si las pudiera levantar con la mirada, pero no, se quedan en el suelo.

—He estado timbrando toda la mañana —dice.

—Yo durmiendo.

Se hace un largo e incómodo silencio en el que el tipo examina mi cara como si hubiera algo que no cuadrara. Tiene una sonrisa como si hubiera tenido sexo toda la noche, pero no creo que sea por eso. Sospecho que lo que le hace gracia son mis no-cejas.

—Bueno, gracias por las llaves.

—De nada.

Intento cerrar la puerta y su pie me lo impide.

—¿Y tus cejas?

Cierro la puerta ignorando si su pie sigue ahí o no.

Cretino. ¿Cómo voy a saber dónde están? Si lo supiera las habría pegado con pegamento.

Oigo sus carcajadas alejándose escaleras arriba con sus pasos.

***

Sigo haciendo memoria. Chistes de borrachos, conversaciones de política, bailes y karaoke. Cantábamos canciones de nuestros tiempos, ahora muy pasadas de moda. También luces, luces por todas partes. Eso es todo lo que recuerdo. Ah, y confesiones en un parque por la madrugada.

Las recuerdo; la pérdida de la virginidad de Berto con una mujer que resultó tener atributos de hombre. «¡Y qué atributos!», decía Berto.

Qué risa al recordarlo.

Otra confesión; Ricardo y sus dudas respecto a su orientación sexual. Eso no debería contar como revelación puesto que todos sabemos desde chavales que le gustan los hombres. No hemos querido desvelarle su propio secreto. Sería como robarle la inocencia a un niño diciéndole que sus sueños nunca se harán realidad. Lo que importa es que al fin se lo cuestiona, más vale tarde que nunca.

A sus treinta y seis años, y tras muchas novias, tiene una duda que todos hemos tenido con quince o veinte años.

La confesión de Carla; orgías en su trabajo. No una orgía espontánea una noche loca, no, repetidas orgías. Un salario bajo y malas condiciones laborales están recompensadas, supongo.

Esa fue la más fascinante.

Me pregunto cuál sería mi confesión. Tengo muchos secretos después de tantos años y no logro recordar qué dejé saber.

Aun así, eso no explica la pérdida de mis cejas.

A no ser que confesara algo que no les gustara y como venganza me rasuraran las cejas.

Creo que confesé que me había tocado pensando en ellos. No en todos a la vez pero había fantaseado con todos.

Quizás debería avergonzarme pero me parece bastante natural puesto que hemos compartido los años en los que teníamos las hormonas tan revolucionadas que nos poníamos cachondos hasta con los maniquíes que decoraban los escaparates de las tiendas de moda.

Hago una llamada a la reina de las orgías, Carla. Su voz suena como la de un camionero secuestrado que está resfriado y recién levantado.

Le digo que nos veamos y que avise a los otros. Nos citamos en un bar de cervezas; se dice que la cerveza es lo mejor para la resaca. Lo sea o no, somos adictos a la cebada.

***

Al llegar contemplo el lamentable panorama. Intento disimular la risa que se me escapa por la nariz, la boca y las orejas.

Carla tiene todo un brazo tatuado; a primera vista veo en él órganos sexuales, flores y letras. Berto está medio normal y digo medio porque le falta la mitad del bigote.

No sé de qué me río, si yo no tengo cejas.

Ricardo no está. Les pregunto a los chicos y se ríen durante un buen rato.

Necesito explicaciones de muchas cosas.

Cuando calman su euforia me cuentan todos los datos que me faltan.

***

Ya cuando amanecía, después de las confesiones y de juegos adolescentes relacionados con una botella vacía giratoria y otras cosas insignificantes fuimos a la playa y comenzaron las apuestas.

«¿A que no tienes huevos a...?»

Así empezó el juego.

Bañándonos desnudos en el mar, nadando hacia la boya, re-volcándonos en la arena (creo que de eso alguno tiene alguna foto), enrollándonos entre nosotros, etc.

Qué competitivos que llegamos a ser con el fin de demostrar que tenemos huevos, ¿Verdad?

Lo único que demostramos fue la estupidez humana, proba-blemente.

Y que reencontrarse con los viejos amigos en una taberna con copas a tres euros no puede terminar bien.

Y que no maduraremos ni cuando seamos viejos.

Y que las humillaciones de los otros hacen ver más pequeñas las de uno mismo.

A Carla no le importa tener todo el brazo tatuado con letras, dibujos o símbolos extraños que ni ella entiende, ni a Berto raparse medio bigote por un año, ni a mí no tener cejas.

La apuesta de Ricardo supera a todas; irse a Berlín, liarse con un africano albino y adoptar a un niño.

Estas tres condiciones no tienen por qué darse en la misma circunstancia pero tiene que tener pruebas físicas de haberlas reali-zado.

Y estoy completamente segura que las cumplirá, y por su or-gullo sé que no será en mucho tiempo.

***

Dos semanas más tarde, todos recibimos una carta de Berlín. En la carta nos pone al día sobre sus nuevas historias. Una foto adjunta demuestra que no pierde el tiempo en cumplir sus apuestas; Ricardo besándose con un africano albino. Dice ser su nuevo novio. Celebramos su triunfo tomando cervezas en un bar. Brindamos por él.

Mucho tiempo después nos reencontramos en El Garrafón. Carla ha aprendido a convivir con su tatuaje, Berto ha creado su propio estilo con su medio bigote y mis cejas, sin ninguna explicación, nunca crecieron. Ricardo nos presenta a su ya esposo (el africano albino) y a su recién adoptado hijo chino.

Luis Miguel Helguera San José – España

 Natural de Valladolid, España, nació el 28 de diciembre de 1974. Es licenciado en Ciencias Matemáticas, actualmente trabaja en un instituto de enseñanza secundaria como profesor de matemáticas, aunque cuenta también con experiencia en el sector bancario y la consultoría informática en diversas áreas de negocio.

Su formación científica no le ha impedido desarrollar con intensidad su temprana afición por la literatura, primero como ávido lector y ahora como creador de sus propias obras, particularmente relatos, microrrelatos y poesía, especializándose dentro de este ámbito en el soneto, con diversas obras aun pendientes de publicación con este clásico formato.

Igualmente, ha obtenido diversas menciones y premios en varios certámenes y algunos de sus textos han sido seleccionados para diversos recopilatorios y antologías del género, tanto en prosa como en poesía, a ambos lados del Atlántico.

Entre sus autores favoritos, suele citar a Cervantes, Quevedo, Joyce, Kafka, E.L. Doctorow, Borges, Cortázar, E. Mendoza, Hernán Casciari y a los poetas Rimbaud, César Vallejo, Claudio Rodríguez, Antonio Porpetta, Henri Michaux y Wallace Stevens.

Las tortugas de Paula

Desde muy niño, las matemáticas no escondieron ningún secreto para mí. Sacaba siempre sobresalientes estudiando muchísimo menos que todos mis compañeros de clase. Cuando se acercaban los exámenes, me convertía en su oráculo particular y venían agobiados a consultarme sus dudas para que les hiciera la luz en medio de todas sus tinieblas geométricas y algebraicas. Con tantas funciones, matrices y sistemas de ecuaciones con que me martirizaban, terminé por aborrecerles a todos ellos; a todos, menos a Paula.

Paula y yo vivíamos en la misma calle y todos los días tomábamos juntos el autobús para ir al instituto y luego al salir, volver a casa. Por aquel entonces, ambos teníamos dieciséis años, pero mientras yo daba la impresión de ser un niño grande que empieza a asomarse a la tiranía hormonal de la adolescencia, ella ya era toda una mujer con aires de diosa griega que dejaba adivinar, bajo sus incipientes escotes, un poderosísimo par de tetas. Gustaba de vestir pantalones ajustados que resaltaban sus pétreos muslos, los cuales se coronaban con libidinoso afán en un culo digno de todos mis delirios pecaminosos, al que siempre iban a morir mis sueños irremediablemente. Yo estaba loco por ella, si bien procuraba que no lo notara ni en el más leve de los síntomas que me florecían cuando estaba a su lado, ni siquiera cuando el autobús se llenaba y como el que no quiere la cosa, me acercaba a sus reales alcázares con todo mi regimiento en posición de firmes. Ya sea por sus excesivas atenciones hacia mí, dialécticas en todo caso, o por mis deseos de salir del ámbito de sus castas y virtuosas amistades para engrosar la lista de las impúdicas y concupiscentes, el caso es que empecé a intuir someramente ciertas afinidades entre nosotros que yo interpretaba como deseo por su parte hacia mí, al que yo, por supuesto, estaba dispuesto a corresponder muy cumplidamente. Si me observaba fijamente mientras le hablaba, yo le aguantaba la mirada para tratar de desnudarla con la mía, que de otro modo me resultaría imposible; si inadvertidamente me rozaba una mano, yo no la apartaba y buscaba un contacto más intenso. A tal extremo llegaban mis ingenuas ilusiones de juventud.

Un día de tantos en el autobús, y en medio de una de aquellas conversaciones anodinas donde yo ponía el piloto automático, más atento como estaba a realizar mi particular trabajo de campo con su cuerpo, fue cuando me empezó a hablar de aquella historia.

—Oye Andrés, ¿a ti te gustan las tortugas? Verás, tengo yo un terrario que me han regalado mis padres y lo he puesto en mi habitación, y les doy yo de comer y todo. Dicen que son muy cariñosas y que tienen mucha memoria.

—¿Tienes tortugas?, pues me encantan, de verdad, bueno en general todos los reptiles quelonios y los saurios, no digamos —improvisé patéticamente por no contrariarla.

—¿Ah, sí? ¿También te gustan? Pues ya te las enseñaré algún día si quieres, comen de todo y son muy juguetonas.

Durante los siguientes días no volvió a mencionarme más este tema y a mí al instante también se me olvidó lo de las tortugas, más preocupado como estaba en afinar mis estrategias de acoso y derribo hacia Paula que en verlas en ese momento como la piedra angular de mis próximos proyectos sexuales.

Así fueron transcurriendo las semanas sin excesivas alteraciones en mi ya platónica y hedonista relación, hasta que llegó mayo y sus correspondientes exámenes finales. Recuerdo con toda nitidez cómo en uno de los descansos que teníamos entre clase y clase y mientras resolvía las últimas dudas sobre el rango de una matriz que me había planteado un compañero de pupitre, se me acercó Paula por detrás para decirme que quería hablar conmigo a solas. ¡¡¡Qué calor me entró de repente por todo el cuerpo!!! ¿Qué podría querer? ¿Por qué a solas? ¿Sería aquella la señal que siempre estuve esperando y me declararía por fin su amor eterno? Como pude, terminé de despachar a aquel ingrato que iba de cabeza condenado a ser reprobado y me acerqué a Paula que me estaba esperando en un segundo plano.

—Andrés, había pensado que como se han ido mis padres a pasar unos días al chalet del pueblo, si quieres y no te viene mal, podías venirte esta tarde a mi casa a echarme una mano con las matemáticas; tengo unas dudas para el examen y no me aclaro y como a ti se te dan tan bien... Así luego cuando acabemos te enseño las tortugas que te dije y les damos de comer, ¿qué te parece?

Que qué me parecía, me preguntaba... En efecto, ésta era la señal que necesitaba, no precisaba más estímulos, había captado muy bien el mensaje. Tan acostumbrado como estaba yo al desahogo que nos procura perversamente Onán con sus libertinajes, veía por fin el momento de estrenarme con una chica de bandera al alcance de muy pocos hombres a lo largo de su vida.

—Fenomenal, yo también tenía ganas de verte las tortugas desde que me lo comentaste el otro día, y por el examen no te preocupes que con un profesor como yo apruebas seguro.

Había logrado quitarme todos mis miedos y tenía una confianza en mí como nunca antes había sentido. Ahora el que llevaba las riendas era yo; ella había solicitado mi ayuda y demandaba mis conocimientos, pero el mensaje erótico entre líneas que llevaban implícitas sus palabras era muy evidente y yo lo sabía leer perfectamente con una madurez y serenidad desconocidas para mí. Me propuse, no obstante, dominar la tensión que aun me atenazaba y demostrar que en situaciones así doy la talla. Quedamos para las cuatro y mi cabeza ya empezó a maquinar minuto a minuto cada paso que debía afrontar para cumplir mis objetivos. Entré en una farmacia y compré unas pastillas Juanola y una caja de preservativos. En casa me preparé a conciencia, me duché, me perfumé generosamente, me vestí con mis mejores galas y salí como un pincel dispuesto a triunfar sin complejos.

A las cuatro en punto me presenté en la puerta del piso de Paula y toqué el timbre. Ella me abrió inmediatamente y todavía se me acelera el corazón cuando lo recuerdo. Llevaba solo tres prendas puestas: un top blanco que a duras penas podía contener el melonar que le latía debajo, un pantalón de licra negro como el de los ciclistas que le llegaba por la mitad del muslo y unos zapatos blancos de tacón que dejaban al descubierto el escote de sus dedos. Y nada más. Empecé a tragar saliva compulsivamente, incapaz de reconducir aquel espectáculo visual que se presentaba ante mí con todo su morbo incandescente. Si alguna duda hubiera existido sobre el verdadero motivo de aquella cita, en ese mismo instante quedó despejada. Como pude me rehíce y traté de hilar una conversación medianamente coherente, procurando dar la impresión de que mi experiencia en semejantes lides me permitía dominar el asunto con aplomo y naturalidad.

—Espera, Andrés, ven un momento a mi cuarto antes de repasar, que te voy a enseñar las tortugas —me dijo mientras me introducía cogido de la mano hacia el interior de su habitación.

Su cuarto era bastante amplio y tenía las paredes cubiertas de pósters de Rick Astley, Rob Lowe y otros cantantes y actores de la época, una estantería llena de libros y una enorme mesa escritorio junto a la ventana, la cual tenía parcialmente cerrada para que no entrara mucho el sol. Y la cama. Esa cama con la que tantas noches había soñado yo con deshacer y prender fuego con nuestra pasión se presentaba ahora ante mí, discreta y callada, como un silencioso altar al que había llegado dispuesto a inmolarme, a entregarme físicamente con fogosa exaltación carnal. En otra esquina de la estancia, efectivamente, tenía habilitado un terrario donde reposaban plácidamente entre hojas de lechuga, hierbas y granos de arroz una familia de tortugas de diversos tamaños y colores.

—Estas son, Andrés, ¿qué te parecen? Ahora después de comer, están un poco dormidas, pero luego se ponen a jugar entre ellas y ya no paran en toda la tarde. Tienen una gran memoria selectiva y se quedan mucho con la cara de las personas. ¿Quieres coger una?

—Vale, como quieras. A ver si las despertamos y se enfadan.

A esas alturas ya casi estaba fuera de mí y había perdido toda contención. Solo tenía ojos para Paula y su voluptuoso cuerpo y bien poco me importaban aquellas insulsas tortugas, tan ajenas al tórrido frenesí que me iba embargando cada vez más. En aquel proceso de entrega sistemática de conciencia y de obnubilación sensorial progresiva, lo único que acertaba a hacer era dejarme llevar por la situación, seguirle la corriente con las dichosas tortugas y esperar el momento, que sin duda estaría próximo a llegar, en que sucumbir ambos en la tentación que me encendía y fundirnos desnudos en un solo cuerpo…

—Espera, que voy a coger a Merry, que es la que está más despierta, para que te salude. Verás cómo es de cariñosa y se deja que le des de comer. Acércate, Andrés.

Con devota obediencia me aproximé hacia ella, en el momento en que se agachó hacia el terrario y acarició uno de los reptiles. Tras juguetear con algunas de sus otras tortugas, agarró a la que debía de responder al nombre de Merry y empezó a deshacerse en atenciones para con ella, que para mí las hubiese querido, y a dispensarle todo tipo de cucamonas y arrumacos, haciéndome sentir ridículamente ausente y fuera de lugar.

—Mírala qué bonita es. Pero tiene sueñito mi niña, pobre. Pero, ¿no has comido nada, Merry? Tienes que comer, mi cielo.

Paula se incorporó con la tortuga y llevándosela a los labios para susurrarle palabras y sonidos ininteligibles se aproximó fatalmente a mí, hasta prácticamente apoyarse por completo sobre mi cuerpo para hacer ademán de arrimarme la tortuga a la boca con el fin de que yo también le diera besitos y le hiciera pijaditas. Con estas maniobras de acercamiento, Paula había apoyado sus tetas sobre mi brazo derecho, apretando fuertemente, de modo que apenas podía apartarlo para que su frontal impactase de lleno con mi torso. Notaba la intensidad de su depilada vagina apoyada sobre mi cadera, postura que aproveché en el estado semiinconsciente en que ya me hallaba para girarme cuanto pude y meter un poco de pierna por su pubis para ganar terreno en aquel improvisado desembarco al que me iba arrastrando. No me cabe ninguna duda que ella debió de notar mi altísimo grado de excitación física; además mi respiración ya estaba desacompasada. Todos mis esfuerzos se centraban en aprovechar las apreturas y poder girarme un poquito más para impactar de lleno contra ella, cosa que poco a poco fui consiguiendo con la excusa de juguetear con aquella tortuga que tenía a escasos milímetros de mi boca.

—¡¡A ver cómo saludas a Andrés!! ¡¡A ver cómo le sacas la cabecita!! Dale un piquito, así, muy bien…A ver, otro que yo te vea… muy bien…

De buena gana hubiese dado un manotazo a esa tortuga de los demonios y estrechado a Paula entre mis brazos, traerla incluso más hacia mi cuerpo, desnudarnos y hacer el amor toda la santa tarde, pero cuando ya fuera de mis casillas, en pleno delirio, procedía a rodearla por la cintura y comprimir en un impulso definitivo mi sexo contra su vagina, ella en un movimiento nada forzado, como sin inmutarse, se zafa del *pressing* al que la venía sometiendo y se gira con intención de dejar a Merry en el terrario.

—¿A qué es cariñosa, Andrés? Lo que pasa es que está cansadita y por eso no quiere jugar contigo, pero yo creo que le has gustado. ¿Te has fijado cómo te sacaba la cabeza? Te voy a enseñar a Glenda, que es un poco más seria, como la jefa de todas, ¿sabes?

En aquellos memorables instantes tenía a Paula agachada delante de mí, recolocando tortugas mientras yo por detrás acortaba la escasísima distancia que nos separaba, dispuesto a que no se me escapara de nuevo. La sangre no me llegaba al cerebro, solo era capaz de ver su sensual cuerpazo delante de mí. Ella no solo no se quitaba, sino que se estaba poniendo cada vez más en pompa, en una postura que no podía ser casual de ninguna manera, incitando a que de una vez me abalanzase hacia ella para penetrarla repetidas veces. Pero nuevamente, ya sea por sus deseos de excitarme hasta límites insospechados como, sobre todo, por mi torpeza e indecisión en las estrategias ofensivas, se me volvió a escapar en el último instante, esta vez para recoger del terrario unas minúsculas hojas de lechuga y acercársela a un grupo de tortugas enanas que hacía buen rato que no se movían.

Ya no podía más. No podía soportar cómo se me escapaba una y otra vez cuando estaba a punto de dejarme caer en la tentación. Mi maldita timidez me impedía siempre a última hora entregarme totalmente a mis impulsos sexuales. Aprovechando que ella se había inclinado para colocar las tortugas en el terrario y que no me veía, de manera mecánica, robotizada, en un acto reflejo totalmente ajeno a mis decisiones, siempre meditadas y ponderadas en grado sumo en todos los demás órdenes de mi vida, me desabroché el cinturón y me bajé los pantalones y los calzoncillos, abriendo el compás de mis piernas para que no se me cayeran más allá de las rodillas. Así, dejé al descubierto mi pene, que ya tenía ese brillo azulado que precede a toda eyaculación y que basculaba como el péndulo de los zahoríes cuando encuentra manantiales subterráneos. Yo esperaba que ella al girarse y verme en aquella desarmada condición hiciera lo propio y se quitase la escasa tela que llevaba para fornicar conmigo o al menos, poseída de parte de la lujuria que a mí me embargaba, me acariciase lascivamente el miembro. Yo pensaba que, al fin y al cabo, si tan cariñosa se mostraba con esas viejas tortugas, babosas, arrastradas y arrugadas y que de tantos mimos y besos las había colmado... ¡¡qué no haría con mi terso pene, carnoso, brillante y límpido!!

De pronto, se giró hacia mí y mientras se incorporaba con otra de sus tortugas entre las manos, me vio de aquella guisa. Sus ojos por un momento se centraron en mi enhiesto miembro, pero no mostraron ni la más leve alteración, cuanto menos cualquier atisbo que hiciera pensar que mis propósitos sexuales habrían de verse cumplidos acto seguido. No eran ojos escandalizados, ni siquiera extrañados por aquella estampa que tenía ante sí. Tampoco se rio,

Las tortugas de Paula

algo es algo. Lo que más me dolió es que eran unos ojos de *y esto ahora a qué viene, te has equivocado conmigo, chaval.*

—Pero, ¿qué estás haciendo, Andrés? ¿tú de qué vas? —me soltó Paula, con una frialdad que atravesó de punta a punta todo mi orgullo masculino.

—Ehhhhhhhhh… ahhh… ejem, perdona… ha sido sin querer —acerté a balbucear.

Rapidísimamente me acomodé el paquete en mis calzoncillos, me subí los pantalones y me abroché el cinturón, como si ahí no hubiera pasado nada o todo hubiera sido un lamentable malentendido…

Después de esta situación, la memoria, o tal vez la desmemoria, ha realizado en mí esos balsámicos efectos con los que permite despojarnos de todo recuerdo doloroso o de regusto amargo. Conservo, sin embargo, a modo de tenues pero precisas pinceladas, algunas reminiscencias de aquella tarde de mayo, donde desnudé mi cuerpo ante la chica que más he deseado nunca. Una vez pasado aquel sofoco en su cuarto con las tortugas, mantengo muy presente que el resto de la tarde finalmente sí que terminamos repasando las matemáticas, que era el motivo oficial de mi presencia en su casa, guardando las formas y en un ambiente desangelado, de extremada apatía, de insalvable distancia; ni ella se vio en el caso de preguntarme más que tópicos y preguntas al uso sobre los sistemas de ecuaciones lineales y el método de Gauss ni yo me vi en la obligación de insistir en aquellos aspectos de los que, a buen seguro y sin ninguna duda por mi parte, no se había enterado lo más mínimo. Lo pasé fatal toda la tarde y no veía el modo de salir de ahí e irme para mi casa; me atrapaba una extraña sensación de pesadumbre, una fría mezcla de arrepentimiento, enfado y desolación y apenas podía discurrir con coherencia las palabras para explicarle nada, pero tampoco quería huir y marcharme como un perdedor. Ella también me notó así y se mostró distante y algo cortada, lejos de su natural carácter extrovertido, porque acaso, en algún lugar profundo de su sensibilidad, comprendió que en el fondo, a mi manera, la había querido.

Los siguientes días también los pasé muy mal, esperando siempre que me denunciase por acoso, y por momentos me angustiaba una insoportable conmoción, una íntima vergüenza y desasosiego que solo me han ido desapareciendo a lo largo de los años, hasta el punto de encontrar hoy día mi actitud no solo comprensible y natural, sino incluso noble, bizarra, romántica y quijotesca. En el autobús, si podíamos, procurábamos evitarnos y cuando no, nuestras conversaciones resultaban tediosas y se reducían prácticamente a monosílabos.

Pasó el tiempo, acabamos el instituto, cada uno siguió por su lado y nos dejamos de ver definitivamente cuando ella se fue a vivir a otra ciudad con su familia. Desde entonces no he vuelto a saber nada de ella ni de la perturbadora pasión que un día me hizo sentir y que me volvió del revés. Supongo que la nostalgia ha hecho su trabajo y ha extendido su manto sobre nosotros en forma de olvido…

Solo sé que Paula aquel año reprobó las matemáticas y que me acuerdo de ella siempre que compro pastillas Juanola.

Pablo José Conejo Pérez – España

 Es Periodista e Ingeniero Agrícola. Desde 1960 vive en Madrid. Actualmente trabaja como Consultor de Comunicación en temas alimentarios y medioambientales. Ha dirigido varias revistas agroalimentarias, ha sido colaborador de opinión en varios diarios, entre ellos *El País*, ha trabajado en diferentes semanarios económicos y ha sido Director de Comunicación del Ministerio de Agricultura. Perteneció a la delegación agraria para la entrada de España en la CEE. Está en posesión de varios premios literarios y ha sido finalista en importantes certámenes de relatos y poesía. Es autor del libro *Crónica de los años olvidados*, una sucesión de estampas de la guerra civil española en un pueblo del centro de la península ibérica. Su actividad literaria se centra actualmente en el relato corto y la poesía cívica.

El juego de la Mantis

La chica llegó al gimnasio en el momento oportuno. Llevaba cuatro horas encerrada en su habitación del hotel, indecisa, dando vueltas a la cabeza sobre la conveniencia de escribir un mensaje sugerente o hacer una llamada expeditiva. No quería cometer un error. Eran muchas las veces que su sexo se había colocado en el lugar de su cerebro con resultados catastróficos. Por eso dio un respingo en la cama y se enfundó una malla sobre la tanga. El gimnasio podría ser la solución a su calentura.

Era el gimnasio de un hotel de cuatro estrellas, con lo justo para salir del paso. Un par de bicicletas estáticas, unos pedales de *step*, una breve escala de mancuernas, una cinta móvil, dos barras de pesas y un bastidor para abdominales. La chica entró con resolución y se abalanzó sobre la bicicleta más cercana. Al instante pudo ver que no estaba sola. Un hombre aparecía tendido en el suelo, subiendo y bajando el torso con la ayuda de un bastidor curvilíneo. Pensó darle las buenas tardes y disculparse por no haberlo hecho en el momento de entrar, pero decidió no forzar la cortesía de un tipo que estaba contrayendo el diafragma hasta el límite de sus arrestos.

El minutero del reloj había alcanzado las ocho de la tarde. La chica pedaleaba con indolencia. Y el hombre se levantaba para cambiar de ejercicio. Era un tipo calcado a todos los tipos que acuden al gimnasio de los hoteles entre las siete y las ocho de la tarde. Un tipo corriente, probablemente un vendedor de una gran bodega o distribuidor de zona para una fábrica de pinturas sintéticas. Tal vez representante de perfumes. La chica seguía pedaleando mientras miraba al hombre con curiosidad. Le entretenía ver la alternancia de sus ejercicios y el empeño que ponía en ellos. Sin duda, ese hombre no había pisado nunca una sala de *fitness*. Sus movimientos eran torpes. Y sus ejercicios parecían visiblemente equivocados, tendiendo más a la rotura fibrilar que al estiramiento de los músculos.

Desde que entró la chica, el único objetivo del hombre fue adoptar aquellos movimientos que le permitieran ver el culo que se asentaba sobre el sillín de la bicicleta. Comenzó especulando sobre si la chica llevaba una tanga, unas bragas, o un *culotte* del mismo color que la malla. Y siguió mirando a hurtadillas, en busca de alguna marca, de alguna arruga, de algún signo que le diera una pista sobre la prenda interior de la chica. Eso le parecía un detalle fundamental antes de entrar en nuevas consideraciones.

Hacía rato que la chica era consciente de lo que ocurría a su alrededor. El tipo había agotado todos los ejercicios creíbles y se dedicaba ahora a inventar disparatados movimientos con la cintura. Ella le miraba con los ojos entornados, fingiendo una actitud zen de alta concentración. Y él acabó mirándola ya sin el menor disimulo.

La chica llevaba un rato sintiendo la rigidez del sillín en su culo. Los glúteos se resentían de la dureza, pero su sexo había encontrado un perfecto acomodo en la protuberancia central del asiento. Poco a poco, la mecánica de las bielas fue dando paso a la mecánica de los fluidos. Y un gesto placentero se dibujó repentinamente en los labios de la chica. Sabía que el tipo no iba a ser el primero en abandonar el gimnasio; estaba segura de que le faltaría el tiempo para olfatear el sillín cuando ella hubiera salido. Por eso urdió un plan sobre la marcha. Y abandonó el recinto con un escueto «adiós». Dejó la puerta entornada y esperó diez segundos en el umbral. Luego entró precipitadamente. El hombre dio un respingo hacia atrás y se volvió de espaldas en una situación claramente comprometedora. La chica le había sorprendido en una postura previsible, oliendo el sillín caliente, como un perro de caza, olfateando y resoplando a la vez.

La evidencia dio paso a un nuevo plan. Pero antes había que dar respuesta a una necesidad inaplazable. La chica estaba tan excitada que comenzó a tocarse en el ascensor. Nada más entrar en su cuarto se despojó de la malla y se tendió en la cama con las piernas abiertas. Su mente se transportó al gimnasio, donde el tipo seguiría oliendo el sillín de un modo compulsivo. Sabía lo que estaba haciendo el hombre. Y comenzó a recrear una fantasía, mientras sus dedos desplegaban un recorrido ordenado, rozando, penetrando, insistiendo... Por la pared de la habitación trepaba, inquietante, el verde intenso de una mantis religiosa.

Era la hora de cenar. La chica se duchó y se vistió despaciosamente. Primero se puso las bragas en un ritual de movimientos frente al espejo. Luego el sujetador, a juego, colocando los pezones hacia arriba con un movimiento certero. Eligió un vestido sinusoide que le marcaba bien los pechos, el culo, e incluso el vientre. Y se lo enfundó como una odalisca. Finalmente se colocó unos pendientes de aro y roció su cuello con un perfume sutil. Antes de salir tomó un sobre de la mesa del escritorio y metió la tanga usada en su interior, con una breve nota: «Mmmmm... 346».

Eran las diez de la noche y la chica tomaba un *Bloody Mary* en uno de los salones. A esa hora, el movimiento de gente en el hotel estaba en pleno apogeo. En una apertura de los ascensores apareció el hombre del gimnasio, recién acicalado para la cena. Llevaba un pantalón de pinzas y una camisa blanca bien planchada. La chica especuló que le vestía su esposa. Y que aquella camisa había pasado por las manos hacendosas de su mujer. El hombre se fijó rápidamente en la chica. Pero no aguantó más de dos segundos la mirada. Con pasos torpes se puso a dar rodeos de un lado a otro, simulando una conversación de negocios en el teléfono móvil. De vez en cuando dirigía la vista hacia la chica, pero seguía sin soportar el cruce de miradas. Ella se encaminó hacia el restaurante, cruzando los pasos y moviendo el culo con destreza. El tipo clavó la mirada en la elipse de su trasero y la fue siguiendo como en una sesión de hipnosis.

El hombre del gimnasio no tuvo agallas para preguntar a la chica si podía acompañarla en la mesa. Le impresionaba su estilo, le abrumaba su sofisticación, le atemorizaba su desenvoltura. Le bastó con elegir una mesa desde la que pudiera contemplarla discretamente. Ella le ignoró de forma deliberada. Sabía que los ojos del tipo estaban recorriendo todas las curvas de su cuerpo. Por eso, la chica ponía los dientes en tiempo de mordisco cada vez que se llevaba el tenedor a la boca. Y dejaba asomar la punta de su lengua unos segundos antes de lamer su helado de fresa.

De forma inesperada, la chica se levantó, abrió el bolso, sacó un sobre y se dirigió con desenvoltura hacia la mesa del hombre. «Es para ti, perrito…», dijo, mientras iniciaba el primer movimiento de su culo al marcharse. El tipo se quedó paralizado. Poco a poco fue serenando el pulso. Y llegó un momento en que se armó de valor para abrir el sobre. Pero se apresuró a cerrarlo torpemente al descubrir su contenido. Ni siquiera leyó la nota. Se levantó como si hubiera cometido un hecho delictivo y salió del restaurante con la cabeza gacha.

Eran las doce de la noche. La chica se puso un salto de cama por toda vestimenta, encendió un cigarrillo y comenzó a formar aros de humo que se adentraban los unos en los otros. Estaba incorporada sobre el cabecero, casi inmóvil, acercando y separando pautadamente la boquilla a sus labios. El hombre no tardaría mucho en aparecer. Estaría en su habitación, oliendo la tanga, lamiendo la zona de refuerzo, salpicada de jugos blancuzcos, metiéndose la tela en las fosas nasales para percibir el aroma con más intensidad. Sabía que el sexo del hombre estaba reventando. Y no tenía la menor duda que daría tímidamente con los nudillos en la puerta, de un momento a otro.

A las doce y diez sonaron en la puerta unos golpes casi imperceptibles. La chica abrió con naturalidad. Y le espetó de entrada: «¿Tienes hambre?». El tipo no pudo pronunciar una sola palabra. Ella le condujo hasta los pies de la cama. Allí le quitó la camisa, le desabrochó el cinturón, le abrió la bragueta y le bajó el *slip* para que rebotara su sexo libremente. El hombre comenzaba a creérselo. Y se dispuso a adoptar el ritual característico de las películas pornográficas: «¡Cómetela!», dijo. «Tranquilo, perrito», respondió la chica. «Eres tú quien va a comer». Y tomó al hombre con las dos manos por las orejas mientras se tumbaba en la cama. Abrió las piernas cuanto pudo y llevó la cara del hombre directamente a su sexo.

A las doce y media, la chica seguía presionando la cabeza del hombre sobre su entrepierna. Le guiaba continuamente con órdenes precisas, con breves presiones de aceptación, con movimientos indicativos de dónde, cuándo y cómo… El hombre se estaba ahogando en los jugos de la chica. Sus orejas estaban enrojecidas por las presiones convulsas de los muslos de la chica. Y su cuello no soportaba más la presión que ejercían las manos de ella sobre su cabeza.

A la una en punto de la madrugada, la chica soltó la presa. El hombre se levantó pesadamente y se dispuso a penetrarla como consecuencia lógica de todo lo acontecido. Pero la chica le frenó en seco. «¡Quieto…!», dijo con autoridad. «A esto no estás invitado». Por la mente del hombre pasó fugazmente un acto de violencia. Pero la chica le disuadió al instante: «¡Ni… se te ocurra!». «Anda, mastúrbate mientras me miras», añadió con condescendencia. Y el hombre se sentó en la silla del escritorio. Solo necesitó diez o doce frotamientos para gruñir como un cerdo. Luego se levantó pesadamente, con intención de limpiar la moqueta, mientras hilvanaba unas palabras ininteligibles. «¡Deja eso y siéntate aquí!», dijo la chica, señalando el centro de la cama con la precisión de su dedo índice. «¿A qué te dedicas», preguntó. «Soy representante de perfumes», dijo el tipo, con un asomo de rubor. «¿En serio?», exclamó la chica con una larga carcajada. «Sí, claro…», respondió el hombre, cargado de lógica.

La chica consultó el reloj: marcaba la una y diez de la madrugada. Saltó de la cama como un resorte para dirigirse al baño. Y al instante volvió con un frasco vacío. «No te muevas», ordenó al hombre, que permanecía sentado en el centro de la cama. La chica se subió con el frasco en la mano, arqueó las piernas y comenzó a orinar copiosamente sobre la cabeza del hombre. El tipo no podía imaginar la catarata que se le venía encima cuando le cegaron las primeras gotas. Pero aguantó impertérrito el chaparrón de aquella chica que le había sometido por completo El chorro le caía directamente sobre la calva, primero en grandes goterones y luego con un caudal sostenido que se bifurcaba en varias direcciones. El hombre había optado por abrir la boca y dejar que el orín le corriera por la comisura de los labios. Tan solo una mínima parte de la meada se utilizó para llenar el recipiente. La chica apretó el culo al concluir los espasmos de su vejiga y soltó una ventosidad que retumbó como un trueno a esas horas de la noche. A continuación cerró el frasco, lo secó cuidadosamente con la sábana y se lo entregó al hombre pasmado. «Toma, para que lo incorpores a tu muestrario».

Eran las dos en punto de la madrugada. Hacía diez minutos que la chica había despedido amablemente al hombre del gimnasio. Ahora fumaba con placidez en un extremo de la cama, a resguardo del lamparón central que se extendía en una superficie considerable. En la habitación olía a semen, a orín, a sudor y a un tufo dulzón de jugos vaginales mezclados con el acíbar de la ventosidad. Por la pared trepaba, inquietante, el verde intenso de una mantis religiosa.

La chica se durmió a las dos y cuarto, embriagada por la morbidez de aquel aroma.

Jorge Saiz Mingo - España

 Jorge Saiz Mingo se dedica a seguir la pista de las circunstancias de las palabras. Cuando encuentra un rastro, juega con el tiovivo de los adjetivos, se columpia con el ímpetu de los verbos, travesea con la picardía de los sustantivos y, por encima de todas las cosas, se lo pasa bomba con la curiosidad de los sinónimos. Concibe la existencia sin la degradación de la televisión ni la tiranía del balompié, ama a sus allegados, viaja por el mundo con los ojos alertas, lee mucho para esquivar los estacazos del aburrimiento y escribe cuentos de vez en cuando. Por el día piensa en todo lo que le rodea y por la noche, mientras mira el cielo con ganas incansables de ir hasta la luna, sigue pensando por si las moscas.

Dentro de su trayectoria literaria, destacan, entre otros, el 1º Premio XXVI Certamen Cuento Corto de Laguna de Duero (Valladolid) 2006, el 1º Premio XXXIX Certamen Cuento Pluma de Oro de Alcorcón (Madrid) 2007, el 1º Premio Concurso Cuentos El Mundo – El Correo de Burgos 2008, el 1º Premio Concurso Literario de Beariz (Orense) 2009, 1º Premio XXXI Concurso Cuentos Emiliano Barral (Segovia) 2010, 2º Premio XVI Certamen Relato Corto Ciudad de Palos (Huelva) 2011, el 1º Premio VII Certamen Literario Ars Creatio de Torrevieja (Alicante) 2012 y 1º Premio VII Certamen Literario Juana Ruiz Bravo (Huelva) 2013.

Publicaciones:

Registro de Penados (Editorial Dossoles, Burgos - 2009).

La hora de los padrastros (Editorial Los duelistas, Madrid - 2011).

Usted no se acordará de mí (Editorial El Brocense, Cáceres - 2013).

Desliz

Cada vez que subía al segundo derecha de la calle Príncipe, consciente de que aun le quedaba una buena cantidad por pagar, Gloria restaba mentalmente cien euros de la deuda contraída diez meses antes. Arriba la esperaba un tipo de ojos irracionales que jamás miraba con apetencia la imponente longitud de sus piernas, demasiado ocupado con apuntar en una libreta de pastas duras el entramado de sus finanzas. En su caligrafía de trazos viriles se apreciaba que el individuo había recibido una educación digna, a buen seguro en un colegio de ámbito religioso donde habrían tratado de inculcarle la virtud de la bondad, y que luego, paradojas del destino, había optado por dedicar la cotidianeidad de las semanas a aprovecharse de las penurias de los demás. Se chupaba los dedos, en una suerte de tic repetitivo, y una sonrisa de dicha se le dibujaba en la rendija de la boca al escribir, y sobre todo al subrayar con un rotulador rojo de punta gorda, las cifras de la diferencia pendiente. Después de que ella se sometiera a los antojos de un par de clientes en una de las habitaciones reservadas a tal efecto en la vivienda, él le decía adiós con un acento sibilante, a semejanza de esos enfermos de cáncer de garganta a los que se les extirpan las cuerdas vocales como último y, en general, vano recurso. A su lado, por si las moscas, por si alguien se extralimitaba con las particularidades del servicio, solía permanecer un gigante ceñudo de proporciones astronómicas. Al parecer, según la redundancia de la maledicencia del barrio, el mastodonte había nacido así, tremendamente grande, con bíceps triplicados desde la adolescencia con respecto al común de los mortales. La leyenda que le rodeaba, preñada con toda seguridad de exageraciones, afirmaba que trabajó de forzudo en un circo internacional y en más de dos versiones de la película *Los viajes de Gulliver*. Nunca hablaba. Se consagraba en exclusiva a calibrar, con el arma de sus pupilas de hurón, a los hombres que subían las escaleras en busca de un efímero alivio venéreo.

Has llegado a la mitad, Gloria, y las palabras viajaban por el aire montadas en el potro de la realidad, las cuentas claras, el imperio de la adversidad conquistado a discreción.

Ella ya sabía de sobra que no existía la clemencia basada en ruegos de cordero lechal ni en la oferta inútil de favores extraordinarios. No había vuelta de hoja. La idea de que precisaba devolver la cantidad en su totalidad no se le quitaba de la cabeza y así, entre pitos y flautas, después de cumplir con sus compromisos monetarios en el segundo derecha, el resto de la tarde se disipaba intentando poner en claro el contubernio de los pensamientos, barajados con la exigüidad de las posibilidades y las demandas constantes de su hijo. Se casó a la tierna edad de veinte años, con su novio de siempre, enamorada hasta las cartolas del muchacho que la desfloró en una noche de verbena atronadora. Él trabajaba de oficial mecánico en una fábrica de neumáticos, la responsabilidad categórica, el desorden de los vicios expatriado. A menudo salían a dar una vuelta con el vástago que tuvieron nada más desfilar por la vicaría, arrollados en un aura de pareja feliz, zarandeados por las preocupaciones que a esas edades etéreas frecuentan a los matrimonios jóvenes. Discutían lo justo. Los sábados, si el celaje de las nubes lo permitía, se acercaban a la huerta de los padres de él, a pocos kilómetros de la capital. Allí gastaban el tiempo rodeados de hiedras frondosas y manzanos pardos, al aire libre, gozando de la respiración de un oxígeno tan puro como su amor. Llevaban juntos nueve años, desde los quince, y a ninguno de los dos se les pasaba por la cabeza que pudiera existir una vida mejor que aquella. Lo normal, en el entorno tradicional en el que se desenvolvían, hubiera sido engendrar otro crío, pero ambos estaban de acuerdo, dotados de una extraña unanimidad, en que era suficiente, teniendo en cuenta la crisis económica que sacudía los cimientos del país, con traer un único churumbel al mundo. Conversaban sobre algún que otro chisme de conocidos y dormían muy pegados, ambos en posición fetal, hasta que arribaba el alba, con el despertador ronroneando mediante un pitido de alarma madrugadora.

Ha muerto tu madre, Gloria, y ella lloró de lo lindo al producirse el deceso de su progenitora, el infarto fulminante, el advenimiento de la fatalidad subordinado a los designios de un dios de caprichos extravagantes.

Cuatro días después de las exequias, la huérfana se sintió sola de repente, poseída por un estremecimiento que en ningún momento de su vida hasta entonces había experimentado. Estaba escaldando unas alubias blancas, siguiendo las pautas de una receta mil veces recomendada por la mujer que la había parido. El caldo de la olla hervía y las legumbres flotaban con vehemencia de géiser. Fue en el instante de echar el agua fría, cuando percibió el latigazo de la melancolía. Apagó el fuego, se sentó en el taburete de la cocina y comenzó a llorar. Recordó que no lo hacía desde la víspera del funeral y el caudal de las lágrimas mojó su delantal de ama de casa. El niño, a punto de rebasar el primer trienio de su existencia, jugaba a su vera con un libro de círculos anaranjados y morados. Ella lo miró con ojos de pena inconmensurable y enseguida lo abrazó porque precisaba notar algo vivo cerca de su cuerpo azotado por la compunción. Entonces observó el cielo a través de la ventana y supo que el organigrama de su mundo había cambiado. Vistió al niño y bajó a la calle. Entró en la guardería, donde muy de vez en cuando, solo si una absoluta necesidad lo requería, dejaba a su hijo, y habló con la cuidadora. El chiquilín echó a correr en dirección a una pizarra atiborrada de tizas de colores y ella, embargada por la peculiaridad de una emoción insólita, se fue con el dardo de la vista clavado en la diana del futuro. Caminó por la ciudad al tuntún, arrebatada por un desespero de órdago, sin saber muy bien dónde ir ni qué hacer, y terminó desembocando en una tienda cuyo escaparate exhibía un rimero de estanterías repletas de artilugios sexuales. Se pasmó con la procacidad de algunos instrumentos y, más atónita aun, cuando vio a Alexia, su compañera de pupitre en el remoto colegio de las monjas, detrás del mostrador.

Hace mucho tiempo, Gloria, y el gluglú de la jocosidad sirvió para sellar la alegría del reencuentro, el pasado rememorado en un pispás de relámpago, el frufrú de las risas contagioso.

Charlaron durante más de dos horas, brevemente interrumpidas por la aparición de unos pocos clientes que compraron bromas para despedidas de soltero o ropa interior minúscula para novias desinhibidas. Al final, tras intercambiarse los números de teléfono, las dos se abrazaron, como se hubieran ceñido dos soldados antes de afrontar una misión delicada, y quedaron en verse el sábado por la noche, a partir de las diez, en un bar con nombre de pájaro exótico donde Gloria jamás había estado. Ella no solía salir sola porque había enterrado las amistades de la adolescencia en el páramo del olvido, pero ahora una esquirla de metralla vivaz había estallado en la soledad de su corazón de mujer adulta. Su marido notó cierta desazón en el semblante de su esposa al regresar del trabajo, pero la cena discurrió por los cauces de la normalidad, entre cucharadas de sopa colmadas y espinas de la pescadilla extraídas con pericia del plato del retoño. Luego, en la cama, cuando la electricidad conyugal forzó los límites de la potencia, el apetito carnal de ella, por primera vez en años, se desinfló como una clara de huevo mal montada. No hubo palabras impulsivas de reproche ni preguntas endiabladas. Cada cual enfiló un flanco de la cama y la oposición de las espaldas, desmantelada, casi trágica, bosquejó un monumento al primitivismo de la incomprensión. Al día siguiente, la mudez extendió el poderío de la ingratitud sobre los cafés con leche y la nada, austera, consciente de la importancia histórica del pasado, se coló en la grieta capciosa del desenamoramiento. La semana continuó por los mismos derroteros, notoriamente balsámica, entregada a las obligaciones ineluctables del hogar, macerada en el único objetivo a la vista de la cita sabatina con la vieja camarada de pupitre. En el lecho no hubo novedades dignas de mención, ni lascivas ni parlanchinas, solo una atmósfera densa que caía sobre los centímetros que separaban a los cónyuges con contundencia de granito.

Ha sido una casualidad maravillosa, Gloria, y las dos mujeres rebosaban ramilletes de chiribitas sentadas a la mesa del local, la espuma de las cervezas insinuante, la música de los altavoces enrollada en un canuto de confidencias inmediatas.

Alexia se explayó con agilidad de trapecista. A sus veinte y cuatro años había convivido ya con dos hombres mayores de cuarenta, en pecado mortal, sin compromisos eclesiásticos ni civiles. A decir verdad, no se quejaba de las experiencias compartidas con ellos, pero se había dado cuenta de que lo suyo no era la solemnidad aparatosa de la monogamia. Después de coquetear con un montón de tontorrones, entró en contacto con un grupo de personas que concebían las relaciones humanas como un recorrido personal de libertad excepcional. Quedaban una vez por semana, en silencio, casi en secreto, y charlaban, comían, bebían y hacían el amor de un modo sublime. No consumían drogas de ningún tipo ni pretendían corromper a menores de edad. No buscaban otros encuentros durante el resto de la semana, ni siquiera trataban de romper esquemas o vínculos establecidos de antemano. Hacían, simplemente, lo que les dictaba el instinto, ni más ni menos, animados por la comprensión innata que hallaban en el espíritu abierto de los demás miembros. Alexia hablaba de todo aquello con una naturalidad que Gloria envidió de inmediato. Su amiga portaba en el brazo izquierdo un tatuaje discreto, una mariposa de alas azules marinas, y se lo acariciaba de continuo mientras narraba al detalle los avatares de sus voluptuosos lances sentimentales. Bebía pequeños sorbos de su vaso, con prestancia de condesa aleccionada, y no se amparaba en la pedantería para triunfar en la competición de la vida. Gracias al verde selvático de sus iris, lograba lo que se proponía porque sabía que era una mujer deseada a las primeras de cambio. Lo sabía y lo explotaba en su justa medida. Trabajar en la tienda de artefactos sexuales no era lo mejor que le podía haber pasado, pero el salario daba para salir adelante, sin lujos, sin hijos y sin amantes parasitarios. Para ella era suficiente y lo dejó bien claro con el brindis de la cuarta cerveza.

Ha llegado la hora de la verdad, Gloria, y la invitación para ir a una fiesta esa misma noche explotó a conciencia, las expectativas hinchadas por el fuelle de las novedades, el crepitar de los muslos efervescente.

Gloria dudó un instante y una ráfaga de pecaminosa intuición atravesó el desierto en el que se había convertido el otrora edén de su corazón, pero enseguida se decidió. Iba a emitir un sí similar al que pronunció en la iglesia del barrio, delante de su novio y de los padres de ambos, pero se arrepintió de súbito y únicamente cabeceó, contenta de poder abandonar el perímetro de la permisividad. Primero fueron a cenar, algo achispadas, dentro de un ambiente distendido que creaba una burbuja de inefable familiaridad entre ellas. En el casco viejo de la ciudad, en una tasca de portalón decimonónico, pidieron unas raciones de embutidos y bebieron vino espeso vertido desde una jarra de barro antañón. Estaban embaladas, encantadas de haberse reunido, con las aspiraciones de la sinuosidad aceleradas por los enviones del alcohol. Hablaron sobre lo que les esperaba y sobre lo que les desesperaba, uncidas por el yugo de la avenencia, y la complicidad agrandó la desenvoltura de la compenetración con rapidez de bengala. En el reloj carillón del local dieron las doce y las dos se observaron con perspicacia de ladronas de guante blanco a punto de dar el golpe de su vida. Abonaron la cuenta a escote, asemejadas a dos colegialas perversas palpitantes ante la inminencia del baile de fin de curso, a sabiendas de que un quinteto de hombres que cenaba un par de mesas más allá no les quitaba el ojo de encima. Halagadas, ebrias y bellas como cortesanas, salieron a la calle, subieron a un taxi y, erizadas por el alud de las excitaciones que se avecinaban, bromearon con el conductor hasta que llegaron a la oscuridad de un polígono industrial cerrado a cal y canto. Tras pagar la carrera, Alexia mencionó las palabras mágicas de la contraseña, una especie de trabalenguas infantil, y el vigilante de seguridad, un oso feo empotrado en una garita rectangular, apretó el botón que abría las puertas de la emancipación.

Vamos a disfrutar de la vida, Gloria, y la confabulación descollaba por encima de la montaña de los inconvenientes, la dulzura mirificada, los peros sepultados en el camposanto del aburrimiento.

La nave en cuestión impresionaba a simple vista. La oscuridad, matizada por un trío de farolas con una luminiscencia de gasa, triunfaba sin rivales y ningún letrero en la fachada metálica expelía chispas de confianza. Llamaron a un interfono cubierto de polvo y una voz melosa les requirió de nuevo el santo y seña. Luego la puerta chirrió con un quejido de alma en pena y las dos penetraron en el reino de las incógnitas. Se dieron la mano y Gloria percibió que la de Alexia no sudaba. Un individuo rubio vestido con elegancia las recibió y las pasó a una habitación donde una supervisora de melena ondulada y cejas milimétricas les preguntó sus nombres y les explicó el funcionamiento del tinglado. La regla principal era que nadie las tocaría sin su consentimiento explícito, los latidos del corazón urgentes, el embrollo de las querencias exasperado. Aceptaron el resto de las normas y avanzaron hacia un salón decorado con motivos medievales que rutilaba detrás de unos cortinajes azabaches. Grupos de hombres y mujeres, desnudos o apenas vestidos, fornicaban sin ambages. Los primeros momentos fueron de confusión para Gloria. Había oído hablar en la televisión de aquella clase de reuniones, pero jamás de los jamases imaginó que ella, el ama de casa que alimentaba con efusión a su hijo y que yacía sin renuencia con su esposo, iba a participar en una ellas. Cinco minutos después, las dos compañeras que habían entrado juntas, deshicieron el lazo de sus dedos. Sola, sitiada por una balumba de brazos y piernas, Gloria fue interceptada por un varón de porte recio y, ni corta ni perezosa, se lanzó a la aventura. Se acostó con él, por delante y por detrás, luego con un negro de tórax musculado y más tarde, osada como una serpiente de cascabel, con una mujer de rostro tapado mediante una máscara de carnaval. A punto estuvo de perder el sentido, abandonada entre el maremagno radiante de los orgasmos, hasta que al postre, casi a tientas, extenuada, rota y satisfecha en el fondo de su alma, pidió un taxi sin pensar en Alexia y se fue por donde había venido.

Ha sido todo un honor, Gloria, y el blondo de la entrada esbozó una sonrisa de camaleón avezado, el ápice de la lengua taladrado por una lenteja de plata, las sienes venosas.

Al volver a casa, dentro ya de la cama donde su marido roncaba ajeno a las preguntas y a las respuestas, Gloria comenzó a notar

el apretón de los remordimientos. Las imágenes de la orgía se mul-
tiplicaron en la noria de un duermevela que duró hasta el amanecer, las extremidades agotadas, el vaivén de la mente dislocado. Se
levantó cansada y la ducha no cumplió con su función de revulsivo
tajante. Preparó el desayuno con la parsimonia de cada día, sumer-
gida en el orden natural de las cosas, hincando la convulsión de las
ideas en los acontecimientos de la víspera. Su cónyuge la miró de
hito en hito, pitarroso, en busca de indicios de un terremoto, pero
fue incapaz de localizar una falla peligrosa en la meseta sentimental de su esposa. El domingo se alargó como el cuerpo infinito de
una escolopendra. Por la tarde, en medio de una modorra ciclópea
delante de una película de sobremesa de buenos y malos, la voz de
Alexia sonó en el teléfono con un acento de hipocresía difícil de
clasificar y Gloria se alarmó. Quedaron en un bar del centro, a las
nueve en punto, el momento en el que, por lo regular, ella estaba
enfrascada en la preparación de la sacrosanta cena. Su amiga de la
infancia apareció acompañada de un tipo de ojos perrunos. Entre
los dos, con concisión de peritos matemáticos, le explicaron el intríngulis del asunto en un santiamén de zas. El frenesí de la farra
sabatina había sido grabado con una cámara de increíble defini-
ción, la verdad peripatética, la piel del engorro abombada. Para
salvaguardar el porvenir de su reputación, si no quería ver publici-
tadas a los cuatro vientos las imágenes de los contoneos procaces
de su pelvis y de sus actividades delirantes a gatas, la protagonista
del film debía cumplir un par de obligaciones periódicas muy diferentes a las que llevaba a cabo en su hogar. A partir de aquel día
que jamás en la vida olvidaría, dos veces por semana, Gloria empezó a subir al segundo derecha de la calle Príncipe para menguar
el montante de la deuda.

Claudio Ceballos Cid – Argentina

Nació en Buenos Aires en 1978. Es escritor, cantante lírico y Licenciado en Ciencias de la Comunicación por la Universidad de Buenos Aires.

Actualmente se desempeña como programador de la Cinemateca del Centro Cultural de la Memoria Haroldo Conti.

Su producción literaria es variada, abarcando desde poesía 'medioambiental', ensayos y reseñas cinematográficas, hasta cuentos largos y novelas cortas.

En el 2010 hizo su primera publicación con el cuento *Un crucero por la Antártida* en la Antología anual de la Editorial de los Cuatro Vientos.

Al año siguiente fue el turno de su primera novela, *Hombres Enamorados*, de temática gay.

En el 2012 publicó su segunda novela, *Vane Gianini, una historia adolescente*.

Actualmente se halla en proceso de producción su tercera novela, *El Carnaval de las Putas,* así como la publicación de su tesis de grado *La línea: para hombres como vos*, un estudio exploratorio de carácter semiótico sobre una línea telefónica de encuentros para varones.

Entre sus temáticas más recurrentes se hallan las problemáticas de índole medioambiental y las afectivo-sexuales, así como su representación en la discursividad social a través de las diversas plataformas de comunicación (fundamentalmente cine y medios virtuales).

Sospechosamente dormido

La noche era húmeda. Lloviznaba, aunque no era la clase de llovizna fresca de un típico día otoñal. Por el contrario, era una garúa entrecortada, cálida y pegajosa, que anunciaba la llegada de las primeras tormentas primaverales.

Esa noche partía hacia Tandil. Ahí vivía mi amada abuela, además de otros parientes. Siempre me reconfortaba ir a aquella ciudad, con sus cielos diáfanos y su aire serrano, tan distinto al de la fétida Buenos Aires.

Pero Tandil no solo me cautivaba por sus encantos naturales. Había otra atracción, más mundana si se quiere, que me compelía a visitarla año tras año: sus muchachos, tan seductoramente orgullosos; pero no como los porteños, que eran engreídos, sino sinceramente viriles, fuertes y frágiles a la vez.

Muchos de estos jóvenes tandilenses acostumbraban vestirse 'a lo gaucho': alpargatas, boinas, cuentaganados. Más allá de algunos auténticos gauchos, la realidad era que se trataba, en su mayoría, de chicos de ciudad del interior que, vistiéndose así, acaso se sintiesen más parte del mundo rural, principal sustento de la región. Por lo pronto, estas sutiles diferencias simbólicas, lejos de pasarme inadvertidas, incrementaban mi deseo.

Pero la atracción no acababa en la cuestión del vestuario. También me seducía de ellos su actitud; y es que estos varoncitos de provincia caminaban como 'bajados del caballo', con un andar algo chueco que realzaba sus trabajados glúteos mediante una cadencia, tanto más cautivante cuanto la sospechaba deliberada. Tal esmero en el cultivo de un andar a lo *cowboy* del Lejano Oeste me había provocado en el pasado no pocas erecciones durante la contemplación de aquellos espectáculos andantes. Mil y una veces me pregunté cómo sería estar con alguno de ellos; cómo sabría besar sus bocas rústicas, henchidas de testosterona rural; escuchar esas tonaditas provincianas pidiéndome que me introdujese en ellos, sepultando así aquel redituable mito del macho de campo inexpugnable.

Por supuesto, estas fantasías no pasaban de ser eso, voluptuosas imágenes virtuales, tan distantes de la sobria realidad. Además, el engaño duraba poco, por lo general hasta que acababa, con un gemido mudo entre el placer y la frustración, encerrado entre las cuatro paredes del baño. Una vez saciada mi urgencia, todo volvía a su exasperante normalidad, nuevamente embarcado en la titánica misión de encontrar un machito que cuadrase a mis expectativas.

***

Debió pasar bastante tiempo hasta encontrarme, finalmente, con lo que tanto había deseado. Y fue aquella noche, la de mi partida rumbo a Tandil, cuando descubrí mi limitada visión del sexo.

A las 22:30 subí al autobús. Mi asiento, el número 34, daba al pasillo. Esa noche me sentía particularmente exhausto, de modo que pensé que, teniendo cinco horas por delante hasta mi destino, bien podía dormir un buen trecho. Sin darme cuenta, mientras pensaba esto mis párpados se desplomaron, como si hubiese sido anestesiado. Pronto me fui sumiendo en un sueño profundo. Entonces mi mente se pobló de pensamientos de todo tipo, pero en especial con imágenes de hombres, muchos hombres, haciéndose el amor unos a otros, lamiéndose recíprocamente, rozándose con total impunidad. Con absoluta libertad.

En cierto momento desperté. Ignoraba cuánto tiempo había transcurrido; quizás media hora, tal vez un poco más. Aun envuelto en el sopor, advertí que las luces estaban apagadas, que el autobús ya iba por la ruta, y que todo el mundo dormía profundamente. A pesar de la oscuridad reinante dentro del vehículo, no debí esforzarme demasiado para percatarme de que, en el asiento contiguo al mío, del lado de la ventanilla, se hallaba un muchacho de unos veintipico. No alcanzaba a verle el rostro, aunque en ese momento recordé haberlo visto mientras me quedaba dormido. Me maldije al haberme dejado vencer por el cansancio y no haber sido capaz de retener su fisonomía.

Pero en aquel instante no era en su cara, precisamente, en lo que pensaba. Hacía varios minutos que su pierna izquierda estaba junto a mi pierna derecha. Al parecer, mi vecino también se había quedado dormido. Solo así —deduje— podría haber dejado caer su pierna hasta tocar la mía.

Al notar esto inmediatamente experimenté una violenta erección. El solo pensar que aquel mancebo a mi lado estaba dormido sacudió mis sentidos. Además, el hecho de sentir su respiración, su sangre fluir, me ponía en conexión con él, en una suerte de secreto compartido.

Comencé a observar su cuerpo, muy de refilón, procurando no ser descubierto en la travesura. Temía que él (o algún otro pasajero) me descubriese *infraganti*, pues solo Dios sabía cómo podría reaccionar. Fue, por tanto, que decidí hacerme el dormido: coloqué un suéter debajo de mi cabeza, cual si fuese una almohada, y entrecerré los ojos…

Obviamente, no del todo.

Lentamente mi mirada comenzó a merodear alrededor de sus piernas. Dos macizos, tentadores muslos se intuían debajo de sus apretados vaqueros. Apenas advertir esto mi miembro adquirió una rigidez dolorosa. Se me ocurrió, pues, que la mejor manera de acabar con el flagelo sería yendo al baño y descargarme. Sin embargo, descarté de inmediato aquel pensamiento. El deseo de seguir descubriendo era más fuerte. Además, presentía que aquello recién estaba comenzando.

Tras un escrutinio exhaustivo de su torso, bajé la vista hacia su entrepierna: un bulto prominente, acaso demasiado para un miembro que se suponía en estado de flacidez. Esto me llevó a conjeturar que, o bien él estaría tan empalmado como yo, o bien su dotación sería digna de temor. Opté por creer lo primero (si bien reconocía que lo segundo no me hubiera molestado en absoluto).

De pronto, mi acompañante hizo un movimiento de rotación, apoyándose sobre mi hombro derecho. Esto me dejó literalmente boquiabierto, imposibilitado de respirar: ahora no solo nos hallábamos conectados por la pierna; además lo estábamos por el hombro. Para colmo de males, su rostro se hallaba inclinado hacia mi lado, de modo que podía sentir su exhalación sobre mi pecho. Digo «para colmo de males», porque para ese entonces mi erección, de tan feroz, amenazaba literalmente con descoser mi pantalón. Semejante espectáculo suponía una bomba de tiempo ante la posibilidad —siempre inminente— de que el otro despertase y comprobara con su mirada mi inexcusable conmoción. Pero, lejos de incomodarme, me cargaba de adrenalina pensar que aquello podía llegar a suceder...

Continuamos así, pierna con pierna, hombro con hombro, y aliento con aliento (pues, a esa altura, yo había agachado mi cabeza hasta tener mi boca a menos de diez centímetros de distancia de la suya) por espacio de una hora. A todo esto, mi miembro continuaba en un estado de turgencia extrema, abonado por el constante flujo de adrenalina que aquella situación me proporcionaba. Huelga decirlo: me sentía pronto a eyacular. De cualquier modo, tal posibilidad me tenía sin cuidado; a esa altura, había muy poco que pudiera importarme. El mundo se había reducido a solo dos asientos de autobús.

Entonces, cuando creía que mi agitación no podía ser más acuciante, reparé en un detalle que me hizo perturbar todavía más: al bajar la vista, en uno de los tantos recorridos que hice sobre su cuerpo, comprobé que... ¡era un gauchito! Y, como buen gauchito tandilense, llevaba el cuentaganado engarzado al vaquero y calzaba alpargatas. Noté, además, a contraluz, la tersura de su piel, así como el aroma a colonia neutra emanando de ella. Su cuerpo, como bien había imaginado, era fornido.

Al descubrir que mi excitante acompañante, aparte de ser un pedazo de macho, era uno de esos gauchitos que por tanto tiempo poblaron mis fantasías, decidí proseguir con aquel juego hasta sus últimas consecuencias. Así, fui yo también, poco a poco, rotando de posición. Casualmente, siempre hacia su lado. Al principio fue mi rodilla posándose sobre la suya; luego mi mano, que con un descuido deliberado se acercó hasta rozar su dedo índice. A todo esto, él no hizo intento alguno por despegarse. Después, fue mi boca la que, presa de ansiedad, comenzó a buscar la suya. Sigilosamente se acercó, hasta que mis fosas nasales retuvieron su aliento. Podía percibir la adrenalina en mi cuerpo ascendiendo como un líquido ardiente desde el glande hasta los ojos, que entonces se hallaban completamente despiertos, invocándolo, invitándolo, babeándose por aquel bello durmiente. Pues, en efecto, comprobé que, literalmente, me estaba saliendo agua de la boca.

Mientras tanto él seguía allí, sospechosamente dormido, rotando de posición. De tanto en tanto ronroneaba como un gatito. Poco importaba si efectivamente dormía o si estaba fingiendo. Yo me encontraba muy a gusto con ese supuesto juego suyo, empecinado como estaba en continuarlo hasta el final.

Entonces, en una movida arriesgada, mi mano empezó a deslizarse hasta tocar su pierna. Nada contundente, apenas un roce. Según pude comprobar, eran estos toques milimétricos los que él parecía buscar. Cuando intentaba poner todo mi cuerpo junto al suyo, él se volvía, dándome la espalda. Pero incluso en aquellos momentos no dejaba de deleitarme con la visión de su ancha espalda y de su pantalón, algo caído, del cual asomaba, tentadora como un pecado, la raya de su culo.

En definitiva, lo suyo era el toque suave, apenas perceptible. Era el límite entre lo casual y lo intencionado. Únicamente cuando comprendí esto decidí jugar su juego que, a esa altura, también era el mío. Así transcurrió el resto del viaje, hasta llegar a Tandil. Sobra decir que, desde que me desperté la primera vez, me fue humanamente imposible volver a pegar un ojo. Por el contrario, mi vista permaneció como imantada al escultural cuerpo de mi *partenaire*.

Al llegar a la ciudad, todavía seguíamos acurrucados uno junto al otro, entrelazados, como dos íntimos amigos.

Las luces se encendieron. Eso solo podía significar una cosa: estábamos próximos a llegar a la estación. Yo deseaba con fervor que aquello no terminara ahí, abrigaba la esperanza de poder continuar aquella historia en Tandil; pero esta vez ya no simplemente a base de toqueteos robados, sino evolucionando hacia un sexo frontal y apasionado. Sexo bien de machos.

Ya con las luces encendidas, pude finalmente verle el rostro: en efecto, el muchacho era un Adonis. Lejos de la exageración propia del momento, puedo confirmar que era más hermoso de lo que imaginé toda la noche que pasamos juntos. Por un lado sufrí, pues presentía que una vez que bajásemos del bus ya no nos volveríamos a ver. Por otro lado, sin embargo, experimenté una curiosa dicha al saber que, en cierta forma, tuve acceso a su belleza, a su viril y tranquila seducción.

Cuando el autobús se detuvo completamente, él todavía seguía dormido sobre mis hombros. Con toda la intención del mundo lo masajeé seductoramente en la pierna y en el brazo. El roce frontal con su piel erizó cada vello adormecido sobre mi cuerpo. Fueron cinco segundos en los que gocé como un condenado. Cinco efímeros pero sublimes segundos hasta que se despertó.

—Llegamos a Tandil —le anuncié.

Él me observó, con aire todavía dormido. Me respondió un sencillo «Gracias», el cual resonó en mi mente como si me estuviese agradeciendo algo más que un simple aviso.

Chrisnel Sánchez Argüello - Estados Unidos

 A cuatro meses de producirse el triunfo de la Revolución Sandinista en Nicaragua, un proceso histórico que cambiaría el rumbo de la historia de este país, nació Chrisnel Sánchez Argüello en la capital, Managua (1979). Los años que siguieron fueron difíciles y quizá por eso conserva apenas una única fotografía de aquella anónima niñez transcurrida en una casa habitada por los fantasmas del pasado en las afueras de Managua.

De padre colombiano y madre nicaragüense, su vida ha sido un peregrinaje entre ambos países y si le preguntan con cuál nacionalidad se identifica, ella responde que con las dos. Su educación superior quedó repartida en dos suelos, pues estudió la carrera de Comunicación Social en Nicaragua y un Magíster en Literatura Hispanoamericana en Colombia (2002-2003). Se radicó en Bogotá en el año 2001 y desde 2004 hasta 2013 trabajó como profesora en el área de lengua y humanidades en varias universidades.

Mientras Chrisnel estudiaba su carrera universitaria, se enamoró de la literatura y fue cuando fundó la revista literaria *Literatosis* en Nicaragua. También por esa época fue seleccionada para publicar un cuento suyo en una antología de nuevos escritores nicaragüenses. Desde entonces, ha publicado sus cuentos y artículos periodísticos en revistas de Estados Unidos, Venezuela, Nicaragua y Colombia. *Un psicópata en el Titanic* es parte del libro inédito de cuentos: *Certificado de supervivencia*.

Desde abril del 2013 vive en Estados Unidos, donde lleva una vida particularmente fértil: se encuentra escribiendo su primera novela y está embarazada de su primer hijo.

Foto: Diana Huertas y Fernando Barragán.

Un psicópata en el Titanic

Una afortunada partida de póker hizo que Jack Dawson se embarcara en el más lujoso y glorioso barco del mundo: el Titanic. En un *pub* inglés su suerte parecía infinita: un par de ases y tres jotas le merecieron el *ticket* para volver a Estados Unidos, el país donde nació.

Cuando Jack llegó a la entrada del inmenso barco, las requisas no fueron tan estrictas como pensaba: revisaron su cabeza en búsqueda de piojos y escularon su ropa para confirmar que dejara las pulgas en tierra. Entró a la tercera clase del barco y compartió camarote con un italiano de apellido Piccolini, con quien habló poco.

Las únicas pertenencias que llevaba consigo eran una billetera vieja con unos cuantos peniques, una funda de cuero en cuyo interior albergaba sus dibujos, papel y una colección de lápices. Era un pasajero sin equipaje, sin dinero y con una profunda tristeza en sus ojos.

Había llegado a Inglaterra proveniente de Estados Unidos cuando era un niño de apenas tres años, pues una familia inglesa lo adoptó luego de que su madre lo rechazara al nacer. Sus padres adoptivos lo cuidaban bien, hasta que la madre enfermó gravemente y el padre sufrió un accidente. Ambos padres murieron cuando Jack tenía quince años, edad en que tuvo que aprender a jugársela solo.

Ahora Jack tenía 19 años y la idea de volver a Estados Unidos lo llenaba de esperanza. En el Titanic se levantaba todos los días temprano para ver el amanecer e intentaba incesantemente pintar el paisaje que veía, pero no quedaba conforme con el resultado. Una mañana de tantas su suerte cambió, y en lugar de admirar el paisaje, observó a lo lejos una hermosa señorita en la cubierta del barco, en primera clase.

El rostro hermoso de la chica, sus curvas perfectas y esa dulzura que la rodeaba a manera de aureola, hicieron que Jack dejara de pensar en la vista en el horizonte y se centrara en dibujar esa hermosa figura. Ella, al igual que él, había salido a observar el amanecer y se notaba el goce que esto le producía. Jack la observó fijamente por un largo rato, hasta que ella lo miró de reojo e incómoda con su mirada, se apartó del lugar.

Ese fue el primer encuentro de muchos otros que Jack buscaría durante todo el viaje. Seguía saliendo todas las mañanas temprano con la esperanza de encontrarla, pero la chica no volvió a salir más. Así que fue más agresivo en la búsqueda y logró llegar de manera clandestina hasta la cabina donde estaba la tripulación, con la idea de encontrar una lista de pasajeros que lo llevara a ella. Tuvo suerte, pues en la lista había datos tales como la edad del pasajero, la procedencia y el número de camarote. Las posibilidades de encontrarla se reducían a unas diez personas, que cumplían con la edad promedio que Jack le asignaba a la chica: 21 años.

Escondido en un armario, anotó en un papel los datos de las jóvenes que descubrió en el manifiesto y luego salió de la cabina de tripulación sin ser visto: su figura delgada y flexible le permitió escabullirse fácilmente. Hizo lo mismo para encontrar el camarote de su dama: entró sin ser visto durante la hora de almuerzo y buscó en los roperos el vestido que le observó llevaba puesto unos días antes. Como en aquella ocasión no le quitó el ojo por tanto tiempo, se sentía capaz de reconocer las formas de la muchacha en el atavío y hasta lograba imaginar su olor.

En el quinto camarote encontró la indumentaria de la joven y dedujo, entonces, que ahí la podría encontrar más tarde. Se escabulló nuevamente a la tercera clase, donde escuchó las historias de su compañero de camarote, Piccolini, ansioso por entablar una amistad con Jack. Pero a Jack no le interesaba tener amigos de ningún tipo y tan pronto como pudo, se alejó del italiano.

Jack esperó que cayera la noche para irrumpir en el camarote de la chica y como ya tenía trazada la ruta, pensó que le sería fácil. Pero a esa hora la vigilancia era más estricta y había mucha gente que lo podía ver, razón por la cual decidió interrumpir el plan e intentarlo a otra hora al día siguiente.

Antes de que amaneciera, se dirigió nuevamente al camarote y esperó a que la joven saliera. Cuando ella lo hizo, comprobó que no se había equivocado en el número de camarote, pues ese mismo rostro era el que había visto unos días antes. Se le acercó y le dijo:

—Espera un momento. Soy yo, Jack, un gran admirador que tú tienes; quisiera poder hablarte.

—¿Hablarme de qué?

—De la vida, de mis sueños, de quien soy yo.

—¿Y qué le hace pensar que me interesa saber quién es usted?

—¡Claro que te interesa! ¡Lo que pasa es que no lo sabes!

—Créame que la vida de un pobre diablo de tercera clase me tiene sin cuidado…Con permiso, tengo mucho que hacer.

—¡Mucho que hacer! ¡Sí claro! Ahora te vas conmigo, quieras o no.

Y diciendo esto, la agarró por el cuello, le aplicó cloroformo para dormirla y la escondió en un cuarto de aseo, donde esperó algunos minutos a que no pasara nadie. Como ya conocía la ruta de huida, simplemente debía esperar a que estuviera despejada.

El plan consistía en llevar a Rose DeWit Bukater —este era el nombre de la chica— a las profundidades del barco, exactamente a la zona de carga, donde tendría total control sobre ella. La zona de carga era oscura y se oían las olas del mar: al menos eso fue lo primero que percibió Rose cuando abrió los ojos y miró con miedo a su alrededor. Tenía unas esposas que la sujetaban a un tubo en una posición bastante incómoda. También se sentía mareada.

Jack la miraba de manera obsesiva y enferma, como tratando de descifrar cada parte de su cuerpo para después pintarla. Cuando Rose lo vio, solo atinó a musitar algunas palabras:

—¿Dónde estoy?

—Eso no importa y te dejaré de hablar por haberte portado mal conmigo.

—Espere, espere. Por favor, deme agua que tengo sed.

Jack fue a traer un vaso con agua y se lo dio de beber en la boca. Enseguida, se fue del lugar y la dejó sola.

Rose empezó a observar en la penumbra el lugar donde se encontraba y quiso descubrir la vía de salida por la que Jack se había ido. Trató de romper las esposas, pero todo fue en vano: no veía una forma de huir. Al cabo de un rato se quedó dormida y soñó con unos dragones que expedían lenguas de fuego que la quemaban; despertó sobresaltada.

Cuando Rose abrió los ojos, Jack la observaba con una mirada que parecía desesperada. Traía consigo un plato que contenía carne, lentejas y otro alimento que Rose desconocía. Sin mediar palabra, Jack le dirigió un tenedor a su boca y ella, a pesar de la repulsión que sentía, no tuvo más opción que comer. Jack enseguida se fue y Rose quedó llorando desconsolada al escuchar cómo la puerta que su captor traspasaba, se cerraba tras de sí.

La siguiente vez que Jack visitó a su prisionera la encontró despierta. Rose pudo observar en su apresador una mirada dulce, casi tierna. Lentamente, Jack sacó de su funda de cuero los lápices, un papel en blanco y vaya sorpresa… una joya preciosa: 'el corazón del mar', cuyo robo perpetró mientras mantenía retenida a su prisionera.

Durante el cautiverio, su prometido, Cal, y su madre lideraban la búsqueda. Debido al inmenso tamaño del barco, la guardia inglesa les anunció que dicha pesquisa podría tardar todo el recorrido del Titanic hasta Nueva York, pues era poco el personal que podían asignar al caso. Fueron en vano los ofrecimientos monetarios que Cal hizo: la búsqueda sería larga. Otra conjetura que la policía se planteaba, y que provocó poca esperanza en la guardia inglesa, fue que Rose podría haber cometido suicidio lanzándose al mar, ya que sus amistades cercanas la habían notado alterada y nerviosa ante la idea de su pronto matrimonio. Estos casos solían darse en este tipo de viajes, y particularmente en pasajeros de primera clase, así que la hipótesis cobraba fuerza.

Entretanto, Jack se disponía a retratar a su prisionera, pero para ello necesitaba su colaboración:

—Rose, necesito que te quites la ropa y te pongas este collar que conseguí especialmente para ti.

—¡Usted está loco! ¿Qué está creyendo? ¡Yo no me voy a desnudar ni poner ningún collar!

—Lo haces a las buenas o a las malas, tú decides.

—¡Pues haga lo que quiera!

La mirada de Jack cambió y con furia lanzó un puñetazo al rostro de su prisionera, dejándola inconsciente. Luego procedió a desnudarla y amarrarla. La ubicó encima de unas maletas, y comenzó a dibujarla. La mente enferma de Jack observaba a Rose con una mirada sensual, los brazos levantados y la hermosa joya brillando en su pecho. Pero la realidad era otra: un gran hematoma se veía en el rostro de Rose, sus brazos permanecían amarrados en su espalda y el cuerpo estaba totalmente desvanecido sobre las valijas. El talento de Jack era incuestionable; su dibujo tergiversaba la realidad, pero era de una gran belleza.

Al despertar, Rose observó a su captor mientras pintaba y su rostro se desfiguró del miedo. Observó su cuerpo desnudo y comenzó a llorar sin musitar palabra alguna. Jack seguía pintando, absorto en un mundo al que solamente él podía ingresar. Al finalizar su dibujo, se levantó a darle un beso en la frente y ella ya no opuso resistencia: sentía que sus fuerzas se desvanecían con el paso de los minutos. Cuidadosamente, Jack comenzó a vestirla de nuevo y le dejó el collar en el bolsillo del abrigo que acomodó sobre su tembloroso cuerpo. La esposó nuevamente contra un tubo y ahí la dejó.

Luego Jack se dirigió a su camarote, terminó de hacerle retoques al bosquejo y agregó un mensaje: «Querido, no me esperes en el altar». Aguardó hasta el día siguiente antes del amanecer, subió al camarote del prometido de Rose y deslizó por debajo de la puerta el apunte. Nuevamente todo lo pudo hacer sin ser detectado. Cuando Cal se disponía a bajar al restaurante, se topó con el dibujo de su amada desnuda y sintió un retorcijón en el estómago. Decidió por ahora no decirle nada a nadie y dio por hecho que su prometida lo engañaba.

Aquel fue el último día en que el Titanic vio la luz del sol. En la noche del 14 de abril de 1912 un témpano que se veía relativamente pequeño en la superficie, pero que escondía bajo el agua una gigantesca montaña de hielo, fue el obstáculo contra el cual colisionó el barco por un costado y originó una de las mayores tragedias marítimas de las que se tenga noticia.

Para esa fecha, Rose ya llevaba tres días en cautiverio y la esperanza de salir de aquel lugar se hacía cada vez más esquiva. Ella se encontraba dormida cuando escuchó el impacto del *iceberg* sobre el casco del barco y el fuerte estruendo la hizo despertar. Pasaron aproximadamente cinco minutos desde que escuchó el golpe hasta que vio una corriente de agua que se colaba por debajo de la puerta y que amenazaba con crecer. Rose comenzó a gritar cuando sintió el agua helada lamiéndole los pies.

El torrente le llegaba a la cintura cuando Jack apareció y la liberó de las esposas en aras de salvarla. La tomó del brazo y la guio a la salida, donde tuvieron que abrirse paso dentro del agua hasta llegar a una reja que estaba asegurada con un candado. Jack tuvo que llevar a Rose a cuestas en muchas ocasiones, pues las fuerzas de su prisionera flaqueaban a medida que avanzaban. Al otro lado del enrejado lograron ver al botones huyendo despavorido; Jack lo llamó con desesperación para que les abriera. El empleado intentó hacerlo, pero se le cayó la llave al agua y les dijo que no podía. Entonces Jack se sumergió, rescató la llave y logró abrir la reja que los mantenía aprisionados para, finalmente, ponerse a salvo.

Cuando salieron a cubierta, el caos era total. Rose había pensado contactar inmediatamente a un policía, pero a esa hora todos estaban ubicando gente en los botes salvavidas y el pánico se apoderaba de los presentes, pues el agua les llegaba hasta la rodilla. Estaban en la cubierta de tercera clase, de modo que Rose no lograba ver a nadie conocido que pudiera rescatarla. La primera reacción de Jack fue buscar un salvavidas, así que se enfrentó a puños con un anciano hasta dejarlo inconsciente y de esa manera logró quitarle su chaleco salvavidas y se lo colocó a Rose. Al ver la escena, un policía amenazó a Jack con su arma, ante lo cual Jack se le abalanzó y en el forcejeo, activó el gatillo, dándole muerte al hombre que defendía al anciano.

Jack tomó de la mano a Rose, quien gritaba despavorida, y salió corriendo hacia la parte baja del barco, que yacía en las aguas heladas del Océano Atlántico. Otro policía, quien vio todo lo sucedido, intentó detenerlos y les alcanzó a disparar cuando llegaron a la zona del restaurante, pero al ver todo entre las aguas, el oficial se regresó. Jack logró huir y, con Rose de nuevo a cuestas, alcanzó por fin la cubierta de primera clase.

Rose inmediatamente se ubicó en esa zona del barco y recobró fuerzas para encontrar a su familia. Cuando caminaban por la cubierta en la búsqueda de otro salvavidas para Jack, ella vio a lo lejos a su prometido y le llamó por su nombre. La reacción de Jack fue pegarle una bofetada y salir corriendo nuevamente. Pero Rose hizo todo lo posible por detener la huida y fue así como Cal los alcanzó. Era evidente que la chica estaba retenida a la fuerza, así que Cal se abalanzó sobre Jack, pero perdió la batalla, pues Jack era más fuerte. Rose gritaba pidiendo ayuda, pero a esa hora todos los pasajeros del Titanic en lo único que pensaban era en salvar sus propias vidas.

Cal quedó tirado en la cubierta, maltrecho y casi muerto, mientras Jack llevaba consigo su trofeo: Rose. Ella, desesperada al ver que no podía hacer nada, en un momento de descuido de Jack, logró soltarse de su mano y saltó desde cubierta a tratar de alcanzar uno de los botes salvavidas que iban bajando con sogas desde la parte de arriba del Titanic. Pero la pobre tuvo mala suerte y cayó a las gélidas aguas del Atlántico. Afortunadamente la distancia era pequeña, por lo que Rose sobrevivió a la caída y logró flotar gracias al chaleco salvavidas.

Al ver escaparse a su prisionera, Jack saltó detrás de ella; y aun cuando él no tenía chaleco salvavidas, logró bucear hasta la superficie. Como estaba oscuro, no logró identificarla y sin saberlo, nadó en sentido contrario a Rose. Dio muchas brazadas, con tan buena suerte que encontró una puerta de algún dormitorio flotando en las aguas del océano y se subió a ella. Pero estaba tan exhausto que, sin darse cuenta, se quedó dormido. Cuando despertó, pensó en encontrar a Rose e impulsó su balsa improvisada hacia donde estaba la gente, pues ya se había alejado de ellos. Pero los demás pasajeros, quienes flotaban con sus chalecos salvavidas en las frías aguas del océano, al verlo acercarse con lo que parecía una balsa de madera, intentaron bajarlo y robársela.

Jack esperó por un buen rato a que la gente se calmara e hizo un nuevo intento de acercarse hasta donde creía que estaba su prisionera. Esta vez nadie trató de quitarle su tabla, pues la mayoría de personas yacían muertas en la superficie del océano. Al cabo de un rato logró identificar a Rose, quien permanecía inmóvil sobre la superficie del agua, con su chaleco salvavidas todavía puesto. Se acercó a ella y le tomó la mano, la acercó a su tabla y la observó detenidamente. Rose ya no tenía vida, era el momento de dejarla partir. Así que le soltó su mano y lloró amargamente.

Cuando se despertó, Jack observó la luz de un bote que venía a rescatarlo. Levantó su mano y la luz lo alumbró. En medio de gritos de júbilo de los dos policías que iban en la barca, estos ingenuos personajes lograron salvar la vida del psicópata del Titanic.

Jack llegó a Nueva York a bordo del Carpathia, otro barco que condujo a los sobrevivientes del Titanic a tierra firme. Cuando arribó y le preguntaron su nombre, Jack dijo: «Mi nombre es Jack, Jack DeWit Bukater». Y dicho esto, se dispuso a comenzar una nueva vida y, por qué no, a buscar una nueva víctima.

Sandra Monteverde – España

Siempre me gustó escribir, pero recién me he animado este año a presentarme en concursos literarios.

Mar o Montaña fue galardonado en abril, con el primer premio en el Concurso de Microrrelatos de las Bibliotecas de San Javier.

Cautiva quedó finalista en el concurso de Microrrelatos de la *Revista Salitre*.

Devaneo de can a can integrará la antología *Porciones del alma*.

El nombre fue seleccionado para publicación en el Concurso de Microrrelatos de cine "Arvikis-Dragonfly".

Menú Gourmet fue finalista de los premios Fimba.

Piernas muy largas fue seleccionado para publicación en la Antología del cuento 2013 de Ediciones Alternativas.

Conato de fuga ganó el concurso de Microrrelatos de Radio Castellón en la semana del 12 al 16 de agosto.

Recientemente he obtenido el primer premio en el rubro "relatos de viajes" en la revista digital *Desdeahora*, en la que colaboraré durante los próximos 12 meses.

En el ámbito personal: tengo 45 años, nací en Montevideo, Uruguay, viví 5 años en Paraguay y hace 8 que resido en España.

Estoy casada, tengo una hija de 19 años y me encanta la lectura, la música y los animales. Laboralmente, pertenezco a la empresa más grande de España: el paro.

La imaginación al poder

Fue concebido tediosa y rutinariamente, en el transcurso de otro encuentro sexual insatisfactorio más, producto de la falta de educación y el diálogo, pues de aquellos temas no se hablaba, ni siquiera en pareja. Para su madre, que murió sin saber que existía el clítoris y mucho menos el orgasmo, era un martirio obligatorio; para su padre, un hombre bastante mayor que su mujer y tan o más obtuso que ella, una necesidad netamente biológica.

Llevaban más de veinticinco años de casados y habían desistido de tener hijos. A punto estaban ya de limitarse a mantener los contactos físicos a los mínimos necesarios e imprescindibles y todos ellos fuera del lecho, cuando ella se embarazó. Fue una época difícil, pues era una mujer con poco espíritu maternal y el vástago venía a complicarle la existencia, justamente cuando ella ya no lo esperaba. El marido pasó de todo; eran cosas de mujeres que a él ni le interesaban ni le competían.

Al nacer, recibió como primer nombre el de todos los primogénitos por parte de padre. Su madre en busca del segundo y a falta de imaginación, cogió un libro de la biblioteca: *Historia del Imperio Romano* y abriéndolo al azar encontró en el capítulo de las leyes antiguas un término que le gustó. El niño se llamó entonces: Adelfo Perduellio. Gracias a esta mala pasada del destino, el pobre cargó con un apelativo que era una mezcla de planta venenosa y juicio por alta traición.

Fue educado rígidamente, con todas y cada una de las estrecheces mentales de su madre, multiplicadas por los años de amargura y frustración y a ello sumado un carácter netamente avinagrado y autoritario. El producto fue un chaval tímido y apocado, con un puntillo de afeminación, que a su progenitora le horrorizaba y fascinaba a la vez. La imagen paterna brilló por su ausencia.

Al entrar en la escuela, descubrió que el mundo no se limitaba a sus padres; pero si pensaba que tendría más libertad, estaba muy equivocado. Jamás le permitieron salir a jugar a la calle o ir a casa de un compañero a hacer la tarea. Y que alguien traspasara las sacrosantas puertas de su hogar, era del todo impensable.

A mitad del tercer curso, su padre tuvo un infarto y se quedaron solos él y su madre. No la vio llorar, así que él tampoco derramó ni una lágrima por la pérdida, puesto que en realidad no la sentía como tal. La orgullosa mamá se jactaba de que su Addy se portaba como un hombrecito.

En el ámbito escolar, tenía excelentes notas y en ningún momento hacía nada que no se esperara de él. Nunca fue a un cumpleaños, a un campamento o a un partido de fútbol, así que se limitaba a leer todo cuanto caía en sus manos.

La biblioteca era enorme y su madre solo entraba ahí esporádicamente para limpiar, por lo que la tenía toda para él y constituía una válvula de escape a su tediosa realidad. Una tarde, explorando más a fondo, descubrió el tesoro de su padre detrás de los veinte tomos de un diccionario viejísimo, en un escondrijo hábilmente disimulado: una colección de revistas pornográficas y libros eróticos. Los encontró cuando todavía no era capaz de comprenderlos, pero llegó un momento en que los leía con asiduidad.

Cuando su madre descubrió que tenía poluciones nocturnas, por poco se muere. Se dedicó sistemáticamente a revisar todos los rincones de la gran casa en busca de material comprometedor para confiscar; algo había pervertido a su Addy y el mal debía ser exterminado de raíz. Pero jamás encontró el compartimento secreto detrás del diccionario y el secreto de los Adelfos continuó a salvo.

Desde su estrecha y puritana mentalidad, concibió un plan para alejar de su hijo el pecado de la lujuria: a partir de ese día y cada vez que viniera a cuento o no, peroraba acerca de los peligros de la masturbación: los pelos en las manos que sin duda lo delatarían, la posibilidad de quedarse ciego y la probabilidad casi segura de no poder tener hijos cuando se casara. El chico aborrecía esos sermones monotemáticos y repetitivos, pero su madre logró su objetivo.

Addy se aterrorizó. Fue tan grande su temor que decidió orinar sentado, con tal de no tener que tocarse 'ahí', como decía su madre. Llegó a tomarle una fobia tan grande a su propio pene, que cuando se duchaba, sufría por tener que limpiárselo... y eso que usaba indefectiblemente una esponja y unos guantes que él mismo se fabricaba con toallas viejas.

Lo que más lo turbaba a sus doce años, era que ese trozo de su anatomía parecía tener vida propia, se elevaba, se endurecía y soltaba un chorro de un líquido pegajoso, obviamente sin que él se tocara y a pesar del enorme empeño que ponía en ignorar el fastidioso hecho. Pero el asunto no tenía remedio, cuando menos lo esperaba, sucedía. Y lo peor era que la sensación le encantaba y eso lo confundía todavía más.

Comenzó entonces a concentrarse día a día en domesticar a esa 'fiera' que habitaba en su interior. A los quince años se convirtió en un experto en el dominio de la erección y la eyaculación. Lograba masturbarse mentalmente, con mucha satisfacción, pero sin dejar de cumplir con los preceptos de su madre de no tocarse 'ahí'. Volvió a los secretos de su padre, tomando mil precauciones para que su mamá no se enterara de sus escarceos con el sexo, pues era incuestionable que no los comprendería. Ante la duda, no estaba dispuesto a arriesgarse.

Pasó su adolescencia entre libros de estudio y todo tipo de pornografía que coleccionaba ávidamente. Tenía muchos escondrijos por toda la casa, pues el de su padre pronto se le quedó pequeño. Su vastísima imaginación le ayudaba y su madre hacía tiempo que había desistido de buscar nada comprometedor, pues Addy ya no manchaba las sábanas y jamás hablaba de chicas, sino que se dedicaba al estudio y a la literatura, como el buen chico que ella había educado. Decididamente era el hijo perfecto.

Mientras tanto, en la intimidad de su dormitorio, Adelfo tenía una vida sexual muy activa: pero exclusivamente en su mente. Se imaginaba todas las situaciones posibles. De esta manera hizo el amor con mujeres de todos los tipos, colores y edades. También probó con hombres, pero no le gustó. Le era imposible tocar un pene, ni el suyo ni el de otros, ni siquiera en sus más recónditas fantasías. Decidió, basándose en las fotos de las revistas, que le gustaban las chicas morenas, más bien rellenitas, de piernas largas y bien torneadas y con grandes pechos.

Se inventó una novia ideal y la bautizó Tinny. Se pasaba horas fantaseando cómo rozaba con sus dedos, centímetro a centímetro, toda su piel. Conocía de memoria su olor y su sabor y se deleitaba excitando con la lengua su clítoris y sus pezones. Disfrutaba más con las caricias que con la penetración en sí, así que concentró sus ensueños en lo que más le gustaba: la masturbación. Estaba seguro de ser un auténtico maestro en el tema.

Sabía exactamente cómo, dónde y cuánto había que acariciar, rozar, lamer, apretar y hasta morder, para producirle a Tinny unos orgasmos fabulosos. Podía pasarse horas con ella sin correrse, pues su autodominio era increíble. Cuando estimaba que la había dejado exhausta, eyaculaba y se iba a dormir feliz, absolutamente convencido de ser un excelente amante.

Terminó la universidad, obtuvo la licenciatura en Económicas con unas notas inmejorables y se dedicó a llevar la contabilidad de unas cuantas empresas. Trabajaba desde su casa, lo que hacía a su madre inmensamente feliz pues su chico no se contaminaría con malas amistades. Y Addy no precisaba nada más que su mente, donde había concebido un mundo paralelo. No necesitaba una 'vida social'; para qué complicarse la ídem, relacionándose con gente de 'afuera'.

A medida que transcurría el tiempo, sus contactos sexuales con Tinny fueron perdiendo la fogosidad de la adolescencia. Se tornaron más calmos y sosegados, lo que denotaba un profundo conocimiento el uno del otro. Lo importante era no caer en la rutina y que las relaciones resultaran satisfactorias para los dos en su utopía mental y Adelfo conseguía ambos objetivos.

Pasó por un periodo de sado-masoquismo, más por curiosidad que por necesidad, pero decididamente no le complacía provocar dolor. Lo suyo era hacer gozar a Tinny hasta hacerla gritar. En el instante que cerraba la puerta de su alcoba y le insinuaba que se quitara la ropa, ella comenzaba a gemir y a retorcerse de placer y eso lo conmovía y excitaba a la vez. Sin dudas estaba enamorado de su particular ilusión.

Cuando cumplió los cuarenta, era un atractivo solterón, amable, callado y muy introvertido. Repentinamente murió su madre; él se limitó a enterrarla y a seguir con su vida. Una vez libre de la vigilancia materna, descubrió que desde los grandes ventanales de la casona, ocultos tras unas enormes cortinas pesadas y oscuras que por órdenes estrictas de la dueña de casa debían permanecer corridas, podía mirar sin ser visto a los vecinos del edificio que hacía poco habían construido en la manzana de enfrente. Como no tenía vida propia, se dedicó a espiar las ajenas.

Una noche observó en el primer piso a una mujer desnudándose. No pudo apartarse de la ventana, mientras la veía sacarse una a una todas las prendas, tumbarse en la cama, abrirse de piernas y comenzar a acariciarse, al tiempo que su cuerpo se contorsionaba lujuriosamente. Como era bastante miope, distinguía siluetas e imaginaba el resto. El resultado de su primer escarceo con el voyerismo, fue un feroz orgasmo que le sorprendió, pues no pudo controlarlo por primera vez en años. Con las piernas temblándole, las mejillas tan arreboladas que parecía afiebrado y una serie de imágenes eróticas clavadas en la retina, se fue a acostar.

El día siguiente se lo pasó atisbando por la ventana a ver si lograba distinguir a la vecina. A la misma hora que la noche anterior, volvió a desnudarse muy despacio y a masturbarse para él. Porque en su ofuscada mente, estaba seguro que aquel espectáculo era únicamente para su propia complacencia. Había encontrado a su alma gemela.

Esa noche, parado frente al ventanal, penetró a Tinny con furor y la poseyó como nunca había hecho. No se molestó en preliminares y lo que menos le preocupó fue si ella habría gozado. Concluido el acto, le explicó que existía otra mujer en su vida y que lo suyo había terminado. Y así, sin más, la desterró de su mente.

A partir de ese momento, solo vivía para ver a la mujer dar el espectáculo nocturno que él esperaba ansiosamente y ella le brindaba con puntualidad. Durante veinte minutos exactos, se acariciaba para darle el placer que él le había proporcionado a Tinny durante tantos años y Adelfo se dejaba llevar por la excitación.

A tal punto de éxtasis llegó, que una noche sin darse cuenta, por primera vez en su vida se masturbó de verdad. Se cogió el falo con lujuria y sin poderse contener, gimió y hasta aulló de placer. Incluso ensució de semen las impolutas cortinas de su madre, sin sentir el más mínimo remordimiento.

Dos semanas después, tuvo que acudir al médico por un problema de acidez estomacal que lo estaba importunando. Esperaba su turno leyendo, cuando notó la llegada de otra paciente y en ella un movimiento familiar. Levantó la vista y se encontró a una mujer a quien no conocía, pero de quien no podía apartar sus ojos. *¿Sería posible que fuera ella?*, se preguntó incrédulo. Era inconcebible encontrarla en esas circunstancias, pero sí, era ella. Hay cosas que uno conoce de su amante y que nadie más puede percibir. Por eso la sensación de familiaridad que sintió cuando pasó a su lado y se sentó.

La observó discretamente: rellenita, cabello oscuro, hermosas piernas y un busto más que generoso. Claro, era exactamente como a él le gustaban. Casi podría decirse que se parecía a Tinny, si la hubiera dejado crecer, pero él nunca le había permitido pasar de los treinta. Esta mujer rondaría su misma edad, aunque se la veía cuidada y bien arreglada. Advirtió que no tenía anillo de casada; claro, era obvio, si vivía sola y se masturbaba para él. Al pensarlo sintió un tirón entre las piernas y tuvo que hacer acopio de concentración para no quedar en evidencia.

Eran los últimos que esperaban para entrar y estaba tan distraído por la presencia de la mujer, que no oyó el nombre del siguiente paciente. Ella se levantó y entró decididamente en la consulta. Se quedó solo en el pasillo de espera y descubrió no sin cierta satisfacción, que el médico había olvidado cerrar el intercomunicador. Se dispuso entonces a oír los males de su amante:

—Buenos días, doctor. Lamento decírselo, pero su famosa solución no me está sirviendo de nada.

— ¿Cómo que no? No puede ser. Le receté lo mejor que conozco para su mal, teniendo en cuenta sus numerosas alergias.

—Pues le aseguro que no funciona. Ya le dije que no es la primera ocasión que me pasa esto y la última vez estuve más de tres meses para remediarlo. Y ahora ya llevo veintinueve días de tratamiento y nada, no noto ni la más mínima mejoría. Pero ya sabe que lo peor es que este maldito 'inconveniente' perjudica mi trabajo. ¿Quién va a querer que lo atienda así?

—Pero dígame, ¿usted hizo exactamente lo que le recomendé? Mire que es fundamental seguir las indicaciones que le di paso a paso.

—Que sí doctor, que sí. Todas las noches me acuesto boca arriba con las piernas abiertas y me doy friegas con esa pomada maloliente en el sentido de las agujas del reloj y durante exactamente 20 minutos. Si parece que me estuviera… bueno déjelo ahí, usted me entiende. Le juro que estoy desesperada ¡Estas malditas ladillas no se mueren con nada!

Alfonso Izquierdo López – Francia

 Nací el 4 de Abril de 1980 en Valencia, España.

También crecí y estudié en Valencia. Mis padres Mary y Jenaro, así como mis abuelas Carmen y Toña, se esforzaron en que me gustara la lectura y la escritura.

Estudié arquitectura en la Universidad Politécnica de Valencia, realicé un año de estudios en la Escuela de Arquitectura de Grenoble, Francia. Volví a Valencia y trabajé en un estudio como jefe de proyectos. Una gran desilusión con el mundo profesional me llevó a intentar desarrollar mi otra vocación, la docencia, llegando a trabajar como profesor de matemáticas y tecnología.

Tras esto, me surgió la oportunidad de emigrar a Paris y darle una última oportunidad a la arquitectura, lugar donde resido desde hace cuatro años.

Ahí trabajo, vivo, estudio y escribo… hasta hoy.

¿Será el café?

Lunes. Era mi quinto café de la mañana...o sería el sexto, tampoco es que fuese una gran diferencia, mi rutina diaria implicaba el café del desayuno, el café 'social' con los compañeros al llegar a la oficina, el café de media mañana para descansar. Si mi jefe estaba excesivamente pesado, cosa que solía ocurrir a menudo, el café para criticarle con el resto de empleados, por supuesto, el café de después de comer, y a veces, el café de media tarde. De hecho, sin 'mis cafés' soy insoportable. Mi novia Daniela siempre me dice que hasta que no me levanto, me ducho, me tomo mi primera dosis de cafeína, veo las noticias, llego al trabajo, me tomo el segundo 'chute', almuerzo y me tomo el café de después de comer, no hay quien me aguante. Exagera.

Pero hoy, ya había perdido la cuenta y todavía no eran ni las 11:47 de la mañana.

En exactamente tres días tendré treinta y tres años. La edad de Cristo, me dice todo el mundo, la edad de Cristo cuando tenía treinta y tres años, les digo yo. No entiendo la manía de asociar mi edad con la de alguien que murió joven. No estoy sufriendo ninguna crisis de los treinta, ya la pasé con veintinueve, he vivido como he querido: he salido, bebido, he probado todo tipo de drogas, he tenido novias, he sido fiel y he sido infiel, he estado con chicas asiáticas, latinas y africanas, he estado con dos chicas a la vez y ahora... ahora trabajo en París, en un estudio de arquitectura, y no por la famosa crisis, sino porque decidí irme de España, la crisis me impediría volver si quisiera, pero no me obligó a irme.

Jueves, 10:37 am. Mi puesto de trabajo es el más cercano a la puerta y al mostrador de la entrada, como mis jefes son tan miserables, no quieren contratar a una secretaria que esté en la recepción (de todas formas, acabaría marchándose: en los últimos dos años han pasado tres personas distintas por el puesto, y las tres han preferido quedarse en la calle que acabar asesinando a la directora de recursos humanos), por eso normalmente soy yo quien recoge el correo, atiende a los clientes o recibe el material de oficina. Como cualquier día, cuando llamaron al timbre contesté con un sonoro «¡*Entrez!*»; como cualquier día, tuve que repetir mi grito tres veces más; y como cualquier día, acabé levantándome y abriendo la puerta.

—Álex, ¿Quién es? —preguntó Laura desde su ordenador (mover el culo para abrir la puerta, no lo movería, pero a cotilla no le ganaba nadie).

Pelo castaño, nada especial, unos 27 años, alto, eso sí, más que yo, y eso que yo mido un metro setenta y cinco, que no está mal. Nada más verlo me entraron instintos asesinos (sí, aun no me había tomado el segundo café, la máquina estaba estropeada... es posible que mi chica no exagere tanto con ese tema). Primero, me había hecho levantarme de mi puesto y tenía que acabar unos planos para la reunión de la tarde; segundo, los aires de suficiencia le salían por cada poro de su piel y tercero, era bastante atractivo y seguro que llamaría la atención de las demás chicas de la oficina. No es que eso tuviera que molestarme, yo tenía novia y estaba muy feliz en pareja, pero es que las niñas de mi trabajo son tan influenciables... en cuanto ven una cara bonita se les pone a ellas cara de bobas.

Pero bueno, y a mí qué me importaba si ese tío bueno iba a acabar bajo las sábanas de Laura, o de Manuela o de...

¿Ese tío bueno? Ahí empecé a preocuparme... pero vamos a ver, Álex, a estas alturas de mi vida y pensando... ¡pensando nada!

Era claramente la falta de café, y el trabajo, y mi jefe, y el imbécil este que me había hecho levantarme de mi sitio.

Que le atienda Laura o Audray, que ya están espiando descaradamente por encima de su pantalla y murmurando entre ellas, qué digo murmurando, ¡pero si las animaladas que dicen se oyen desde aquí!

De vuelta en mi sitio conseguí volver a centrarme en mi trabajo, auriculares, algo de buena música y a por el proyecto…

Fue en ese momento, en ese absurdo y preciso instante cuando sucedió, no fue nada, un pensamiento, una imagen rara, una… tontería, ya ves, yo, con casi la edad de Cristo y jugueteando con esa idea…

Es verdad que últimamente había fantaseado con otras chicas, incluso había llegado a 'tontear' con alguna de ellas, pero no había pasado de ahí, yo estaba con Daniela, quería a Daniela, Dani era todo lo que puede esperarse de una mujer, los labios más sensuales que jamás hayas soñado, unos ojos verde intenso, verde esmeralda, verde mar, podría perderme en sus ojos cuando me mira de forma lasciva, podría ser todo lo que me pidiera, hacerle todo lo que me pidiera, melena negra, recogida… casi siempre. Cuando se sienta sobre mí, vestida solo con esa corbata que me regaló y susurra mi nombre al oído…Álex….uffff….vale, el proyecto, ves, ya está, piensas en Dani y te pones…. ¡te pones!, falsa alarma. Ale, a ver cómo trabajas ahora con este calentón… y sin café.

Es la segunda vez en esta semana que se estropea esa mierda de máquina, a ver si el imbécil ese la arregla de una vez. Podría entrar ahora y decirle clarito que como no funcione para antes del almuerzo voy a ser yo quien le arreglé a él, es fácil, no tengo más que entrar, cerrar la puerta y explicárselo, y como se ponga chulo le estampo contra la pared, le pongo las manos en la espalda y le inmovilizo, me aprieto fuerte contra él para que no pueda mover ni un dedo, todo mi cuerpo contra el suyo, nada de moverse… no sin que yo le dé permiso, que tenga que pedírmelo, que tenga que suplicarme, que me diga que se ha portado mal y entonces le giro y le pongo cara a mí, cerquita de su cara, que me huela, que sepa quién manda, cerquita, rozando sus labios…

¡Mierda! Vale, no es normal ¿Serán las hormonas? Música, a todo volumen, imprime lo que tengas y a casa, necesitas a Daniela, que te dé lo tuyo y verás cómo se pasa la tontería.

Viernes. Y la puta máquina de café sigue rota, lo cual no me importaría (ya que he bajado al bar de la esquina a por litro y medio de mi preciado líquido negro), si no fuera porque el imbécil ese tiene que volver por aquí.

Ayer tuve una noche salvaje con Dani, joder si fue salvaje, hasta ella se quedó sorprendida, una vez, y otra, probando cosas nuevas, cosas que hasta ahora nunca habíamos hecho, juguetes, posturas… y mi cabeza no paraba de darle vueltas a lo mismo, todo por una estúpida idea que, flotando en el aire entró juguetona en mi cabeza, y se instaló ahí, como una 'okupa' que había llegado sin pedir permiso, una semilla que regada con mis fantasías había echado raíces y estaba creciendo… ¿Cómo sería…? ¿Y si…?

¿No dicen que todos somos bisexuales? En realidad, probarlo sería de lo más natural, ¿no? ¿Qué tendría de malo? Vamos, incluso conozco a un montón de gente que se alegraría. No había vuelto a plantearme estas cosas desde los catorce años, cuando todo es todavía un poco confuso y no sabes muy bien quién eres ni qué quieres, cuando quieres experimentar, probar, ver, averiguar qué te gusta y con quién quieres compartirlo. No niego que con 19 años tuve algún encuentro raro con un chico de la facultad, pero aun estaba probando y después, solo mujeres… ¿pero con 33 años? ¡La edad de Cristo! ¿No era ya un poco mayor para seguir dándole vueltas al tema? Es posible que sea un momento de la vida, algo temporal, se pasará, seguro, ¿Qué le digo a Dani? Cuando pase algo… digo, si pasa algo… vamos… si alguna vez, por aquellas, pasara algo… si es con un tío no sería ponerle los cuernos, ¿no? ¿O sí?

19:30 pm. Seguimos sin café…gracias a Dios no ha venido nadie a reparar mi expendedor de cafeína, aunque me habría encantado volver a verle, solo por curiosidad, ¿Qué habría pasado?

Probablemente nada. Nada, seguro. Nada, ¿Qué tendría que pasar? Nada. Pues eso, nada.

Lunes, 11:48am. Fin de semana complicado, la semilla tuvo un brote, que se convirtió en una ramita que... ¡Tengo un árbol en la cabeza que parece un secuoya!

Voy a decirle algo, lleva dos horas aquí, trabajando sin descanso para que nosotros podamos tener el combustible que nos mueve cada mañana, yo ya llevo ¿cinco?, ¿seis? Con esto de beber del termo ya he perdido la cuenta, pobre chaval, igual quiere un café. Cómo va a querer un café si se pasa el día arreglando máquinas.

En fin, allá vamos. Me miro al espejo para darme ánimos, tampoco yo estoy tan mal, de hecho estoy bastante bien, no sería al primer chico que me propusiera algo.

Me arreglo un poco el pelo que me cae suelto por los hombros, inspiro profundamente y me digo, vamos, no pierdes nada, a ver qué pasa. ¡Ánimo Alejandra!

Ana Cristina Salazar Yuste – España

 Nació el 10 de abril de 1989 en Fernán Núñez, un pueblo de la provincia española de Córdoba. Desde niña se adentró en el mundo de la poesía, obteniendo diversos premios con motivo de la Feria del libro de su localidad, así como diferentes publicaciones en el libro de las fiestas en honor a la Virgen del Tránsito. Compaginó sus estudios primarios en el colegio público Fernando Miranda, con cursos de perfeccionamiento de dibujo, ámbito en el cual también recibió reconocimientos. Continuó su etapa educativa en el instituto de Enseñanza Secundaria Francisco de los Ríos y en el IES Inca Garcilaso en la localidad de Montilla.

Actualmente, prosigue su formación académica en el grado de psicología, a la vez que persevera en su afán por la literatura.

Algunas de sus últimas publicaciones y distinciones son: publicación en la antología creada por Diversidad Literaria, titulada *Érase una vez... un microcuento*, antología *Porciones del alma*, primer premio en el I Concurso de Narración Breve y Micronarración de Mecenix, entre otros.

Gran parte de sus trabajos son expuestos en su blog literario *La guarida de mis fábulas*: anasalazaryuste.blogspot.com.

La noche impía

Envuelta en la penumbra de mi alcoba, abandono la novela romántica; ya es suficiente por hoy. El calor del inframundo se tumba a mi lado, acaricia mi piel y la empapa en sudor; la sábana se humedece con tal avidez que antes de calarse, la emulsión corporal se evapora. Maldito libro pecaminoso que desata en mi interior la lujuria; aun queda en mi mente el recuerdo de la complexión varonil que fecunda a la hermosa mujer, con caricias gloriosas y besos paradisíacos. Pero no, yo no soy esa protagonista; no está el mar a mi lado para nadar desnuda con el vaivén de las olas, ni tampoco hay un hombre que bucee conmigo. Pienso en Adrián, mi prometido, que conserva su pureza para yacer y germinar el fruto de nuestra adhesión, después de nuestro enlace…

Los gemidos de placer y el sonido sincrónico de la cama procedente de la pared contigua me asaltan, una broma curiosa de la noche. Dos hogares separados por un tabique: la pasión de dos cuerpos fusionados a un lado, mi anhelo de amar al otro.

Los cosquilleos despertados bajo mi vientre amenazan con prenderme en llamas, abro la ventana para dejar entrar el aire con la intención de que arrastre el delirio lejos de mí; la bocanada fresca recorre mis venas, respiro fuertemente para dejar marchar la tormenta. Alzo la cabeza para contemplar la luna, el cabello recogido se desploma sobre los hombros como una cascada oscura…

Es entonces cuando el insolente de mi vecino brinda una mirada lasciva al contorno sugerente que traza mi camisón, de arriba abajo, repasando cada detalle. El viento trae de vuelta la excitación, todo el vello de mi cuerpo se eriza, él lo percibe y sonríe; sonrisa tan perfecta que me hace perder nuevamente la cordura, parece imposible que un ser terrenal posea tal sublimidad. Contemplo su flequillo rubio, despeinado; sus ojos azules, el conjunto que forma su inocente rostro; su pequeño pantalón corto marca la protuberancia abultada bajo la tela… ya no soy dueña de mi razón, su blanca piel adolescente me reclama; el deseo reprimido posee mi alma para condenarla eternamente, mas no me preocupa, ni siquiera pienso en ello, tan solo ambiciono liberar la efervescencia de mi sexo.

Instintivamente retiro los tirantes de seda, posándolos a ambos lados, y dejo que la prenda de encaje negro caiga a mis pies; luego desabrocho lentamente el sujetador frente a los ojos atónitos del joven entusiasta. Acaricio los dos montículos puntiagudos y pellizco ambos pezones, imaginando que mis manos son las suyas, fuertes y robustas; estrujo con ímpetu mis pechos tanteando su solidez, juntándolos y soltándolos para que reboten junto a mi corazón desbocado.

Me derrite imaginar lo que pasa por su mente de adolescente, cómo relame con su lengua los labios fantaseando con los míos, cómo ansía obtener más, porque yo estoy dispuesta a dárselo todo, a entregarme plenamente a su deleite.

Deslizo suavemente una mano sobre mi cintura y la introduzco en la braga, bañada por el tibio flujo. Cuando bajo la tela que oculta mi fuente, abro las piernas para que pueda ver con claridad mi dominio. Él deja al descubierto su enarbolado sexo, rígido y empinado, señalando las doce en punto… qué efigie tan magnánima esculpida por la seducción. Como mirándose en un espejo, él sincroniza mis gestos con los suyos y toca su erección.

Le ofrezco mi interior, y en la distancia lo acepta, admirado y gozoso. Ahora volamos, nos introducimos el uno en el otro sin conocernos. Rozo con el dedo el clítoris, lo adulo, formando círculos viciosos, dejando escapar un suspiro que él recibe y repite en eco cuando rodea su pene, simulando que es mi vagina que se conforma a su miembro.

Introduzco primero un dedo, luego dos; los muevo al son que dicta mi organismo febril. Con los dedos de la otra mano juego con la prominencia antes desconocida para mí, porque sabía que existía, pero nunca pensé que fuese el botón de tal delicia.

Nos miramos y empezamos la danza; bailamos con la vista, con el oído y con el tacto. De repente estamos en un universo adimensional donde desaparecen la calle y los edificios, permanecen las estrellas alumbrando la magia del espectáculo, donde él y yo, somos los intérpretes de una película pornográfica, dos agapornis en un nido, agua y escarcha…

Mis dedos y sus manos, ahí encontramos la clave del hechizo que nos hace enloquecer en nuestra depravada fantasía.

En la cúspide del éxtasis, me contraigo por las deliciosas punzadas de delectación y el hormigueo mórbido; debo atesorar esa sorpresa en la caja fuerte de por vida, no es una sensación más, es LA sensación.

El amante aislado aun sigue amándome; me tumbo relajada a observar su orgasmo. Acelera el movimiento de su brazo, se dibuja el grosor de sus venas en la blanca piel casi transparente. Prensa los ojos cerrados, abre la boca, aprieta los dientes y el semen sale disparado, como una bala líquida. El suspiro final concluye el acto; me mira el tierno vecino satisfecho. Se despide con un guiño de complicidad y una pícara sonrisa.

Ya está, ya se fue el calor y la desesperación. Los músculos se relajan agradecidos.

Mis sentimientos se contradicen, me siento feliz y culpable, pero ante todo me siento libre, ¿es eso malo o bueno?...

Sin pretenderlo evoco una imagen de la infancia, mi madre apagando impasible el televisor cuando aparecían en la pantalla lo que ella denominaba imágenes obscenas: «¡Irás al infierno si curioseas esas cosas!».

Me encierro en la ducha con el rosario entre las manos; me disculpo ante Dios. El agua fría arrastra el sudor anterior y me limpia, purificando la infracción. Las gotitas que se escurren del pelo caen en las mejillas, el jabón enternece cada célula y la perfuma con el aroma de las rosas.

He conocido los inescrutables rincones de mi cuerpo y me han sobrecogido sus efectos, ¿podré evitar caer de nuevo en la tentación?

El espejo me presenta a una joven hermosa, llena de vitalidad, más pulcra que nunca. Admiro ahora mi cuerpo desde fuera, me gusta lo que veo: una figura esbelta con senos generosos, un ombligo perfectamente redondo, un pequeño triángulo de vello en el pubis, unas largas piernas... ¿acaso no es todo un regalo de la creación?

El timbre activado de la puerta me saca del examen superficial.

Me envuelvo en la toalla antes de abrir. Intuyo al enamoradizo de mi vecino que ansía compartir una nueva aventura; me resulta extraña una visita nocturna. Pero cualquier suposición habría sido errónea, me encuentro con Adrián en el portal, y conozco esa mirada, me he despedido de ella hace muy poco...

«No puedo esperar más, Cristina», me dice el insolente... «Yo tampoco», le respondo.

A decir verdad, las palabras salen solas de mi boca justo antes de que él enlace su lengua con la mía y me muerda con delicadeza el labio inferior. Voy a pecar de nuevo, lo sé, la mecha detonante se ha encendido y no se extinguirá hasta que explote...

De pie, acaricia con dulzura mis brazos, mi espalda. Tira de la toalla y me quedo desnuda, repaso la imagen del espejo para adelantarme a lo que él verá en mí, sé que le gustará, estoy preparada para volver a infringir la orden religiosa.

Me inclino y le beso el cuello; muerdo el lobulillo de su oreja, le susurro al oído un «te deseo» y al roce de mi aliento su vello se eriza. Él no responde, no lo hace con palabras, mas sí utiliza un lenguaje no verbal magistral: me aferra ambas piernas y las abre sobre su cintura; me deja caer sobre la mesa tirando todo cuanto había encima.

Con presteza se deshace de toda su ropa y me muestra su robusto torso; en su piel morena se dibuja la silueta de un deportista sano, me pierdo en sus ojos negros. Su miembro es más grande que el anteriormente descubierto, el vello que lo cubre es negro como el de su cabellera; todo parece mejorar, pues el frenesí es contundente. Mi mente está en blanco, no necesito imaginar.

Me embiste vigorosamente, un gemido inhumano sale de mi garganta, mis uñas se clavan en su piel pero él no siente dolor, está fascinado con mi testimonio.

Un hilo de sangre fluye de mi interior, mezclándose con la lubricación transparente; me hace mujer en mayúsculas. Aprieta y se retira, una y otra vez; percibo el temblor de sus piernas…

El estridente sonido del timbre nos enoja, una nueva inquietante visita me espera. Adrián continúa con el ritmo, ignorando la llamada, pero cede cuando me incorporo para acudir a la señal.

Pongo la toalla sobre mi cuerpo, sacudo la melena enmarañada y cambio la expresión sensual por una de desconcierto. Giro el pomo y con ímpetu mi vecino se cuela en casa, sin preguntar, sin saludar…

Agarra mi cabeza con sus manos y me besa apasionadamente. Intento frenarle pero Adrián aparece sin ser llamado, se queda petrificado ante el cuadro…ya me parece escuchar su voz histérica pidiéndome explicaciones; de hecho, intento evitarlo adelantándome y le digo algo así como: «Lo siento, no es lo que crees, en realidad…», pero no pronuncio ni un susurro más porque viene hasta nosotros, ¿enfadado o excitado?... ¿o ambas cosas?

Mi prometido me abraza por detrás y me empuja, colma su mano de saliva y me la restriega para volver a penetrarme, esta vez lo hace por el ano. Me desconcierto porque no creí que eso fuese posible, no sé si el juego continúa o en verdad quiere lastimarme, pero un extraño placer responde a mis dudas.

El joven cierra la puerta temiendo que alguien más entre en el salón atraído por tal sensualidad. Indeciso se pone frente a mí, me mira fijamente e introduce un dedo en mi vagina. Los tres formamos una cadena donde yo soy el eslabón de enclave.

Paramos súbitamente; Adrián me eleva por las axilas y mi vecino por los pies. Me mecen hasta la cama donde me tumban.

El joven se agacha entre mis piernas abiertas, lamiendo cada borde, jugueteando con la lengua sobre el clítoris. Exquisitamente, baja por la ranura saboreando mi emanación y la introduce en la vagina. Acompaña su recreación con un dedo, circunda el orificio y lo encaja también. Estoy muy mojada, siento aflorar el líquido.

Me conmuevo de placer pero no puedo gemir; Adrián aferra sus dos manos con las mías y sumerge su pene en mi boca, balanceándose. Yo lo lamo, lo absorbo con glotonería; me gusta su sabor. Mi lengua revolotea por la punta; una chispa salada brota de la piruleta antecediendo a su momento cumbre. Permanecemos así, alimentándonos entre nosotros, hasta que mi prometido se corre plácidamente entre exclamaciones incomprensibles.

Cuando creo que todo ha terminado, Adrián me besa y saborea su propio manjar. Me alza violentamente; me voltea y me pone a cuatro patas; yo me dejo hacer como una marioneta.

El joven, que se relame, se adapta a la nueva posición. Se coloca detrás y me penetra con avidez; mi prometido se mete bajo el vientre y continúa la hazaña del chico rubio. Deleitándome con el roce del grosor del pene en mi interior, de las manos aferradas a mi senos, del meneo de su cadera, del contacto de su piel con mi piel; y a la vez, maravillada por las cosquillas de la lengua de mi prometido en la prominencia y en los labios, del dedo que introduce en mi ano, de los cuerpos de los dos machos ávidos de mi carne, rozándose sin pudor entre ellos, batallando por conseguir ser el héroe que consiga hacerme llegar al orgasmo... así, rendida ante el hedonismo, suplico que la noche nunca acabe, que todo se repita continuamente como en un desfile de trajes de fiesta, donde todo es nuevo y admirable.

La penetración alcanza un ritmo frenético que roza mis entrañas, el ronco sollozo del chico se mezcla con mis suspiros; desfallezco ante la 'sensación'. Las estrellas de mil colores nublan mi visión; los estallidos de nuestras secreciones ponen punto y final al suceso...

Los tres caemos en un letargo profundo, yo en medio de ambos, entre dos fragancias embriagadoras, sintiéndome una diosa en el olimpo, una sirena entre corales...

El maullido de una gata en celo rompe el hechizo del silencio...

Todo lo que me rodea es libidinoso, no son posibles tantas coincidencias; ha pasado porque así fue escrito.

Sueño que mi vecino y mi prometido crean un único ser y que ese ser es mi esclavo, a mis pies para servirme y colmarme con todo tipo de cuidados. Cada vez que despertamos volvemos a fornicar; lo hacemos en todos los rincones, en todas las posturas posibles, utilizando todos los medios de los que disponemos para recrear el significado del deseo y del éxtasis.

La luna se pierde y el sol saluda a un nuevo día.

Me encuentro con la soledad de cada amanecer, pero no es una mañana más, lo saben ellos y lo sé yo...

—Y por eso estoy aquí padre, porque estoy a un paso de la locura. He pecado, lo asumo, pero creo que no me arrepiento. Por más que reflexiono no hallo nada malo en unos actos tan ingenuos, con los que me he conocido a mi misma, donde tres personas se han idolatrado. Amo a Adrián y él me ama a mí, hemos compartido con un joven nuestra pasión y hemos aprendido el milagro de la vida. Dios es bondadoso, me perdonará, ¿no cree usted padre?

—Hija…yo…no sé qué decir… reza. Reza mucho por la salvación de tu alma, para que cuando mueras no te consumas en las llamas del averno —la voz del hombre es un débil balbuceo.

—Las llamas del averno padre… como le acabo de contar, retocé en ellas toda la noche, como un crápula sediento de sangre... Una eternidad ahí más que un castigo, es un favor… en el cielo quizás hace frío; yo prefiero las tinieblas que enciendan mi interior a un glacial que me hiele las venas. La respiración se acelera con la excitación y el cuerpo se escurre, derritiéndose; con el frío todo se congela…Además, el color azul, en sí mismo, es pasivo y tenue; ¿no es más bello el rojo cálido?

—Reza hija mía, reza… acude a la palabra de Dios y él te guiará…—el cura sacude su sotana, se airea la cara con las manos y resopla abochornado; del confesionario sale una flama insostenible…—. Reza tanto como te sea posible el Santo Rosario, recitando después de cada oración un Padre Nuestro, diez Ave Marías y un Gloria… Dios, Padre misericordioso, que reconcilió consigo al mundo por la muerte y la resurrección de su Hijo y derramó el Espíritu Santo para la remisión de los pecados, te conceda, el perdón y la paz…

Ana Cristina Salazar Yuste

Tatiana Ramos Bosch - Estados Unidos

Una auténtica mezcla de nacionalidades le da forma a Tatiana Ramos, doctora en Ciencias de la Información de la Universidad de la Laguna en España. Se formó como periodista en los medios más prestigiosos de Venezuela como el *Grupo Editorial Producto*. Vive en Miami desde el año 2003 con su hijo. Fue editora para las revistas especializadas del grupo Izarra de Estados Unidos. Actualmente trabaja en investigación de medios con la empresa Clear Channel y escribiendo en prensa hispana bilingüe como *I NY BN* de Key Biscayne o *InNews* que circula en el Sur de la Florida. Es profesora activa del College of Business & Technology de Miami.

Desde muy temprano se inclinó por escribir relatos, pero es con *Contacto Latino* que decide destapar su faceta de escritora de ficción para con ello lanzarse a la carrera editorial con el mejor impulso posible: en el grupo de finalistas del Primer Concurso Internacional de Relatos Pecaminosos para Pukiyari Editores.

Efectos secundarios

«Ruega por él, ruegaporél, ruegaporél...», repetía incesante el loro que habitaba en la casa contigua a la funeraria más barata y mísera de todo Monteazul, mientras una delgadísima anciana, sostenía un rosario frente al féretro y balbuceaba las letanías sin saber qué estaba diciendo. No había encontrado el libro de oraciones sino el *Almanaque de los Hermanos Rojas*:

—Cuarto menguante...

—...ruega por él —decía el loro sin falta.

—Batalla de los cuatro soles...

—...ruega por él.

—Cumpleaños de Martín Lutero...

—...ruega por él.

Durante largo rato siguió saltando páginas, buscando el nombre de algún santo conocido, pero entre su tristeza y la falta de compañía, optó por guardar el libro y darse golpes de pecho. El loro enmudeció, como si supiera que ahí se estaba velando a un muerto de pocos dolientes.

Cansada y con los juanetes molestando más que de costumbre, Soledad Del Pino se sentó. Sacó un espejo de su bolso y comenzó a retocarse el maquillaje. Era evidente que llevaba varias cirugías plásticas. Tanto *botox* le impedía mostrar el verdadero dolor que sentía. Por más que quería revelar su consternación, las cejas tatuadas hacía años y la boca desflorada eran propias del *vaudeville* y no de la madre que acababa de perder a su hijo mayor.

Había llegado hacía no mucho rato, luego de que el dueño de la funeraria Lázaro Camino, le avisara que todo estaba listo. Era un hombre repulsivo, siempre con aquel olor avinagrado, con las manos extremadamente pálidas y suaves, las uñas tan amarillas como la sonrisa, los labios delgados y ese bigotito como pintado. Vestía siempre de gris, con pajarita negra y camisa negra. Decía la gente que era para ocultar el sucio en la ropa, pero la grasa en el pelo era difícil de esconder. Cuando andaba arremangado, nadie se acercaba ni por error al recinto, eso indicaba que estaba en plena faena arreglando al cliente del día.

Camino Real había sido en un momento un buen negocio. Ya no tanto. La competencia era fuerte. Nadie quería trabajarle y dependía del hampa común como fuente de referidos.

Además del médico forense, solamente él había examinado el cadáver. Revisó exhaustivamente los dientes, por si acaso encontraba alguna corona de oro, sin valor nutritivo para los gusanos, pero sí para su golpeado bolsillo. Era capaz de guardar secretos hasta la tumba —literalmente— aunque esos secretos y la tumba en cuestión fuesen ajenos. Sabía muy bien quién era el muerto de turno. «Una joyita», balbuceó consciente de que nadie estaba ahí con él. Notó algo en las encías que le llamó profundamente la atención. «No seré un matasanos con título, pero no necesito academia para identificar esto».

Presumía más que muchos galenos sabiondos. Tenía el pasatiempo secreto de leer literatura forense. Conocía la terminología, procedimientos y protocolos. Fue exhaustivo con el difunto. Ahora sabía exactamente cómo había muerto Alain. Tomó el certificado de la morgue y en el documento leyó: asfixia. Soltó una risita macabra. Miró hacia el escritorio repleto de papeles. Revisó la pila de periódicos de los últimos días. Encontró lo que buscaba. Levantó la mirada y regresó a la tarea de preparar al hombre que estaba sobre la mesa de trabajo.

Procedió a remover con tensa calma el oro de la boca, y el superlativo anillo. Para poder quitarlo tuvo que amputar el dedo, que luego volvió a pegar con *crazy glue*. Notó que en el pecho tenía tatuado a fuego la figura de la Virgen de Cundeamor, lo habían marcado como quien marca a un toro. «A juzgar por el tamaño del medallón, será una buena cantidad de dinerito adicional, que no tendré que declarar al departamento de tributación». Buscó y rebuscó. «Ladrones», refunfuñó. La medalla no estaba por ningún lado. Notó otras marcas mientras seguía buscando lo que los forenses jamás observarían.

Tomó un par de tragos a pico de botella, sacudió el sudor que le bajaba por las sienes y prosiguió. Dentro de poco comenzarían a llegar los deudos. «Deudas, en realidad», dijo mientras se reía solo del chiste con doble sentido.

Al rato Lázaro Camino se le acercó a Soledad, le tomó las manos y le dio la factura de la funeraria. Soledad no levantaba la vista de los zapatos llenos de polvo de Lázaro, quien a pesar de su aliento a alcohol insistía en darle compañía.

—He recibido muchas llamadas, hasta de la policía. No estoy acostumbrado.

Se alisó el cabello que destilaba grasa, se ajustó la pajarita y se sentó al lado de Soledad sin soltarle las manos.

—¿Hay café? —comentó Soledad para cambiar el tema.

La ayudó a levantarse para ir hasta un pequeño salón en donde había una cafetera americana con olor a quemado.

—Lo puse a hacer desde temprano y... Digamos que preparé esto para más gente. Ven, acá tienes el azúcar. Y unas galletitas. En Funeraria Camino Real, el servicio es ideal.

—Mala hora para ponerte de publicista —le respondió Soledad.

—En Funeraria Camino Real, a ti y al muerto lo tratamos por igual —dijo una mujer cuarentona de amplia sonrisa que acababa de llegar—. Hola Soledad, cuánto tiempo. A ver si me recuerdas. Es posible que no, tanto *propofol* tienes que haberte desoxigenado el cerebro. Ja, ja. Señor Camino, a este lugar le hace falta un letrero un poco más grande. Desde afuera es casi imposible encontrarlo. De hecho, le pagué a unos jovencitos para que se colocaran en la entrada de la calle con unos carteles que dicen: «Al funeral de Alain por aquí». Sé que vienen muchas personas a… bueno a asegurarse que no hay un error, ja, ja. Ay Soledad quita esa cara larga, tú sabías que esto iba a pasar tarde o temprano.

—Debería recordarte, pero estás diferente —dijo de pronto reflexiva.

Aprovechando el diálogo súbito, Lázaro se retiró a su oficina en donde le esperaba una botella de Anís del Mono.

Andrea no dejaba de hablar. Se quitó el abrigo y dejó al descubierto un cuerpo perfecto, botas altas color naranja, minifalda y una camisa minúscula que exhibía no solo las redondeces de musa, sino unos abdominales de envidia.

—Claro, claro, me recuerdas más gordita. Siempre te odié por eso. Ja, ja. Aquí no hay ni una sola visita al hospital —afirmó mientras se agarraba las tetas y la cara.

—Pero supongo que te mudaste a un gimnasio.

—Mejor que eso. Me casé con el dueño del gimnasio. Perdona si no vestí más acorde con tu estilo, pero es que siempre me gustó el naranja.

—Alain lo odiaba.

—Sí, lo sé.

Soledad bajó la mirada y se mordió los labios levemente. Se manchó de pintura los dientes y Andrea no le dijo nada. Sonrió burlona al verla así. Cerró los ojos por un instante, contuvo la respiración y entró a la capilla para ver al muerto.

—Hijo de puta. Con el perdón de tu santa madre, bueno, lo de santa es un decir. Allá está, tomándose un café. Escapando de las explicaciones. No vayas a pensar que vine a saludarte. No Alain, vine para decirte que hace muchos años rehíce mi vida. Quería verte así: sin voz, sin aire, sin poder.

Se le atravesó un pensamiento tenebroso. *¿Y si está vivo y esto es un teatro para librarse de algún problema?* Tomó una bocanada de aire y se preparó para aguantar el mal olor que seguramente estaba a punto de descubrir. Abrió la tapa de vidrio y colocó un espejito debajo de las fosas nasales. Nada. El tipo sí estaba muerto. Lázaro se le acercó con una caja de pañuelos de papel.

—Déjeme cerrar la tapa. Es que el formol y las cosas con las que se prepara un cadáver huelen muy fuerte.

—Y el muerto también. ¿Quién lo arregló? —dijo mientras aceptaba la caja de pañuelitos y tomaba uno para cubrirse la nariz con asco.

—Yo mismo.

—No sabía que teníamos tanatopráctor en la zona. Lo felicito. Cuando lo estaba arreglando... ¿Notó algo?

—Honestamente señora mía, hice lo mínimo requerido por ley. La autopsia determinó como causa 'asfixia'. ¿Duda que esa sea la razón?

Conversaron un rato más. Andrea no lograba sacar la información que quería: cómo había muerto Alain, pero sobre todo a manos de quién. A Lázaro le llamaba la atención la extrema curiosidad de la chica por conocer las causas de la muerte. Le dio algo de morbo el tema y se hizo el interesante. El anís podía esperar. «Esta mujer es un espectáculo, y por lo visto esconde algo», se dijo. De inmediato hizo un cálculo mental que guardó para sí.

Soledad regresó y Andrea salió. Lo menos que quería era estar cerca de esa bruja que jamás hizo nada para ayudarla, ni cuando Alain la mandó al hospital al fracturarle la nariz de un golpe, y empujarla por las escaleras. El sonido de un motor poderoso en el pequeño estacionamiento del local sacó a Andrea del estupor. Caminó hacia su vehículo para asegurarse que no se trataba de delincuentes. Se le iluminó el rostro. Era una antigua conocida que llegaba justo a tiempo.

—¡Mercedes! Pero qué guapa...

Unidas en un abrazo solidario, rieron y comentaron sobre sus respectivos vestuarios. El pantalón de cuero súper ajustado realzaba la figura de Mercedes, otra cuarentona muy bien conservada.

Entró corriendo a la capilla, sin contemplación ni permisos, ni saludos o protocolos. Se acercó a la tapa de vidrio del ataúd y la escupió profusamente.

—Ni se te ocurra reclamarme nada Soledad, mira que tengo litros de saliva para ti también —amenazó de espaldas a la madre—. Alain ya debe estar despellejándose en algún horno comegente del infierno.

Andrea la agarró por un brazo y la sacó de allí. «Debes calmarte —dijo riéndose—, si le hubieras visto la cara. Parecía el villano de Batman... ».

Mercedes no pudo evitar la pregunta: «Y, ¿ya sabes?... es decir, ¿se conocen las causas o causa de su muerte?». Andrea negó con un gesto. «Asfixia. Eso es todo lo que sé».

Andrea y Mercedes se conocieron en las reuniones de terapias de grupo para víctimas de la violencia doméstica. Ambas a manos del mismo verdugo. Desde entonces quedaron como amigas inseparables. Hermanas de sangre. Casi literalmente.

Comenzaron a llegar otras mujeres al funeral. Ninguna a llorar o dar gritos de tristeza. Entre risas y suspiros de alivio alguna más osada que otra preguntaba la causa de la muerte y luego miraba de reojo a su alrededor. Como si una sospecha general cundiera en el aire. Entonces llegó Rosa, y todas buscaron la manera de escuchar lo que tenía que decir. Ella era médico forense, justamente la que firmó el certificado de defunción. La que podía tener la verdadera explicación de la muerte de Alain.

Rosa llegó a la ciudad de Monteazul para poder estudiar medicina en la Universidad Regional del Oeste. De inmediato cayó en las garras de Alain, quien no perdía tiempo en ir directo al grano. La vio sola, sin amigos, sin familia, con casa propia, carro del año, guapa, independiente, y a las dos primeras líneas de conversación, Alain calculó que podría vivir con ella unos meses antes de la boda con Violeta. La absorbió completamente, hizo que ella no tuviera grupos de estudio, ni tiempo para conocer a nadie más. Cada vez que podía le decía que ella tenía una gran suerte de habérselo topado en la vida. «Mira que eres dichosa, con lo gorda que eres, aquí nadie voltearía a verte». Ella no era gorda, un poco rellenita nada más. Se la pasaba a dieta, y se angustiaba mucho si la báscula subía aunque fuesen unos gramos. Una vez Alain le regaló un jersey blanco bastante feo, dos tallas más grandes que la de ella. «Te queda perfecto, así no pasarás frío cuando yo no esté para darte calor», le dijo él con sorna. Con el tiempo supo que ese abrigo, que además era de muy mal gusto, se lo había robado Alain a la que sería su suegra.

Todas sabían que a Rosa la había utilizado al igual que a ellas. Había un silencio respetuoso que Mercedes interrumpió: «¡Cuéntanos todo lo que viste e hiciste!», le rogó.

Se alejaron hacia el pequeño salón donde estaba el café y apresuradamente cerraron la puerta. Rosa procedió a describir la autopsia.

—Tomé la sierra. Lástima que no podía descuartizar el cuerpo y dárselo a las ratas que normalmente merodean en la basura. ¡Sería tan poético que unos roedores dieran cuenta de Alain! Pero sí podía hacer algo con lo que soñé muchas veces después de enterarme que Alain se acostaba conmigo mientras le proponía matrimonio a otra. Para más calambre, se llamaba Violeta. Rosa yo, Violeta la otra. Vaya mierda de flor en flor. En paz descanse Violeta, por cierto…

La sierra rechinaba en los pasillos, en las ventanas, en las paredes. Piel y sangre brincaban por todos lados, humores, líquidos viscosos, pellejos y pelos se quedaban pegados de la máscara que cubría el rostro de la doctora. Era una autopsia forense normal. No hizo falta pasar por procesos complejos. La identificación fue instantánea. El policía que lo llevó a la morgue, lo detuvo varias veces, pero jamás logró encontrar pruebas para llevarlo de una vez por todas a una celda donde pasara el resto de sus días. Se limitó a tomar las fotos de rigor y a meter los efectos personales en una bolsa. Luego dejaron al cadáver en la nevera.

—Rosa te tengo una sorpresita —le dijo el oficial. Y antes de abrir el cierre del saco negro donde estaba Alain gritó—: 1, 2, 3 pollito inglés.

Rosa soltó la carcajada pero a medida que iba reconociendo al cadáver, la risa se fue transformando en emoción profunda. Luego sonrió con un extraño placer que llevaba años sin sentir. Abrazó al policía con el que compartía el duro trabajo forense, y le invitó un trago. Apagó las cámaras de seguridad por un instante. Abrió una neverita y sacó dos Coca-Colas dietéticas.

—Ajá, mal pensado. No puedo beber ni un tinto de verano mientras trabajo. Así que salud con soda.

Mientras bebían de la lata, la puso al día acerca de cómo habían encontrado el cuerpo, le mostró las fotos, las anotaciones y demás detalles típicos. Despidió al compañero, encendió la videograbadora, las cámaras de seguridad y comenzó el protocolo. Revisó todos los orificios, tal y como está indicado. Tomó muestras y comprobó que el esfínter anal estuviese relajado.

Ahora terminaría sin videos ni testigos lo que hace muchos años hubiese querido hacer, de tener la oportunidad. El colgajo que Alain siempre usó como instrumento de virilidad había respondido a la hipercapnia propia de la asfixia con la erección típica. No lo pensó dos veces y pasó la sierra de un solo golpe.

Se hizo el silencio. Contempló durante largo rato su obra. En la fría mesa de examen forense, yacía el cadáver de Alain del Pino, ladrón de futuros, rompe vidas, revienta almas. Ahí reposaba con el pecho cosido a patadas, y el entrepiernas incompleto.

Rosa terminó el procedimiento. Salió de aquel lugar a tomar aire fresco. Volvería a respirar sin miedo por la vida. Y sin miedo quedaron todas las que con complacencia escuchaban la historia del fin de Alain Del Pino, mientras Lázaro Camino en el umbral de la puerta sonreía sin ser visto.

Andrea, pálida por la descripción de la autopsia, se armó de valor para preguntar cómo se había producido la asfixia.

Antes de que Rosa respondiera, Lázaro la interrumpió:

—Señoras y señoritas, es para mí un gusto darles la explicación que todas han buscado desde que llegaron. A diferencia de ustedes, yo no le guardaba a Alain rencor alguno y menos aun cuando gracias a él tuve a bien recibir varios clientes —dijo persignándose—. Cuando reexaminé el cadáver semi-mutilado aquí por la galena, noté diferentes marcas de quemaduras en las encías, en el pecho y en todos los puntos donde había contacto con metales sobre el cuerpo. No es que yo sea capaz de buscar metales. Para qué, qué voy a hacer yo con eso, nada. Tomé el periódico, pues recordé que ese día llovió muy fuerte, con truenos y óigase atentamente: descargas eléctricas. Debido al tipo de quemaduras puedo deducir que Alain debe haber estado sin zapatos y en contacto con el suelo. Murió electrocutado por un rayo y no por asfixia, que por cierto es una confusión muy común entre los médicos forenses. La asfixia es uno de los efectos secundarios y se produce cuando el paso de la corriente afecta al centro nervioso que regula la función respiratoria, ocasionando el paro respiratorio.

Rosa lo aplaudió con cinismo y agregó: Que levante la mano la que alguna vez haya dicho: «Que lo parta un rayo».

Entre carcajadas salieron todas a celebrar, dejando a Soledad encargándose del estorbo para el que no hubo ni oraciones, ni lágrimas, ni flores.